百年未有之大变局下的中国与世界

人民日报海外版《望海楼》栏目组◎编

人民日报出版社
北京

图书在版编目（CIP）数据

百年未有之大变局下的中国与世界 / 人民日报海外版《望海楼》栏目组编 . -- 北京 : 人民日报出版社，2019.11（2022.1 重印）

ISBN 978-7-5115-6246-3

Ⅰ . ①百… Ⅱ . ①人… Ⅲ . ①评论性新闻－作品集－中国－当代 Ⅳ . ① I253

中国版本图书馆 CIP 数据核字 (2019) 第 250537 号

书　　名： 百年未有之大变局下的中国与世界
BAINIANWEIYOU ZHI DABIANJU XIADE ZHONGGUOYUSHIJIE
作　　者： 人民日报海外版《望海楼》栏目组

出 版 人： 刘华新
责任编辑： 张炜煜　贾若莹
版式设计： 阮全勇
封面设计： 李尘工作室

出版发行： 人民日报出版社
社　　址： 北京金台西路 2 号
邮政编码： 100733
发行热线： （010）65369509 65369512 65363531 65363528
邮购热线： （010）65369530 65363527
编辑热线： （010）65369514
网　　址： www.peopledailypress.com
经　　销： 新华书店
印　　刷： 涞水建良印刷有限公司
法律顾问： 北京科宇律师事务所 010-83622312

开　　本： 710mm×1000mm　　1/16
字　　数： 310 千字
印　　张： 22
版　　次： 2020 年 1 月第 1 版
印　　次： 2022 年 1 月第 7 次印刷

书　　号： ISBN　978-7-5115-6246-3
定　　价： 56.00 元

读懂百年未有之大变局

许正中

习近平总书记深刻指出，当今世界正处于百年未有之大变局。这一重要论断，为观察加速流变的国际格局提供了全新的视角，为推动全球治理体系变革提供了全新的时空坐标。

“失序”“混乱”“茫然”……这是一些西方学者和政要在看待当前世界时用得较多的词，他们似乎患上了某种“集体焦虑症”。近年来，这种心理阴影愈加浓重。

的确，人类在经济、科技、文化等领域取得的成就从未像今天这样耀眼，但面临的风险和挑战也从未像今天这样复杂：发展不平衡，贸易壁垒增加，地区热点难点问题不断涌现，恐怖主义、极端主义等问题激化，这些都给世界带来了较多不稳定性和不确定性。

变化，成为观察当今世界各国间政治、经济关系的一大关键词。世界风云变幻，唯有变化本身不变。但是，这个世界在“变什么”，这个世界“怎么变”，如何看待这场大变局……解答好这些问题，需要各国正确看待自身与世界的关系，这是各国实现自身发展、参与全球治理的关键。事实上，与其说世界“失序”“混乱”，不如说是变革与调整；与其以消极心态面对世界变化，不如顺应潮流，以积极心态参与时代变革。

那么，这个世界在“变什么”呢？

最显著的变化是东升西降、中治西乱。一大批新兴市场国家和发展中国家的加速崛起，改变了上一百年形成的西方发达国家主导的国际格局。促成这种变化的因素之一，是新一轮的科技和产业革命。前几次产业革命推动了欧美国家工业化进程，进而主导世界格局。正在兴起的以人工智能为标志的新一轮科技革命，为广大发展中国家现代化提供了历史性机遇。从某种意义上说，这一轮科技革命和产业变革，大家处于同一起跑线。

面对时代之变，我们没有退却的理由，只有前进的选项。全球治理体系和国际秩序变革加速推进，加强全球治理、完善全球治理体系是大势所趋，广大新兴市场国家和发展中国家希望实现更全面、更有质量、更可持续的发展。但是，一些国家却逆历史潮流而动，拿起保护主义、单边主义的盾牌，做起“21世纪的鲁滨逊”。

不过，少数几个国家关着门就来决定世界前途命运的时代已经一去不复返了。广大发展中国家希望在国际规则制定中发出自己的声音，国际社会对完善全球治理体系的呼声越来越高。一系列事实也证明，要解决人们面临的重大问题，需要包括广大发展中国家在内的世界各国团结起来，一起想办法。因为对话比对抗好，多边比单边好，这是国际社会共识。

世界未来会怎么变？或许很难精准预测，但我们要善于透过现象看本质，透过乱象看实质，从变动不居中把握大势、把握规律。比如和平与发展仍是时代主题，世界多极化、经济全球化不可逆转，合作共赢是人间正道。这是大变局中不变的东西，是大势所趋、规律所在。人类应当认识、顺应、运用规律，谁要是违背规律，谁就会受到历史的惩罚。

大变局带来大挑战，也蕴含大机遇。深刻把握大发展大变革大调整带来的挑战和机遇，坚定不移朝着中华民族伟大复兴的目标阔步前进，这是我们面临的时代课题。

“所当乘者势也，不可失者时也。”身处大变局，我们需要继续保持战略定力，抓住历史性机遇、妥善应对风险挑战，既要把中国发展摆到世界变局中去，又要在世界格局演变中科学谋划自身发展，让中国发展与世界形成良性互动，在发展自身的同时也造福世界。为此，中共十九大因势而谋、应势而动、顺势而为，科学制定了新时代的宏伟蓝图和战略部署。

我国发展仍处于并将长期处于重要战略机遇期。经济方面，中国正在加快推动供给侧结构性改革，致力于实现高质量发展，这将推动中国在全球新一轮科技革命和产业变革浪潮中勇立潮头，实现从跟跑、并跑到领跑的历史性跨越。

——从创新方式看，中国正在贯彻新发展理念、提升科技创新能力，这将促进中国在关键核心技术创新上取得重大突破，为经济发展增添新的动能和优势。

——从深化改革看，中国已推出1500多项改革举措，正在推动新一轮高水平开放，改革之路越走越宽、开放之门越开越大，改革开放新突破必将带来社会生产力新跃升。

——从发展范式看，中国正在构筑尊崇自然、绿色发展的生态体系，这将推动中国经济实现可持续发展。

中国考虑周全。从自身看，坚持辩证思维，化挑战为机遇；坚持战略定力，坚守必胜信念；抓住主要矛盾，稳住大国关系；统筹两个大局，引领国际格局调整；坚持底线思维，做好万全准备。从国际看，第一，坚持公正合理，破解治理赤字；第二，坚持互商互谅，破解信任赤字；第三，坚持同舟共济，破解和平赤字；第四，坚持互利共赢，破解发展赤字。

参与全球治理方面，中国正以开放包容姿态，为当今世界增加确定性。“一带一路”国际合作高峰论坛、中国国际进口博览会等平台，生动诠释了中国“为人类作出新的更大的贡献”的大国担当；上海合作组织、中非合作论坛，让世界感受到中国构建新型国际关系和人类命运共同体的宽广胸怀。

新时代需要新思维。这些关于百年未有之大变局下中国与世界关系问题的思考，在近年的人民日报海外版《望海楼》专栏的不少文章中都涉及了。特别是去年以来，该专栏发挥观点鲜明、见解独到、犀利又不失稳妥的独家优势，约请了一大批专家大家名家阐释百年未有之大变局的深刻内涵及中国的担当与行动。这些文章，有助于读者更好理解百年未有之大变局中“中国做对了什么”“中国共产党为什么能”“未来中国将与世界如何互动”等重大理论和实践问题。为此我们遴选了部分专栏文章，结集出版。

希望广大海内外读者朋友喜欢本书，并从书中获得更多有益的思考。

“望远能知风浪小，凌空始觉海波平。”把握大变局，走好大棋局，赢得大格局，“中国号”巨轮就一定能行稳致远，驶向伟大复兴的光辉彼岸！

（作者系人民日报社副总编辑）

目 录

贸易战，中国不想打，但绝不怕打

亚洲各国相向而行

推动对话协商解决朝鲜半岛问题

中拉命运共同体更紧密

中非关系进入“黄金时代”

中欧合作“朋友圈” 不断扩大

“一带一路”：从“大写意”到“工笔画”

欢迎各国人民搭乘中国发展的“快车”“便车”

中国做对了什么？中国共产党为什么能？

将改革开放进行到底

国家统一是大势所趋、人心所向

大国外交：从大变局寻找新机遇

中国外交，从容应对百年未有大变局

苏晓晖

3月8日，王毅外长在十三届全国人大二次会议举行的记者会上，就中国外交政策和对外关系，一口气回答了中外记者提出的20多个问题，内容涉及中国外交理念、大国关系、周边形势、对外合作等多个层面和领域。

当今世界正处于百年未有之大变局，中国进入实现“两个一百年”奋斗目标的历史交汇期，站在新起点上的中国外交面临多重考验。从今年的外长记者会可以看出，中国外交坚守底线，不惧挑战，开拓进取，从容自信。

首先，中国坚定维护国家利益。对于舆论普遍关注的孟晚舟案，王毅一针见血地指出，针对中国特定企业和个人的行为根本不是什么单纯的司法案件，而是蓄意的政治打压。对此，中国不仅要维护一家企业的合法权益，更要保障国家民族的正当发展权利。随着近年来越来越多国人走出国门，中国的领事服务围绕“安全”和“便利”不断改进。另外，主场外交、“一带一路”和外交部省区市全球推介活动构成外交服务国内发展的三大平台。可见，中国外交坚持以国家核心利益为底线，致力于维护国家主权、安全、发展利益。

其次，中国始终坚持开放合作。“一带一路”倡议已经成为世界上规模最大的合作平台和最受欢迎的公共产品。记者会公布了中国今年主办第二届“一带一路”国际合作高峰论坛的努力方向，期待论坛给各方带来更多发展机遇。王毅还正面回应了针对倡议的恶意论调，以实例证明“一带一路”不是债务的“陷阱”，而是惠民的“馅饼”；不是地缘政治工具，而是共同发展机遇。同时，中国将开放合作视为大国关系的应有之义。中国认为，中美“脱钩”并不现实，不应放任竞争挤压合作空间。中欧在反对单边主义和保护主义等方面有着一致立场和共同诉求，欧洲从自身利益出发，应保持对华政策的独立性、稳定性和积极性。中国推动开放合作，与各国携手构建开放型世界经济。

最后，中国一贯秉持公平正义。不管是针对巴印关系还是委内瑞拉局势，中国都重申，各国的主权和领土完整应得到充分尊重。不久前，中国在联合国安理会就美决议草案投下否决票，反对外部势力干涉委内政。中国在地区热点问题上多次要求照顾各方利益。面对近期朝美会晤未能达成成果文件，中方强调，不应从一开始就设置过高的门槛，也不应单方面提出不切实际的要求。事实上，中国为解决朝鲜半岛问题已经努力了20多年，中国的作用不可替代。

2019年是新中国成立70周年，也是决胜全面建成小康社会第一个百年奋斗目标的关键之年。当前，中国将全面贯彻落实习近平外交思想，既为实现中华民族伟大复兴创造更有利的外部条件，又为维护世界和平、促进人类进步做出新的更大贡献。中国将从容应对百年未有之大变局，日益走近世界舞台的中央。

（作者为中国国际问题研究院国际战略研究所副所长）

《人民日报海外版》（2019年03月10日第02版）

开创中国特色大国外交新局面

阮宗泽

6月22日至23日，中央外事工作会议在北京召开。中共中央总书记、国家主席、中央军委主席习近平在会上发表重要讲话，强调我国对外工作要坚持以新时代中国特色社会主义外交思想为指导，努力开创中国特色大国外交新局面，为全面建成小康社会，进而全面建设社会主义现代化强国创造有利条件、做出应有贡献。

百年大变局，中国新机遇。放眼全球，世界处于百年未有之大变局，“中国复兴号”巨轮劈波斩浪，昂扬驶向“两个一百年”奋斗目标，面临的机遇与挑战并存。党的十八大以来，我们深刻把握新时代中国和世界发展大势，在对外工作上进行一系列重大理论和实践创新，形成了习近平新时代中国特色社会主义外交思想。我们要全面贯彻落实习近平新时代中国特色社会主义外交思想，不断为实现中华民族伟大复兴的中国梦、推动构建人类命运共同体创造良好外部条件。

科学制定我国对外方针政策。当前，我国处于近代以来最好的发展时期，世界处于百年未有之大变局，两者同步交织、相互激荡。做好当前和今后一个时期对外工作具备很多国际有利条件。把握国际形势要树立正确的历史观、大局观、角色观，不仅要看现在国际形势什么样，而且要端起历史望远镜回顾过去、总结历史规律，展望未来、把握历史前进大势；不仅要看现象和细节怎么样，而且要把握本质和全局，抓住主要矛盾和矛盾的主要方面，避免在林林总总、纷繁多变的国际乱象中迷失方向、舍本逐末；不仅要冷静分析各种国际现象，而且要置身其中，在我国同世界的关系中看问题，弄清楚在世界格局演变中我国的地位和作用，科学制定我国对外方针政策。

让国际社会见证中华民族的伟大复兴与推动构建人类命运共同体互为机遇。40年前，中国实行改革开放，如今成功跻身世界第二大经济体。中国追求的不是唯我独尊，而是共同发展。中国用脚踏实地的一步步努力，将合作共赢的发展理念积极落实到行动中，主动提供“一带一路”、亚投行等全球公共产品，体现了兼济天下的世界观。中国的崛起是对世界和平与繁荣事业的卓越贡献，并拓展了发展中国家走向现代化的途径，给世界上那些既希望加快发展又希望保持自身独立性的国家和民族提供了全新选择。

切实把思想和行动统一到习近平新时代中国特色社会主义外交思想即习近平外交思想上来。习近平外交思想是新时代中国对外工作的根本遵循和行动指南。我们要以习近平外交思想为指导，在对外工作中坚持统筹国内国际两个大局，坚持战略自信和保持战略定力，坚持推进外交理论和实践创新，坚持战略谋划和全球布局，坚持捍卫国家核心和重大利益，坚持合作共赢和义利相兼，坚持底线思维和风险意识，奋力开创中国特色大国外交新局面。

（作者为中国国际问题研究院常务副院长、研究员）

《人民日报海外版》（2018年06月25日第01版）

中国外交有大志向

陈须隆

7月1日，中国国家主席习近平致电在毛里塔尼亚首都努瓦克肖特举行的非洲联盟第31届首脑会议，向非洲国家和人民热烈祝贺会议的召开。

在贺电中，习近平谈及今年9月将举行的中非合作论坛北京峰会。展望这一峰会，除了要“共商中非合作发展大计”“增进中非人民福祉”，习近平还谈到要为“促进世界和平与发展贡献力量”。管中窥豹，中国外交的大志向可见一斑。世界各国越来越注意到，中国不只考虑单边、双边、多边利益，还为人类的命运和进步考虑，为世界的和平与发展着想，这是中国对外工作一个日益凸显的特点。

这一特点，发源于中国执政党的初心。中国共产党在党的十九大报告中指出，中国共产党是为中国人民谋幸福的政党，也是为人类进步事业而奋斗的政党。中国共产党始终把为人类做出新的更大的贡献作为自己的使命。中国人民愿同各国人民一道，推动人类命运共同体建设，共同创造人类的美好未来。

这一特点，贯穿于中国外交实践中。日前召开的中央外事工作会议强调，我国对外工作要牢牢把握服务民族复兴、促进人类进步这条主线。这与党的十九大精神高度契合、一脉相承，对在新时代全面推进中国特色大国外交具有重要指导意义。中国特色大国外交在服务民族复兴的同时，尤其重视促进人类进步。

这一特点，包含在习近平外交思想中。日前召开的中央外事工作会议恰逢其时，意义重大，影响深远，最重要的成果是确立了习近平外交思想的指导地位，为不断推进中国特色大国外交提供了根本遵循和行动指南。这一思想被总结为10个“坚持”，其中不少内容与促进人类进步直接相关。如“坚持以维护世界和平、促进共同发展为宗旨推动构建人类命运共同体”“坚持以共商共建共享为原则推动‘一带一路’建设”“坚持以公平正义为理念引领全球治理体系改革”，等等。

这一特点，体现在“推动构建人类命运共同体”倡议中。这一倡议，以维护世界和平、促进共同发展为宗旨，呼吁建设持久和平、普遍安全、共同繁荣、开放包容、清洁美丽的世界，它对推动全球治理体系朝着更加公正合理的方向发展有重要意义。这一倡议，已得到越来越多国家和国际组织支持。“一带一路”建设是推动构建人类命运共同体的重要实践平台，日渐成为顺应经济全球化潮流的最广泛国际合作平台。

展望未来，在习近平外交思想指引下，中国特色大国外交将坚持为人民谋幸福，为民族谋复兴，为世界谋大同，不断为促进人类进步贡献中国智慧、中国方案和中国力量。

（作者为中国国际问题研究院国际战略研究所所长）

《人民日报海外版》（2018年07月03日第01版）

中国外长的三个关键词

贾秀东

5月16日至24日，国务委员兼外交部长王毅对法国、西班牙、葡萄牙、阿根廷四国进行正式访问，出席在阿根廷举行的二十国集团外长会议，并利用多边场合会见荷兰、智利、南非、德国、意大利、英国、沙特、澳大利亚等国外长。此行是中国新一届政府成立后中国外长首次访问欧洲和南美，既有双边也有多边外交，涉及议题广泛，有三个关键词特别突出。

第一是发展。王毅指出，当今世界面临的很多问题，归根结底都和发展问题相关，全球发展形势依然严峻，要继续把发展问题置于全球宏观政策协调的突出位置，始终照顾发展中国家关切，确保发展中国家获益。今年是中国改革开放40周年，40年来中国7亿人口摆脱贫困，这本身就是对全球发展事业做出的重要贡献，而且中国在实现自身发展的同时，也为世界经济增长提供了持续强大的动力。王毅对外传递的一个重要信号是，未来中国发展仍将是各国发展的重要机遇而非威胁，中国构建聚焦发展的“朋友圈”、促进共同发展的决心不会改变。

第二是合作。在几十场外交活动中，王毅特别强调中外务实合作，合作的一个关键点在于加强发展战略对接，挖掘新的合作潜力，开辟新的合作空间，既服务于各自国家发展，也造福地区和世界。“一带一路”倡议则是推进务实合作的一个重要抓手，实现战略对接的一个重要载体。在几乎所有外交场合，王毅与外方都谈到了“一带一路”，并开诚布公地解疑释惑。“一带一路”倡议顺应全球化的时代需求，为沿线各国人民带来实实在在的福祉，为各国实现共同发展繁荣开辟新路径，有着强劲生命力和广阔前景。

第三是开放。推进构建开放型世界经济，是王毅此行的一个重要议题。面对当前不确定性增多的国际形势和单边主义、保护主义抬头等逆全球化潮流，王毅呼吁各方共同推进多边主义进程，维护以世贸组织规则为核心的国际贸易秩序和体系，构建开放型世界经济。历史从正反两方面证明，坚持多边主义，完善全球治理，打造利益共同体，符合时代潮流，符合各国共同利益。如果奉行保护主义，既对别人关上了门，也堵了自己的路。

对王毅表达的中方立场，外方都作出了积极回应和响应。有的表示，中国是当今国际舞台上的重要力量，在国际政治、经济和战略等各层面均发挥着重要作用。各方都认为“一带一路”倡议对于世界经济具有重要意义，愿意积极探讨自身发展战略同“一带一路”倡议相对接。从各方表态来看，单边主义和贸易保护主义不符合历史潮流，不是一个正确选择。

王毅此行有一个颇有意思的细节：王毅在多边场合会见许多国家的外长，仔细看中方新闻稿的表述，一般都是“会见”，只有与澳大利亚外长的会见是“应约会见”。见微知著，折射出中澳关系目前的困难。这种困难归根结底是澳方未能摆脱传统思维，而是戴着有色眼镜看待中国及其快速发展造成的。对此，王毅明确指出，中国走的是一条与传统大国完全不同的发展道路，从不干涉别国内政，更不会去对别国搞什么渗透，我们的理念就是要同包括澳大利亚在内的所有国家开展平等合作，实现互利共赢。

从王毅此行来看，求同存异，聚同化异，加强战略沟通与务实合作，仍是各国与中国打交道的主流。中国坚持改革，扩大开放，落实以人民为中心的发展理念，始终做世界和平的建设者、全球发展的贡献者、国际秩序的维护者，影响力、感召力、塑造力必将进一步提高。

（作者为中国国际问题研究院特聘研究员）

《人民日报海外版》（2018 年 05 月 23 日第 01 版）

独行快，众行远

阮宗泽

7月19日至29日，国家主席习近平对阿联酋、塞内加尔、卢旺达和南非进行国事访问，出席金砖国家领导人第十次会晤，过境毛里求斯并进行友好访问。习近平主席11天行程36000多公里，到访5国6地，出席近60场双多边活动，以点带面、点面结合、成果丰硕、精彩纷呈。此次亚非之行引领中国特色大国外交开辟了新境界，打开了中外关系和南南合作的新局面，拓展了国内发展和战略运筹的新空间，推进了构建人类命运共同体的新实践，对构建新型国际关系具有示范意义。

首先，推动双边关系好上加好。“沙漠之花”阿联酋是第一个与中国建立战略伙伴关系的海湾国家，一直是中国推进“一带一路”建设的重要合作伙伴。中阿两国领导人决定，进一步提升双边关系水平，建立全面战略伙伴关系，拓展更大合作空间。“西非门户”塞内加尔成为第一个同中国签署“一带一路”合作文件的西非国家。近年来，中塞两国各领域合作快速发展，务实合作走在中非合作前列。目前中国是塞内加尔第二大贸易伙伴和最大融资来源国。“千丘之国”卢旺达共和国是非洲联盟轮值主席国。习主席首访卢旺达，同卢总统卡加梅会谈，两国元首同意共同续写中卢友好合作关系新篇章。习主席对“彩虹之国”南非共和国进行第三次国事访问，彰显中南关系正处于历史最好时期。中南建交20年来，双方关系跃升了三大台阶，实现了从伙伴关系到战略伙伴关系再到全面战略伙伴关系的重大跨越，给两国人民带来了实实在在的利益。习主席对“印度洋明珠”毛里求斯共和国进行友好访问，并表示中方愿同毛方始终做好朋友和好伙伴，推动中毛友好合作关系不断迈上新台阶。

其次，引领金砖国家合作更上一层楼。习主席在金砖国家工商论坛上深刻分析未来10年世界的发展潮流，勾画金砖合作第二个“金色十年”的蓝图美景。习主席在金砖国家领导人约翰内斯堡会晤大范围会议上强调，金砖的未来掌握在五国人民自己手中。习主席回顾金砖合作，展望未来发展，指出金砖国家要紧紧围绕和平与发展的时代主题，牢牢抓住新一轮科技革命和产业变革的机遇，将第二个“金色十年”的愿景变为现实。金砖国家领导人第十次会晤发表《约翰内斯堡宣言》，宣布“将启动新工业革命伙伴关系的全面运作”。此次会晤，金砖国家唱响了全球治理变革的强音，表示要共同捍卫多边主义，反对贸易保护主义，推动全球化向普惠方向发展。约翰内斯堡会晤接续在厦门会晤开启的“金砖+”合作理念，邀请包括其他新兴市场、非洲国家在内的发展中国家代表参加“金砖+”领导人对话会，进一步扩大了金砖“朋友圈”。

习主席此访为中国与上述国家关系深入发展注入新动力，加强了中国同亚非发展中国家团结合作，并为今秋召开的中非合作论坛北京峰会凝聚更多共识。独行快，众行远，发展同广大发展中国家团结合作是中国对外政策重要基础，也是中方长期、坚定的战略选择。只有坚持合作共赢才能办大事、办好事、办长久之事，这正是中方倡导构建人类命运共同体的出发点。

（作者为中国国际问题研究院常务副院长、研究员）

《人民日报海外版》（2018年07月30日第01版）

中国特色大国外交又一次成功实践

石 畅

11月27日至12月5日，中国国家主席习近平对西班牙、阿根廷、巴拿马、葡萄牙进行国事访问并出席二十国集团领导人第十三次峰会。

9天行程逾4万公里，密集出席近70场双多边活动。习近平主席此访是中国特色大国外交的又一次成功实践，对中国和世界都有着深远的影响。

提振各方对世界经济的信心。今年是国际金融危机发生10周年，也是二十国集团领导人峰会启动10周年，当世界经济再一次面临历史性选择之时，国际社会高度关注本次G20峰会走向。习近平主席出席G20峰会并发表《登高望远，牢牢把握世界经济正确方向》的重要讲话，就全球经济发展提出四个坚持：坚持开放合作，维护多边贸易体制；坚持伙伴精神，加强宏观政策协调；坚持创新引领，挖掘经济增长动力；坚持普惠共赢，促进全球包容发展。这些倡议，为把握世界经济正确方向贡献中国智慧，为世界经济沿着正确轨道向前发展指明前进方向。12月1日，峰会通过《二十国集团领导人布宜诺斯艾利斯峰会宣言》，就维护多边贸易体制、世贸组织改革、应对气候变化等问题达成共识，重振了国际社会的信心，向世界发出正确、积极、安定人心的信息。

促进大国关系的良性互动。G20是世界主要经济体对话和协作的重要平台，会议期间，习近平主席同与会各方领导人举行多场会晤，这里既有双边合作的恢宏画卷，也有就国际和地区事务的深度交流，有力推动了中国同有关国家关系健康稳定发展。习近平主席还分别出席金砖国家领导人非正式会晤、中俄印领导人会晤，同有关方就完善多边合作机制、巩固新兴市场国家团结等议题达成新的共识。当地时间12月1日晚，习近平主席应邀同美国总统特朗普举行会晤，这一会晤牵动着全球的目光。两国元首对中美经贸问题达成共识，停止加征新的关税，并指示两国经济团队加紧磋商，朝着取消所有加征关税的方向，达成互利双赢的具体协议。这不仅有效阻止了经贸摩擦的进一步扩大，而且为双方合作共赢开辟了新的前景，不仅有利于中美两国各自的发展和人民的福祉，也有利于世界经济的稳定增长。

推动中欧、中拉关系行稳致远。习近平主席此访是中国国家主席时隔13年再次访问西班牙、时隔8年再次访问葡萄牙。在对西班牙、葡萄牙的访问期间，西、葡两国领导人均表示珍视同中方的友好交往与合作，认为习近平主席此访具有继往开来的里程碑意义，成为双边关系发展的新起点。中国同两国分别签署约20项合作文件，涉及经贸、科技、金融、能源等领域。阿根廷是中国在拉美的老朋友，两国同为重要新兴市场国家。访阿期间，双方签署了未来5年共同行动计划以及约30项合作文件。巴拿马是中国在拉美的新伙伴，两国建交一年半，中巴关系强劲起步。访巴期间，双方在电子商务、服务贸易、经贸展会、海事、融资、农牧业等合作领域达成大批新协议，再次印证中巴建交完全正确，合作潜力持续释放。

“志合者，不以山海为远”。4万公里的行程、跨东西半球的出访，从马德里到布宜诺斯艾利斯、从巴拿马城到里斯本，习近平主席此次出访，为世界经济治理贡献了中国智慧，为中欧关系、中拉关系发展注入崭新动力，向世界展示出中国特色大国外交的风采。

（作者为本报评论员）

《人民日报海外版》（2018年12月07日第01版）

为全球治理注入中国正能量

为世界减贫贡献中国智慧

谭卫平

10月17日，是中国第五个国家扶贫日。来自国务院扶贫办的消息显示，中国又有85个贫困县实现脱贫摘帽。

在抗击贫困的斗争中，中国取得了举世瞩目的成绩，积累了可资借鉴的经验。中国还积极开展国际减贫合作，为世界减贫贡献中国力量。

中国减贫成绩有目共睹。改革开放40年来，中国使7亿多贫困人口摆脱贫困，农村贫困人口减少到2017年底的3046万人。党的十八大以来，以习近平同志为核心的党中央把脱贫攻坚工作纳入“五位一体”总体布局和“四个全面”战略布局，作为实现第一个百年奋斗目标的重点任务，作出一系列重大部署和安排，全面打响脱贫攻坚战。党的十九大报告指出，过去5年，脱贫攻坚战取得决定性进展，6000多万贫困人口稳定脱贫，贫困发生率从10.2%下降到4%以下。

中国减贫为全球贡献智慧。中国立足国情、积极探索、勇于实践，走出了一条具有中国特色的反贫困道路。中国的成功经验不仅印证自身选择的正确性，而且给世界上那些既希望加快发展又希望保持自身独立性的国家和民族提供了全新选择，为解决人类问题贡献了中国智慧和中国方案。

从实践上看，坚持改革开放，保持经济持续增长，是中国减贫取得成功的前提条件。经济的高速增长，为中国减贫奠定了基础，提供了可能。始于1978年的改革开放，拉开了中国经济高速发展的序幕，同时也是中国大规模减贫的开端。

从优势上看，发挥中共领导的政治优势和中国特色社会主义的制度优势，是中国减贫取得成功的根本保证。具体表现为中共强大的政治动员能力，高效的决策和强大的执行力，以及集中力量办大事的体制优势。

从落实上看，中国减贫坚持政府主导，既制定长期减贫规划，又确定年度减贫目标，常抓不懈。在扶贫开发不同阶段，中国政府都及时发布了重要的战略性减贫政策文件。近年来，中国及时实施精准扶贫精准脱贫方略，做到因地制宜、分类施策，对分布在20多个省（区、市）的贫困人口因人因地施策，确保减贫实效。此外，中国还十分重视发挥市场在减贫中的作用。

中国努力帮助发展中国家减贫。截至2015年10月，中国共向166个国家和国际组织提供了近4000亿元人民币援助，派遣60多万名援助人员，其中700多名中国好儿女为他国发展献出了宝贵生命。中国积极向亚洲、非洲、拉丁美洲和加勒比地区、大洋洲的69个国家提供医疗援助，先后为120多个发展中国家落实联合国千年发展目标提供帮助。

当前，中国与各国正在加快推进“一带一路”建设，让国际减贫合作成果惠及更多国家和人民。中国目前倡导的国际减贫合作新机制，有别于西方国家设立的援助机制，不附加任何政治条件，而且采用参与式的方式，充分考虑受援国基层社区百姓的需求。

打好脱贫攻坚战是中共十九大提出的三大攻坚战之一。到2020年我国现行标准下农村贫困人口实现脱贫，是我们的庄严承诺。届时，中华民族在几千年发展史上，将首次整体消除绝对贫困现象。这对中华民族、对整个人类都具有重大意义。

（作者为中国国际扶贫中心副主任）

《人民日报海外版》（2018年10月17日第01版）

中国主张熠熠生辉

高晓虹

盛夏时节，黄海之滨，上海合作组织成员国元首理事会第十八次会议6月9日至10日在中国青岛成功举行。习近平主席主持会议并发表重要讲话，围绕进一步弘扬“上海精神”、构建上海合作组织命运共同体，提出了一系列新思想、新表述。以上海合作组织青岛峰会为契机，以习主席的重要讲话为标志，中国政府积极务实、友好合作，关怀共同命运，携手再创辉煌。

发扬“上海精神”，主张平等协商、强调合作共赢。习主席在主持会议时特别强调：“今天的会议首先请各成员国领导人和上海合作组织常设机构负责人发言，之后请观察员国元首、联合国常务副秘书长发言……”正如中国的“合”字，如此“一人一口”，让每个国家都有平等的机会在国际舞台发出声音，在地区安全、经济发展、人文交流等方面拥有获得感，才能达到“合作”的目的，形成“和气”的氛围，提升区域合作组织的凝聚力。所谓“上海精神”，正是秉承了“合则强、孤则弱”的先人古训，如习主席所言“超越了文明冲突、冷战思维、零和博弈等陈旧观念，掀开了国际关系史崭新的一页，得到国际社会日益广泛的认同”。

依托上合组织，实现求同存异、倡导行动为先。观念是行动的先导，行动是成功的根源，无论任何组织机构，只有让思想主张落地生根、开花结果，才能凝聚人心、创造辉煌。当下，以习近平新时代中国特色社会主义思想为指引，中国政府依托上海合作组织，将中国智慧惠及四方、将中国贡献落到实处。在讲话中，习主席提出，未来3年，中方愿为各方培训2000名执法人员，强化执法能力建设，同时宣布，中方将在上海合作组织银行联合体框架内设立300亿元人民币等值专项贷款。中国政府对于多样文明、多元发展的包容之心，被各大媒体称为“大国胸襟、实实在在”。

立足世界舞台，服务全球治理，携手共创明天。世界利益交融、各国命运与共，如何处理区域职责与全球使命的互动关系，成为区域合作组织的新议题。17年风雨兼程，作为世界上幅员最广、人口最多的综合性区域合作组织，上海合作组织的国际影响力不断提升。习主席的讲话明确提出了“五观”——提倡发展观、践行安全观、秉持合作观、树立文明观、坚持全球治理观。其中，共商共建共享的全球治理观，成为世界关注焦点。未来，上合组织要成为促进世界和平与发展、维护国际公平正义的重要力量，不仅要扫好自家门前雪，更要在世界范围内提供助力、做出贡献。习主席关于全球治理观的论述，让构建新型国际关系、构建人类命运共同体的中国主张熠熠生辉。

（作者为北京市习近平新时代中国特色社会主义思想研究中心特约研究员，中国传媒大学新闻传播学部学部长、教授）

《人民日报海外版》（2018年06月12日第01版）

重塑全球治理体系的中国方案

许 峰

当今世界，经济全球化大潮滚滚向前，但保护主义、单边主义为世界经济增长蒙上阴影；新科技革命和产业变革蓄势待发，但世界经济增长的动能转换尚未充分释放；国际格局深刻演变，但发展失衡未有根本改变；全球治理体系深刻重塑，国际格局加速演变，但治理滞后仍是突出挑战。如何才能为世界经济发展把握正确方向？如何才能为国际社会找到有效治理方案？

面对风起云涌的发展和变革，国家主席习近平日前在亚太经合组织工商领导人峰会上明确提出坚持开放、发展、包容、创新和规则导向等五项重要主张。这五大重要主张彼此密切相关，又各有侧重，针对性强，治标又治本：用“开放”破解保护主义和单边主义；用“发展”保障基本人权，增进人民福祉；用“包容”消除傲慢与偏见；用“创新”激发发展活力，更好地服务各国人民；用“规则”医治双重标准、任性妄为和利己主义膨胀的痼疾。这五大主张既遵循经济规律，又符合历史潮流，目标都是实现人类共同发展，是中国贡献给当今世界的综合施治之策。

作为一个拥有13亿多人口的文明古国、世界第二大经济体、一个负责任的发展中大国，中国顺应历史发展和时代潮流，积极参与全球治理变革，不仅贡献出了中国方案和智慧，而且提振了世界的信心。习近平用了三个“更”，即“更负责的精神、更开放包容的胸襟、更高质量的增长”来宣示中国的立场与决心。中国必将继续通过改革开放，依靠中国人民自己的智慧和勤劳的双手，在实现自身发展的同时，为世界各国共同繁荣做出更大贡献。

作为当今国际秩序的维护者和建设者，中国坚持在全球治理框架下同其他国家携手合作，共同发展。随着融入经济全球化的步伐不断加快，中国在世界经济发展和全球治理中的大国作用日益凸显。从构建人类命运共同体的高度出发，中国应势而为、勇于担当，积极推动全球治理体系的改革与创新，为世界发展注入越来越多的中国正能量。

（作者为北京联合大学海外中国学研究中心副主任）

《人民日报海外版》（2018 年 11 月 26 日第 01 版）

开辟经济全球化的新路径

施戍杰

在经济全球化遭遇波折、世界经济不确定性显著增强的背景下，国家主席习近平出访西班牙等四国并出席二十国集团领导人第十三次峰会，有助于开辟经济全球化的新路径，为世界经济持续健康发展注入新动能。

人类历史上，经济全球化的深入发展，促进了资源要素在世界范围内的充分流动，建立并不断拓展全球分工体系，创造出巨大的社会财富，也让世界各国的供应链、产业链、价值链紧密联系，日益形成利益共同体、命运共同体。世界经济的大海不可能退回到一个个孤立的小湖泊、小河流。经济全球化已经成为不可逆转的历史潮流。

但过去几十年，与经济全球化相伴随的，还有发达国家与发展中国家之间、各国内部不同社会群体之间收入差距的扩大。这是2008年爆发全球金融危机的深层原因，也是近年来逆全球化思潮滥觞的土壤所在。当前，一些政治人物也是以保护经济全球化进程中的利益受损群体为名，挥舞保护主义和单边主义“大棒”，严重冲击自由贸易体制。

习近平指出，问题本身并不可怕，关键是采取正确的办法来解决问题。人为割裂世界各国的经济联系，不仅不能保护利益受损群体，反而会破坏全球分工和贸易体系，造成更加严重的经济动荡，甚至诱发政治冲突，最终只会导致利益受损面进一步扩大。例如，美国1930年出台的贸易保护政策，不仅没能解决国内生产过剩问题，反而引发全球贸易战，造成自身出口大幅下降，加剧并延长了全球经济危机，其演变最终导致了第二次世界大战的爆发。

解决发展不平衡的办法，不是试图阻挡经济全球化的大势，而是开辟经济全球化的新路径，引导其朝着更加开放、包容、普惠、平衡、共赢的方向发展。

五年前，习近平提出共建“一带一路”倡议，就是中国对于经济全球化新路径的探索。“一带一路”的合作平台是高度开放的，不针对谁也不排除谁，不会关起门来搞小圈子。“一带一路”的合作机制是高度平等的，无论国家大小、国力强弱都是平等合作的一员，让广大发展中国家的代表性和发言权得到充分体现。“一带一路”的合作方式是高度包容的，追求合作共赢、不搞零和博弈，尊重不同国家的文明、制度和道路。“一带一路”的合作目的是实现各国共同发展，通过促进互联互通，在为世界经济增长拓展新空间的同时，更加注重培育发展中国家的内生动力，更加注重让沿线民众共同分享发展成果。

习近平此次出访，必将深化中欧、中拉合作，发出支持多边贸易体制的时代强音，有力推动世界各国共同开辟经济全球化的新路径。

（作者为国务院发展研究中心发展部副研究员）

《人民日报海外版》（2018 年 11 月 27 日第 01 版）

兼济天下　大国担当

贾秀东

11月30日至12月1日，国家主席习近平出席在阿根廷布宜诺斯艾利斯举行的二十国集团（G20）领导人第十三次峰会。10年前，华尔街次贷危机迅速蔓延，二十国集团领导人峰会机制应运而生，开启了危机应对模式，并逐步成为协调全球经济事务、开展国际经济合作的主要论坛和平台。在此过程中，中国发挥了至关重要的建设性作用，并由此开始在全球经济治理中扮演关键角色。

第一，坚持同舟共济伙伴精神，增强全球经济信心。国际金融危机当头，中国一方面采取审慎和负责任的财政金融政策，通过维持自身金融稳定为国际金融市场提供“定心丸”；另一方面及时为国际金融机构注资，提振全球金融体系的信心。在世界经济困难之时，中国承担了拉动增长的重任，对世界经济增长的贡献率保持在30%以上。中国坚信，中国经济与世界高度融合，已形成荣辱与共的利益共同体和命运共同体，只要各主要经济体团结一致，世界经济就能够战胜国际金融危机。

第二，秉持标本兼治原则，引领全球治理方向。国际金融危机的爆发与蔓延，暴露了全球经济治理的种种弊端以及很多经济体的脆弱性。中国积极推动国际金融体系改革，筑牢金融安全网，并增强发展中国家的代表性和发言权，打造更加公平、公正、合理、有序的全球经济治理体系。中国在国际金融、贸易、发展等领域，都发挥了沟通东西方、连接南北方的桥梁纽带作用。中国还倡导并践行结构性改革，以壮士断腕的气魄，致力于经济发展方式的转变，以国内治理助力全球治理，避免经济问题的输出和外溢。

第三，倡导创新发展理念，支撑全球经济增长。世界经济的最大问题是增长的动能不足，根本出路在于创新。在参与G20峰会的议题设置和讨论时，中国特别强调从改革创新中挖掘全球经济新动力，并提出一系列建议和措施，包括在杭州G20峰会上首次把绿色金融列入议程，推动开展绿色金融领域的国际合作。中国一直主张，二十国集团要做创新增长的领军者，牢牢抓住新科技革命的机遇，打造新技术、新产业、新模式、新产品，为世界经济新一轮增长打下坚实基础。

第四，坚持包容可持续导向，促进世界共同发展。从首次G20峰会起，中国就一直主张G20重视、聚焦发展议程，照顾发展中国家关切，把发展问题置于全球宏观政策协调的突出位置。没有全世界的共同发展，就没有世界经济的长远发展。中国不仅自己认真落实联合国千年发展目标和可持续发展议程，而且还敦促G20成员作出高标准、严要求的国别计划，并保障发展中国家的发展权益和政策空间。

第五，捍卫多边主义，应对全球性挑战。面对经济全球化的飞速发展，世界各国都不可能独善其身，也不可能靠单打独斗来应对世界的不确定性不稳定性。二十国集团机制是多边主义的产物，中国一直敦促历次G20峰会发出反对保护主义、支持多边贸易体制的明确信号，推动国际社会一道建设开放型世界经济。中国坚定奉行多边主义，敦促各方切实遵守共同制定的国际规则，坚持大小国家一律平等，大家的事大家商量着办，反对霸权主义和强权政治。

中国与二十国集团的关系表明，中国是现行国际秩序和国际治理体系的重要受益者、建设者、贡献者。中国积极参与二十国集团进程，展示出中国与世界携手发展、实现互利共赢的决心，体现了中国的兼济天下精神和大国担当。中国将会继续发挥负责任大国作用，积极参与全球治理体系改革和建设，不断贡献中国智慧和力量。

（作者为中国国际问题研究院特聘研究员）

《人民日报海外版》（2018年12月01日第04版）

中国，在国际风云激荡中领航

张　红

岁末年尾，回望来时路。国际风云激荡，世界充满焦虑。逆流中，中国声音响彻全球，中国方案绽放光彩。

世界那么大，问题那么多。面对“世界怎么了、人类怎么办”的时代课题，中国展现大国担当。这一年，中国国家主席习近平先后4次出访，参加了金砖国家领导人会晤、APEC领导人非正式会议以及G20峰会等多场国际会议。习近平主席用充满感情的话语和充满理性的分析，为世界增添了确定性，提供了方向感。

面对国际上出现的单边主义、保护主义逆流，习近平主席再三表明，中国是多边主义的维护者和捍卫者。在APEC工商领导人峰会上，习近平主席强调，在当今世界经济风起云涌、风险挑战凸显的形势下，我们同在一条船上，一起谋划发展合作，具有特别的意义。在G20峰会上，习近平主席强调，无论前途是晴是雨，携手合作、互利共赢是唯一正确选择。习近平主席在G20峰会上为促进国际贸易健康发展提出三个导向：开放导向、包容导向和规则导向。

针对全球治理面临的挑战，习近平主席在G20峰会上就全球经济治理提出四个坚持：第一，坚持开放合作，维护多边贸易体制。第二，坚持伙伴精神，加强宏观政策协调。第三，坚持创新引领，挖掘经济增长动力。第四，坚持普惠共赢，促进全球包容发展。

面对百年未有之大变局，中国勇于担当，寻找出路。“一带一路”倡议正是一种伟大的尝试。今年是“一带一路”倡议提出五周年。习近平主席今年四次踏出国门，每到一地，都在积极扩大“一带一路”朋友圈，寻找“一带一路”倡议和各国发展战略之间的契合点，并亲自发声排除外界对“一带一路”倡议的各种杂音。在今年的 APEC 工商领导人峰会上，习近平主席发表主题演讲时还郑重表示，共建“一带一路”是开放的合作平台，秉持的是共商共建共享的基本原则，没有地缘政治目的，不针对谁也不排除谁，不会关起门来搞小圈子，不是有人说的这样那样的所谓“陷阱”，而是中国同世界共享机遇、共谋发展的阳光大道。

无论是在非洲、欧洲还是拉美，“一带一路”无疑都是高频词汇。

“一带一路”在世界越来越受欢迎。塞内加尔成为西非首个签署“一带一路”合作文件的国家，巴布亚新几内亚成为太平洋岛国地区首个同中方签署共建“一带一路”合作协议的国家，菲律宾与中国签署了《中华人民共和国政府与菲律宾共和国政府关于共同推进“一带一路”建设的谅解备忘录》等多项双边合作文件，中葡也签署了政府间共建“一带一路”合作谅解备忘录……

“人类社会已经成为你中有我、我中有你的命运共同体。”习近平主席在今年的诸多场合发出推动构建人类命运共同体的强音。正是这种同呼吸共命运的大国情怀吸引着越来越多的人认可并接受中国主张。

在机场热情迎接习近平主席的毛里求斯总理夫妇、身着传统服饰热情舞蹈的巴新民众、西班牙国王夫妇的家宴、阿根廷的“解放者圣马丁大项链级勋章”、为习近平主席专机护航的战机、为习近平主席车队护卫的礼宾马队……点点滴滴无不令人印象深刻。

这，就是习近平主席的魅力。这，就是中国方案的魅力。这，就是中国的魅力。

（作者为本报主任编辑）

《人民日报海外版》（2018 年 12 月 10 日第 01 版）

携手而行　同舟共济

苏晓晖

1月30日，五核国正式会议在北京召开，会议主题为“加强五核国协作，维护《不扩散核武器条约》机制”。五核国是《不扩散核武器条约》（NPT）规定的核武器国家，包括中国、法国、俄罗斯、英国和美国。五国在条约审议进程中形成协调机制，就战略安全领域重要问题保持定期沟通。

中国重视五核国协调机制的作用。自2018年下半年再次担任五核国协调员以来，中方已在日内瓦举行了两次五核国大使级磋商，并在联大一委期间主办了五核国代表团团长磋商暨核政策交流，围绕核政策与战略稳定、NPT审议进程、五核国协调等问题深入交换意见。

此次五核国正式会议召开，中方在会议主席总结中归纳出各方三点重要共识：承诺共担国际和平与安全责任；承诺共同维护《不扩散核武器条约》机制；承诺继续利用五核国合作平台保持对话协调。可以看出，维护世界和平与全球战略稳定是五核国一致的努力方向。

遵守共同安全原则是基础。五核国都认识到当前国际安全环境面临严峻挑战，全球战略稳定遭遇威胁，核战争风险犹存。维持良好大国关系，就要遵守共同安全原则。共同安全，就是要尊重和保障每一个国家安全，不能一部分国家安全而另一部分国家不安全，更不能牺牲别国安全谋求自身所谓绝对安全。中国一贯强调，不应将自身的地缘政治利益凌驾于国际核不扩散规则之上。因此，五核国进行核政策与核战略交流，目标是扩大共同利益，增进战略互信，防止因误解和误判引发核风险。

NPT是国际核不扩散体系基石。一个国家的力量再强大，也难以独自应对当今纷繁复杂的安全挑战。以合作谋和平、以合作促安全，是五核国的正确选择。各方强调NPT是国际核不扩散体系基石，也是国际安全架构重要组成部分，应致力于加强NPT的权威性、有效性、普遍性。五核国承诺全面完整执行条约，确认将循序渐进实现无核武器世界目标，尽最大努力通过政治外交手段解决核不扩散问题，并致力于促进和平利用核能国际合作。

用好交流平台。五核国同意用好交流平台，保持战略对话，在NPT审议进程中加强协调，共同推动2020年审议大会取得成功。同时，五核国还愿开展更广泛交流，与国际社会进行开放和建设性对话。

当前，各国需要结成命运共同体，同舟共济、共担责任才能维护世界和平安全。此次五核国正式会议取得的共识，体现五核国协调合作应对国际安全挑战的积极态度，有利于增强国际社会对国际安全环境的信心。与会各方均赞赏会议取得的积极成果。前路漫漫，各方仍需携手而行。

（作者为中国国际问题研究院国际战略研究所副所长）

《人民日报海外版》（2019年02月01日第01版）

向世界传递中国的自信与善意

贾秀东

1月23日，在达沃斯世界经济论坛2019年年会上，中国国家副主席王岐山以“坚定信心，携手前行，共创未来”为题致辞，就中国发展和经济全球化等重大国际问题阐释中方的看法和主张，向世界传达中国的自信与善意。

40年前的1979年，中国人首次来到达沃斯。中国开启改革开放，需要走出去了解外部世界，发出中国声音，同世界交流对话。时移世易，历经40年的发展，中国取得了举世瞩目的巨大成就，社会生产力、综合国力、人民生活、国际地位和影响力都有了空前提升。中国日益成为维护世界和平、促进共同发展的重要力量。40年后的今天，中国与世界的互动更加密切，相互影响不断加深，都有了更多相互倾听的理由。

中国的成就不是从天上掉下来的，更不是别人恩赐的，而是中国人民用勤劳和汗水、智慧和勇气、改革和创新奋斗出来的。中国人民纵然历经坎坷曲折，但勇往直前的精气神儿从来没有缺失过，有能力应对各种风险和挑战。这种自信心是中华民族悠久历史凝结成的，是几代人对道路和制度不断求索之后形成的。当前，中国改革进入攻坚期和深水区，中国开放面临各种新的风险和挑战，有了自信，才能“千磨万击还坚劲，任尔东西南北风”。有了自信，才能做到“乱云飞渡仍从容”。

俗话说，家家都有本难念的经。美国总统特朗普、英国首相特雷莎·梅和法国总统马克龙由于国内原因悉数取消了达沃斯之行。美英法可谓最老牌的西方七国集团重要成员，如今受到国内麻烦的困扰，其领导人各自陷入政治旋涡，自顾不暇。不管是美国创纪录的政府“停摆”，英国折腾来折腾去的“脱欧”，还是法国此起彼伏的“黄背心”抗议运动，都反映出西方国家政治生态和社会治理出现了问题，也折射出面对全球化和全球性挑战时西方政客与民众的矛盾心态。

中国在面对问题时，选择的首先是坚定不移把自己的事做好。近年来，全球经济新动能不足，发展不平衡、收入分配不均衡的问题加剧，新技术、新产业、新业态带来的新挑战凸显。在此背景下，如果各国政策争先恐后地展示内顾倾向，不断提高国际贸易和投资壁垒，醉心于单边主义、保护主义、民粹主义，只会激化矛盾。王岐山在致辞中指出，解决经济全球化过程中出现的问题必须对症下药，发展的不平衡要靠发展来解决，诿过于人无助于问题解决。这是中国的信念，也是中国的主张。

中国在面对全球性问题时，坚持多边主义与国际合作，强调尊重各国主权，维护社会公平正义。在改革开放40周年之际，中国就坚持全方位对外开放发出了最强音，矢志促进“一带一路”国际合作，构建更高层次的开放型世界经济，以共商共建共享为理念，建设相互尊重、公平正义、合作共赢的新型国际关系。中国始终做世界和平的建设者、全球发展的贡献者、国际秩序的维护者。这是中国从构建人类命运共同体的高度出发，向世界表达的善意，展示的决心。这样做，符合中国自身的战略利益，也是世界和平与发展事业的需要。

中国与世界的命运休戚与共。中国的发展是世界的机遇。在“全球化4.0”的时代，中国有意愿有能力与各方携手应对全球挑战，塑造更加平等、包容、可持续的经济全球化。

（作者为中国国际问题研究院特聘研究员）

《人民日报海外版》（2019年01月25日第01版）

共绘全球化 4.0 的同心圆

俞　可

1 月 22 日将揭幕的 2019 年世界经济论坛年会，以“全球化 4.0：打造第四次工业革命时代的全球结构”为主题。近年，面对贸易保护主义、单边主义等逆流涌动，全球化走到十字路口。中国国家主席习近平两年前在世界经济论坛年会发表题为“共担时代责任 共促全球发展”的主旨演讲，就世界经济和全球化发展提出一系列重要主张。

围绕“世界怎么了”“我们怎么办”等问题，习近平深刻诠释经济全球化的历史必然性与现实矛盾性。这篇纲领性文献，顺应世界各国人民要发展、要合作、要创新、要共享、要美好生活的这一最大公约数，发出“只要我们牢固树立人类命运共同体意识，携手努力、共同担当，同舟共济、共渡难关，就一定能够让世界更美好、让人民更幸福”的时代强音，激励全球社会携手共绘全球化 4.0 的同心圆。

为共同掌握世界命运而共绘同心圆。人类只有一个家园。世界经济论坛 1 月 16 日发布的《2019 年全球风险报告》描绘了一幅从环境风险、经济风险到地缘风险、安全风险的风险“地图”。对人类社会来说，这些风险是高悬的“达摩克利斯之剑”。克服风险，需要构建人类命运共同体。“构建人类命运共同体”意识，被第 71 届联合国大会主席彼得·汤姆森誉为“人类在这个星球上的唯一未来”。而某些国家却让“零和博弈”“冷战思维”“后院概念”沉渣泛起，其恶果只能是“把自己关进黑屋子，看似躲过了风吹雨打，但也隔绝了阳光和空气”。

为共同治理全球事务而共绘同心圆。进入21世纪以来，国际力量对比发生深刻演变，新兴市场国家和发展中国家对全球经济增长的贡献率已达80%。尤其中国，在全球业已成为“稳定之锚”和“增长之源”。全球治理体系却未能如实反映世界格局嬗变，代表性和包容性不足。《2019年全球风险报告》揭示的实为全球治理赤字。单则易折，众则难摧。全球化4.0与三种旧版之别，就在于应该摒弃“一国独霸”或“几方共治”。国家不分大小、强弱、贫富，文明不分高下、优劣、亲疏。联合国秘书长古特雷斯盛赞中国为“多边主义的最重要支柱”。坚持中国倡议的共商共建共享全球治理观，既可纾国家治理之虞，亦可解全球治理之困。

为共同分享发展成果而共绘同心圆。据联合国难民署报告，全球共6850万人因武装冲突而流离失所。战争、暴力、恐怖主义乃肇因，究其根本，在于居高不下的发展赤字，具体表现为收入分配不平等与发展空间不平衡。要让发展更加平衡，让发展机会更加均等、发展成果人人共享，就要完善发展理念和模式，提升发展公平性、有效性、协同性。改革开放40年来，中国发展走出一条在开放中谋求共同发展的道路，在实现自身发展的同时更多惠及世界各国及其人民。建设“一带一路”倡议虽源自中国，但成效惠及世界，以政策沟通、设施联通、贸易畅通、资金融通、民心相通打造当今世界最大的国际公共产品。

要看中国取得了什么成就，更要看中国为世界做出了什么贡献。构建人类命运共同体这个中国方案，让世界共振，让全球共享。中国与世界同呼吸、共命运、齐发展，以共绘全球化4.0的同心圆来共担时代责任。

（作者为同济大学中德人文交流研究中心研究员、上海师范大学中德教育研究与协作中心总干事）

《人民日报海外版》（2019年01月21日第01版）

为人类和平做更大贡献

王新俊

当地时间2月11日，“维护世界和平的中国军队”主题展览在纽约联合国总部开幕。展览通过大量真实可感的图片、文字和视频，生动讲述了中国军队维护世界和平的感人故事，真实记录了中国军人对和平的热爱与担当，反映了中国军队面向世界的坦诚和善意。

当今世界国际安全形势面临深刻复杂变化，世界和平经受着严峻考验。民粹主义和极端保守势力裹挟着霸权主义和强权政治，在世界多地正在制造新的紧张和动荡。美国退出伊核协议导致中东局势再起波澜，新近又宣布启动《中导条约》退约程序并扬言武装干涉委内瑞拉政局等。世界各国对和平的呼声与期待越来越高。

中共十八大以来，中国致力于把坚决维护自身合法权益与维护地区和世界和平稳定紧密结合起来，把实现中华民族伟大复兴与推进构建人类命运共同体紧密结合起来。中国军队以实际行动，积极响应习近平主席关于推动构建新型国际关系、推动构建人类命运共同体，推动“一带一路”建设倡议及倡导树立共同、综合、合作、可持续的新安全观，在独立自主和平外交政策和防御性国防政策指导下，为维护世界和平提供更多公共产品。

中国军队积极参与联合国主导下的国际维和行动。目前，中国是联合国安理会5个常任理事国中派遣维和军事人员最多的国家，也是联合国维和行动的第二大出资国。从1990年4月中国首次向联合国停战监督组织派出5名军事观察员至今，中国军队实现了派遣维和人员从无到有、兵力规模从小到大、部队类型从单一到多样的历史性跨越。中国已派出维和军事人员3.7万余人次，维和官兵累计新建、修复道路1.6万余公里，排除地雷及各类未爆炸物9800余枚；接诊病患超过20万人次；运送各类物资器材135万吨，运输总里程达1300万公里。目前，中国军队共有2500余名官兵在联合国7个任务区及联合国维和行动部执行维和任务。先后有17名军人在执行维和任务中牺牲。中国在联合国维和行动中发挥的支柱作用得到世界的普遍认可和积极评价。

中国军队积极为国际战略通道提供护航和人道主义救援。从2008年12月派出第一批中国海军护航编队以来，中国海军累计派出31批护航编队、100艘次舰艇、67架直升机、2.6万余名官兵执行护航任务，共为1198批6600余艘中外船舶护航，解救、接护和救助遇险船舶70余艘。2014年3月，中国护航编队奉命长驱3500余海里，参加马航MH370航班联合搜救。2015年春，中国护航编队奉命前往战火纷飞的也门，安全撤出683名中国同胞和15个国家的279名公民。10年间，中国海军护航编队完成了一次次人道主义的国际救援行动。

中国军队不断探索着服务各国人民的方式方法。中国海军和平方舟医院船入列10年来，7次走出国门，累计航行23万多海里，友好访问亚、非、拉美43个国家，为23万人提供医疗服务。中国-老挝“和平列车”也在探索着服务各国人民新的方式方法。

中国军人愿与世界爱好和平的军队一道，为人类和平事业做出更大贡献。

（作者为军事科学院战争研究院战略研究所研究员）

《人民日报海外版》（2019年02月13日第01版）

中国航母为和平繁荣护航

王新俊

5月13日，对于正在走向伟大复兴的中华民族而言，是一个值得纪念的日子。这天，中国首艘国产航母，在一声低沉而雄壮的汽笛声中从大连造船厂码头缓缓起航，开赴相关海域执行海上试验任务。试航是航母建设的重大节点之一，标志着我国自主设计建造航空母舰取得重大阶段性成果。

2012年，中国共产党第十八次全国代表大会向世界宣布，“建设海洋强国”。这艘航母的建成和试航标志着中国向海洋强国目标迈出坚实一步。众所周知，建造现代航母不仅需要强大的经济实力、发达的造船能力，尤其需要先进的科技能力和一流国防技术装备制造能力，四者缺一不可。对今天的中国来说，建造航母绝对不是偶然事件，既是国之所需，也是水到渠成、顺势之作。

相比辽宁舰，首艘国产航母从设计到建造，全部由我国自主完成，并在辽宁舰使用经验基础上进行多项优化和现代化。在技术成熟度上、总体性能上都尽可能结合现代国防科技理念，都有较大改进和显著提高。其研制和建造，标志着我国已经掌握了建造中型航母，以及将来建造更大型更先进航母的能力。

应该承认，我们的国产航母还有很大提高、改进、完善的空间。值得注意的是，中国航母的建设速度不断创造世界纪录。中国在向海洋强国奋进的过程中，不断实现海洋强国重器从无到有、从少到多的转变，并且深知自身不足，正在快马加鞭，埋头苦干。中国人民有决心有能力，在不久的将来迎头赶上世界先进水平。

掌握现代航母建造技术，是当今世界海洋强国普遍追求；拥有航母战斗群成为海洋强国的“标准配置”，也是参与海上竞争的重要利器。为了掌握未来竞争和发展的主动权，保障国家经济安全、国防安全和海外利益安全，美国、俄罗斯、英国、法国、印度、日本等国都把发展现代航母技术作为一项重要的科技和产业发展计划。尽管是“海洋的后来者”，但中国国家安全和发展从来没有像今天这样与海洋的联系如此紧密。世界海洋，中国曾缺席几个世纪，今天情况不同了，全球海洋的和平与生态维护不能缺少中国的参与，不能缺少中国海军的身影。

正如习近平主席指出的：“重大科技创新成果是国之重器、国之利器，必须牢牢掌握在自己手上，必须依靠自力更生、自主创新。”“核心技术、关键技术，化缘是化不来的，要靠自己拼搏。”古今中外历史都证明一个道理：购买实现不了海洋强国的目标。

随着国产航母不断成长，中国海军的兵力结构和面貌将逐步发生重大改观，以航母编队为核心的水面舰艇力量结构将逐步形成。中国海军将彻底从“黄水海军”变成“深蓝海军”。

这个过程，中国海军始终是维护和平的力量。

蓝色海洋，中国海军已来。不为霸权，只为和平繁荣护航。

（作者为军事科学院战争研究院战略研究所研究员）

《人民日报海外版》（2018年05月14日第01版）

破解“四大赤字”的中国方案

张　红

3月26日，习近平主席在中法全球治理论坛闭幕式上，结合当前国际形势，阐明中国对全球治理的看法和主张。他鲜明指出国际社会正面临治理赤字、信任赤字、和平赤字、发展赤字四大挑战，并提出破解这“四大赤字”需要秉持公正合理、互商互谅、同舟共济、互利共赢四大理念。这一中国方案的背后，有时代命题、中国理念，也有中国格局、中国担当。

时代是出卷人，“世界怎么了、我们怎么办”，这是不同时代都要回答的命题。破解“四大赤字”，正是当今世界的时代命题。两年前在北京，习近平主席在首届“一带一路”国际合作高峰论坛开幕式上的演讲中指出：“和平赤字、发展赤字、治理赤字，是摆在全人类面前的严峻挑战。这是我一直思考的问题。”两年后在巴黎，习近平主席谈到的“赤字”话题，多了一个“信任赤字”。“信任赤字”之所以值得关注，一个大的背景是：近年来，国际竞争摩擦呈上升之势，地缘博弈色彩明显加重，国际社会信任和合作受到侵蚀。

提出命题，也要创新理念。习近平主席提到的三个“观”和三个“模式”，彰显了中国理念。具体来说，破解“治理赤字”，要坚持共商共建共享的“全球治理观”，继续高举联合国这面多边主义旗帜，共同推动构建人类命运共同体。破解“信任赤字”，要坚持以义为先、义利兼顾的“正确义利观”，构建命运与共的全球伙伴关系。破解“和平赤字”，要秉持共同、综合、合作、可持续的“新安全观”，各国一起走和平发展道路，实现世界长久和平。破解“发展赤字”，要坚持创新驱动、协同联动、公平包容，在此基础上打造富有活力的“增长模式”、开放共赢的“合作模式”、平衡普惠的“发展模式”，让各国人民共享经济全球化发展成果。

不登上埃菲尔铁塔，就看不到巴黎最美的风景。登高方能望远，大格局才有大智慧。当今世界正面临百年未有之大变局，跳出固有思维，摒弃零和博弈，就会发现相互信任、并肩前行才是最佳的选项。一个值得注意的重要表述是，谈及“信任赤字”时，习近平主席指出：“信任是国际关系中最好的黏合剂。”他强调要把互尊互信挺在前头，把对话协商利用起来，求同存异，聚同化异，增进战略互信，减少相互猜疑。一个“最好的黏合剂”的比喻，一个“挺在前头”的强调，凸显了信任在国际关系中的分量，也凸显了开阔的中国格局。

有格局，更须有担当。要真正把人类前途命运掌握在自己手中，就应当有以天下为己任的精神，积极做行动派、不做观望者。面对不稳定性不确定性更加突出的世界，中国坚定站在历史发展进步的正确一边，高擎构建人类命运共同体旗帜，维护多边主义，引领全球治理变革。面对人类发展十字路口的抉择，各国要有“天下为公”的情怀，唯其如此，才能有全人类命运与共的自觉。

历史发展、文明繁盛、人类进步，从来离不开思想者和担当者。建设更加美好的地球家园，需要全球携手贡献更多智慧和力量。

（作者为本报主任编辑）

《人民日报海外版》（2019 年 03 月 29 日第 01 版）

关切信息时代人类共同福祉

孟祥飞

第五届世界互联网大会11月7日在浙江乌镇开幕，国家主席习近平在贺信中指出，世界各国虽然国情不同、互联网发展阶段不同、面临的现实挑战不同，但推动数字经济发展的愿望相同、应对网络安全挑战的利益相同、加强网络空间治理的需求相同。各国应该深化务实合作，以共进为动力、以共赢为目标，走出一条互信共治之路，让网络空间命运共同体更具生机活力。

习近平主席贺信提出的思想和主张，充分体现了对互联网发展趋势的深刻洞察，对信息时代人类共同福祉的高度关切，对中国与世界各国携手建设数字世界的真诚愿望，为全球互联网发展治理贡献了中国智慧。

当今世界，正在经历一场更大范围、更深层次的科技革命和产业变革。信息技术创新日新月异，数字经济发展活力迸发，极大改变了人们的生产生活方式，引领人类开创了数字世界。全球发展正在全面迈向泛数字化、泛网络化阶段。互联网、大数据、人工智能等现代信息技术不断取得突破，同时也紧密耦合，共同推动社会和生产力发展的深度信息化。一方面全面推动传统实体经济和传统产业转型升级，以网络化、智能化为依托不断提升生产效率、降低生产成本；另一方面不断延伸产业链条和培育新兴的互联网、大数据等关联产业，推动数字经济蓬勃发展。我们要抓住机遇，用好数字化和互联网，使之成为繁荣经济、改善民生和推动社会发展的关键动力。

进入21世纪以来，特别是最近几年，中国的数字经济和互联网产业快速发展。从移动智能终端、PC机、服务器，一直到高性能集群等硬件设备的生产制造能力、出货量都快速进入世界领先；国内主要互联网企业、IT龙头企业等纷纷进入云计算领域，大力发展云计算平台设施；我国在电子商务、社交网络、共享经济等互联网经济领域取得广泛成功。随着数字化和网络化不断深入，特别是大数据、人工智能将带动的社会深度信息化变革，未来会有更多的领域需要现代信息技术的融入，不仅要实现简单数据交互的现有互联网经济模式，更要实现数据整合与加工再造，我们还要不断地去拓展信息技术和超级计算应用领域。经过40年的发展，我们从一穷二白走到世界前列，比如天河超级计算机发展就是这样的典型。我们现在比以前任何时候都拥有更强大的技术基础、人才基础、产业基础，支撑我们实现核心技术突破，让中国的信息技术发展真正迈向技术顶天、应用立地的时代，为工业、建筑、交通等更多产业信息化提供支撑，为更多智慧城市领域发展提供示范，为更多人民美好生活和健康生活需求提供保障。

让互联网发展成果更好造福世界各国人民。数字化、网络化持续推动全球化协同，各国利益更加紧密相连，任何一个国家、一个企业，甚至每一个人都已经很难置身数字化和网络化世界之外。为世界经济发展增添新动能，迫切需要加快数字经济发展。推动全球互联网治理体系向着更加公正合理的方向迈进，是信息技术发展和信息化的必然，也是时代发展的必然。面向未来，我们应当以共进为动力、以共赢为目标，坚持彼此尊重、增信释疑，切实维护各国在网络空间平等的发展权、参与权、治理权；坚持鼓励创新、激励创造，优化发展环境，打造创新高地；坚持取长补短、优势互补，加快推进市场融合、产业融合、技术融合；坚持共担责任、共享成果，携手应对风险挑战，深化网络空间安全合作、发展合作、治理合作，让网络空间命运共同体更具生机活力，更好造福世界各国人民。

（作者为国家超级计算天津中心应用研发部部长）

《人民日报海外版》（2018年11月09日第01版）

贸易战，中国不想打，但绝不怕打

“美国吃亏”就是一笔亏心账

海　声

中国有句俗话说得好，“解铃还须系铃人”。中美经贸摩擦产生的根源，在于现任美国政府认为中国存在“经济侵略”“不公平贸易”“盗窃知识产权”“国家资本主义”等“罪责”，认为美国与中国做生意“吃了亏”，因此需要用不断加征关税、设置贸易壁垒来“扭亏”。

那么，中美经贸关系的真实情况是什么呢?

中国9月24日发布的《关于中美经贸摩擦的事实与中方立场》白皮书，以大量数据和事实为依据，就如何看待美国对中国的贸易逆差、如何看待公平贸易、如何看待中美企业间的技术转让、如何看待中国的知识产权保护、如何看待中国企业“走出去”、如何看待中国的补贴政策等问题，作了详细的辨析和澄清。这些内容，事实清晰、逻辑完整、深入浅出、通俗易懂，是非曲直一目了然。

对中国市场的重要性三缄其口，美国真的吃亏了吗?

白皮书讲得明白，美国对华出口增速明显快于其对全球出口。

根据联合国统计，2017年美国对华货物出口1298.9亿美元，较2001年的191.8亿美元增长577%，远远高于同期美国对全球112%的出口增幅。中国是美国飞机和大豆的第一大出口市场，汽车、集成电路、棉花的第二大出口市场。2017年美国57%的大豆、25%的波音飞机、20%的汽车、14%的集成电路、17%的棉花都销往中国。

一味强调账面上的“贸易逆差”而不讲实际的“利益顺差”，美国真的吃亏了吗?

白皮书讲得明白，美国居于全球价值链的中高端，对华出口多为资本品和中间品，中国居于中低端，对美出口多为消费品和最终产品，两国发挥各自比较优势，双边贸易呈互补关系。

实际上，中国对美出口的所谓“高技术产品”，大多只是在华完成劳动密集型加工环节。中国企业赚取的更多是加工费，而美国企业则从设计、零部件供应、营销等高附加值环节获得了巨大收益。虽然美国在中美贸易的面子上表现为“贸易逆差”，但在里子上却享有实际的“利益顺差”。

“选择性忽视”自己有优势、占便宜的一面，美国真的吃亏了吗？

白皮书讲得明白，美国服务业高度发达，产业门类齐全，国际竞争力强。随着中国经济发展和人民生活水平提升，服务需求明显扩大，双方服务贸易快速增长。

据美国自己统计，2007—2017年，美国对华服务出口额由131.4亿美元扩大到576.3亿美元，增长了3.4倍，而同期美国对世界其他国家和地区的服务出口额只增长1.8倍，美国对华服务贸易年度顺差扩大30倍至402亿美元。目前，美国是中国服务贸易逆差最大来源国，占中国服务贸易逆差总额的20%左右。中国对美服务贸易逆差主要集中在旅游、运输和知识产权使用费三个领域。

对中国在美经济增长、降低通胀方面的巨大作用只字不提，美国真的吃亏了吗？

白皮书讲得明白，中美经贸合作让美国获得了跨境投资、进入中国市场等大量商业机会，对美国经济增长、消费者福利、经济结构升级都发挥了重要作用。

据美中贸易全国委员会等机构估算，2015年美国对华出口和中美双向投资为美国国内生产总值贡献了2160亿美元，提升美国经济增长率1.2个百分点；来自中国物美价廉的商品降低了美国消费者物价水平，如2015年降低其消费物价水平1—1.5个百分点，低通货膨胀环境为美国实施扩张性宏观经济政策提供了较大空间；2015年，美国对华出口和中美双向投资支持了美国国内260万个就业岗位，其中中国对美投资遍布美国46个州，所创造的岗位大多数属于稳定性较强的制造业岗位。

需要指出的是，中美两国经济体量巨大、经贸往来密切，双方发展阶段、社会制度、文化传统各不相同，存在经贸摩擦本来属于正常现象，关键是如何增进互信、促进合作、管控分歧，以期最终实现求同存异，不断扩大共识。

如果像“美国吃亏论”者所表现的那样，只看到自己对别人的种种好处，却看不到别人对自己的巨大贡献；只讲自己在何时何地吃了多少亏，却不提自己在哪年哪月占过多少便宜；只要求中国配合自己实现“美国优先”，却不尊重对方作为世界上最大发展中国家的发展权利……试问，如此难以服众的单边主义思维，如此无理取闹的唯我独尊态度，如此反复无常的出尔反尔行为，如何实现中美经贸合作的互利共赢？如何赢得世界各国人民的真心尊重？如何保障美国民众分享经济全球化果实的宝贵权利？

自己有病，却让别人吃药。“美国吃亏论”的背后，依然是“将国内问题国际化、经贸问题政治化”思维在作祟。现任美国政府只顾着将美国国内改革停滞、发展遇阻的困境转嫁到中国头上，而不是扎扎实实、认认真真地去解决美国自身存在的市场扭曲、成本过高、贫富加剧、社保不彰等一系列深层次社会问题。

“美国吃亏论”者必须认清这样一个事实：正是中国资源、中国产品、中国技术，支撑起美元购买力的基础，降低了美国家庭的生活成本，提升着美国经济发展的竞争力。对中美两国而言，良好的经贸关系对各自的发展都具有重要意义，即白皮书所强调的“合则两利，斗则两伤”。

当今世界，和平合作的潮流滚滚向前，开放融通的潮流滚滚向前，变革创新的潮流滚滚向前。只要美方能够遵循规律、顺应潮流，站得高一些、看得远一些、相待诚一些，就一定能够破解“美国吃亏论”带来的怪圈，就一定能够找到解决矛盾和冲突的钥匙，最终促进世界经济实现新一轮更高质量发展。

《人民日报海外版》（2018 年 09 月 26 日第 01 版）

“美国公平”就是不讲公平

海　声

“更强大、更安全、更富有”，这是美国总统特朗普对当前美国的评价，并称其政府在不到两年时间里取得的成就“几乎超过”美国历史上任何一届政府。在第 73 届联合国大会一般性辩论现场，特朗普总统的话并未引起预期的反响。

这个世界上，有些人只看得到自己想看到的，有些国家只强调自己想强调的，而且还会利用自己的强势诱使或是逼迫他人接受。

特朗普总统对自己政府与国家的大力点赞是一例，罗列一堆“莫须有”的“罪名”悍然发动并升级对华贸易战又是一例。

美国高高举起所谓“不公平贸易”“盗窃知识产权”等大帽子，貌似站到道义高地，对中国指手画脚一通指责，并通过舆论场放大自己的声音。这些一厢情愿并不是事实本身。

那么，事实是什么呢？9 月 24 日发布的《关于中美经贸摩擦的事实与中方立场》白皮书认为，对这一事实的认识方面，美国有多个误区：仅看货物贸易差额片面评判中美经贸关系得失，脱离世界贸易组织的互惠互利原则谈论公平贸易，违背契约精神指责中国进行强制技术转让，抹杀中国保护知识产权的巨大努力与成效，将中国政府鼓励企业走出去歪曲为一种推动企业通过并购获取先进技术的政府行为，脱离世界贸易组织规则指责中国的补贴政策，等等。

美国强调中美双边货物贸易不平衡并将责任归咎于中国。美国看不到这是个历史演变过程，更忘记了20世纪80年代至90年代初期美国一直处于顺差地位。美国看不到综合考虑货物贸易、服务贸易和本国企业在对方国家分支机构的本地销售额三项因素和净收益占优。美国更看不到自身存在的结构性问题：2017年美国与102个国家存在贸易逆差，在资本与技术密集型产品和农产品领域中国都是逆差，2017年中国对美货物贸易顺差的59%来自外商投资企业，中国在很大程度上承接了过去日本、韩国等其他东亚经济体对美的贸易顺差，自己因为冷战思维对华高技术产品出口管制人为抑制了美国优势产品对华出口潜力；也看不到美国通过逆差不断输出美元，利用美元“嚣张的特权”向世界各国征收“铸币税”。

美国抱怨与其他国家市场开放“不对等”使自己处于“不公平”的贸易地位。美国看不到其所谓“公平贸易”是以“美国优先”为前提，以维护自身利益为目标。美国看不到世界贸易组织所提倡的互惠互利原则，尊重发展中国家和地区的发展权，考虑了各国发展阶段的差别。美国自然也看不到，如果按照其绝对对等逻辑，自身也有大量不公平和不对等的情况。例如，中国对带壳花生、乳制品和货车征收的关税分别为15%、12%和15%—25%，而据世界贸易组织关税数据显示，美国相应的关税分别为163.8%、16%和25%，均高于中国。

美国歪曲中国与美国等发达国家合作过程中发生的技术转移为强制技术转让。美国看不到外国企业与中国企业建立合作伙伴关系，完全是基于商业利益的企业自愿行为。美国看不到多年来美国在华企业通过技术转让与许可获得了巨额利益回报，是技术合作的最大受益者。美国更看不到2000年以来，中国全社会研发经费投入以年均近20%的速度增长，看不到2017年中国全社会研发经费投入1.76万亿元人民币，仅次于美国。

美国完全抹杀中国保护知识产权的巨大努力与成效。美国看不到中国已经成为世界上审理知识产权案件尤其是专利案件最多的国家，而且中国处理涉外知识产权案件的审理周期是全世界最短的之一。美国看不到，2016年中国向美国支付知识产权使用费79.6亿美元。美国更看不到，过去10年间中国使用外国技术支付的专利授权和使用费增长4倍，2017年为286亿美元，排名全球第四，其中为本国境内使用的外国技术支付费用的规模仅次于美国，排名全球第二。

美国歪曲中国政府鼓励企业走出去的做法，是一种推动企业通过并购获取先进技术的政府行为。美国看不到，2005—2017年，中国企业在美232项直接投资中，仅有17项涉及高技术领域，其他大部分分布在房地产、金融以及服务业等领域。

美国还指责中国的补贴政策，无视包括美国在内的许多国家和地区普遍使用这种政策。美国当然也看不到中国认真遵守世界贸易组织关于补贴政策的规则，并一直积极推进国内政策领域的合规性改革。

是真的看不到，还是“选择性忽视”？出现问题，美国的直接反应显然不是从自身找原因。而作为美国贸易逆差的最大来源国——中国成为最现成的“靶子”。想和美国讲道理？美国用“看不到”告诉世界：美式道理就是不讲道理。

作为公认的世界唯一超级大国，美国为了把自己装扮成“受害者”可谓不遗余力。是“揣着明白装糊涂”，还是入戏太深无法自拔？是转嫁国内矛盾，还是借题发挥遏制他们自己眼中的潜在威胁？

中国发布《关于中美经贸摩擦的事实与中方立场》白皮书，用大量的数据和事实揭穿了美国的把戏，让美国的“戏”更难演了些，也让这个世界看得更清楚了些。

《人民日报海外版》（2018年09月27日第01版）

“美国优先”就是拿家法当王法

海　声

USA，中国人翻译为美利坚合众国。“美利坚”这三个字，在中国文化语境里都给人以美好的想象：美丽、富裕、坚强。

改革开放以后，中国老百姓对美国的具体认知是曼哈顿、“常青藤”、迪士尼、好莱坞、NBA……还有发达、强大、开放、活力……

但现在，美国政府的所作所为正如多年前一本著作的书名——《美国反对美国》——现实中的美国反对观念中的美国，包括中国在内的众多国家的人民极大改变了对美国的认识。

中国政府日前发布的《关于中美经贸摩擦的事实与中方立场》白皮书，就用翔实的数据和确凿的事例，证明了美国距离它所宣称的，或者人们所想象的样子有多遥远，甚至有多颠覆。

作为世界最发达的市场经济国家，美国的市场公平想必应该是全球样板吧？然而很遗憾。根据经合组织发布的2013年“产品市场监管指标”，美国在35个经合组织国家里排名第27，产品市场的公平竞争环境不如多数发达国家，甚至逊于一些发展中国家。相反，美国对他国产品的歧视程度倒是远高于大多数发达国家，甚至也高于一些发展中国家。在“国外供应商差别待遇”这一项里，美国排名第32，对外国产品的歧视程度之高，再进一步就能名列三甲。

作为“二战”后国际经济秩序和多边贸易体系的主要建立者和参与者，美国想必应该是遵守世贸规则的优等生吧？然而依然遗憾。美国经常违反世界贸易组织规则。1995—2015年，美国不执行世界贸易组织争端解决机制裁定的事情多有发生，以至于被胜诉方屡屡提出暂停申请、中止对美国关税减让义务。20年间，世贸组织同类案件中，美国一家的“戏份”占到了2/3，成了最大的“被告”。

作为世界上唯一的超级大国，美国想必应该有点一诺千金的大国风范吧？然而特别遗憾。眼前的例子，和中国经过多轮谈判后，双方达成“双方不打贸易战”共识，并于5月19日对外发表联合声明，然而仅仅10天之后，美国政府就公然撕毁墨迹未干的联合声明，背弃承诺，启动大规模征税措施，单方面挑起了贸易战。

…………

例多不胜枚举。要言之，美国这些行为，是一手举着贸易保护主义的盾，另一手举着贸易霸凌主义的矛——大闹地球村，专欺善良人。要问为什么？他说要“优先”。

被本届美国政府奉为圭臬的所谓的“美国优先”其实很难让人理解，更让人难以接受。美国是世界上经济体量最大的国家，是一个领跑者的角色，要“优先”到什么位置，他才会觉得舒服呢？

美国对《中国制造2025》的责难，可以折射美国的心态。足见“美国优先”不过是单边主义的陈词滥调换了一套新鲜的说辞。

《中国制造2025》是一个引导性、愿景性的文件。中国政府一直强调《中国制造2025》是一个开放的体系，对外资内资具有普遍适用性。中国领导人在多个场合表示，欢迎外国企业参与《中国制造2025》。文件制定过程中，中国严格遵循世界贸易组织规定，确保相关政策合规透明、公平无歧视。实施以来，包括美国企业在内的许多外国企业均已参与到相关的建设项目中来。

就是对这么一个有利各方包括美方企业的文件，美国一蹦三尺高，横加指责，批评中国搞产业政策。这就滑天下之大稽了——过去10年中，发达国家和发展中国家至少有101个经济体（占全球GDP的90%以上）出台过正式的产业发展战略。美国自己更是接二连三推出行之有效的产业政策，涵盖技术创新、政府采购、企业补贴、关税保护等方方面面。甚至《中国制造2025》本身就有借鉴美国产业政策之处——怎么美国能做、能大做特做的事情，放到中国身上就成了罪过呢?

中国有个典故，叫“只许州官放火，不许百姓点灯”。美国现在的决策层大概就是这个典故里的“州官”，唯我独尊，为所欲为，拿自己的家法当世界的王法。

美国不就是这么做的吗？它祭出来制裁别人的法，都是自己的国内法——什么“232调查”“201调查”“301调查”，依据都是美国国内法，《1974年贸易法》或者《1962年贸易扩展法》。至于国际规则，根本置若罔闻。甚至，必要的时候，美国自己给自己立的规矩，也是可以罔顾的。美国政府1994年的一项“行政行动声明”，表示要按照符合世界贸易组织规则的方式来执行“301条款”，即美国只有在获得世界贸易组织争端解决机制授权后才能实施“301条款”所规定的制裁措施。可是在本次中美经贸摩擦中，美国政府动用“301条款”对中国开展调查，在未经世界贸易组织授权的情况下，就对中国产品大规模加征关税，根本就是想干嘛就干嘛，不但绕开了世贸组织，也随手将自己政府的文件丢进了字纸篓里。

什么叫霸凌？仗着自己的块头大，以自己的利益作为行事的法则，破坏起码的游戏规矩，损害别人的正当权益，这就是霸凌。霸凌者也许能逞一时之蛮勇，但终将作法自毙。好莱坞电影里有一种校园喜剧的类型，经常有一个块头很大的肌肉男，在学校里横行霸道，长期欺负新来的或者弱小的同学，结果呢，总是会碰到硬茬，最终闹得灰头土脸、狼狈不堪——这是美国人民的善良与幽默。不知道今日美国庙堂之上的衮衮诸公，能否从中得到一点启示。

《人民日报海外版》（2018年09月28日第01版）

“美国任性”就是给世界挖坑儿

海　声

在美国开国之初，曾经有过著名的“农业立国”和“工商业立国”的路线之争。

种植园主出身的杰弗逊主张“农业立国”，提倡向欧洲大量出口粮食和棉花等工业原料来换购工业制成品，造成欧洲工业国对美国农业的依赖。而商人出身的美国第一任财政部长汉密尔顿则主张“工商业立国”，大力发展工业，同欧洲强国一较上下。因为当时适逢工业革命，工业附加值远高于农业，所以，发展工业、与欧洲做生意给初生的美国带来了大量财富。但美国也没有因为工业的发展荒废广袤的土地，在发展中融合了开国初年的两条路线。

不过，无论是“农业立国”还是“工商业立国”，杰弗逊和汉密尔顿始终没有放弃一个立场，就是“商业立国”，这成为美国200多年来的立国精神。由此生发出的自由、平等意识以及契约精神，都成为美国重要的核心价值观。

可惜，这些美国自诩“光荣与梦想”之根源的价值观，眼下正经受自己挑起的贸易战的严峻考验。

怎么讲？商业的本质无非是互通有无，积累财富。在市场经济条件下，人类摆脱了蛮荒时代的掠夺性交换，开始有了规则，交易双方有平等的交易人格、自由的交易原则，遵守共同的契约精神。这是现代商业文明的基础，在这个经济基础上形成了一套基于规则和信用的国际治理体系。用中国政府前几天发布的《关于中美经贸摩擦的事实与中方立场》白皮书中的话来说，这套上层建筑是“各国无论大小强弱，均应相互尊重、平等对话，以契约精神共同维护国际规则”，是“走向文明的历史进程”，对“促进全球贸易投资、促进全球经济增长具有基础性作用”。

但当下，美国破坏现行多边贸易规则的做法把这套文明的规则一脚踢开。

2017年和2018年亚太经合组织贸易部长会议上，美国政府不同意将“反对贸易保护主义”写入部长声明，遭到亚太经合组织其他成员一致反对，造成均未在支持多边贸易体制问题上达成一致立场。争端解决机制是多边贸易体系的重要基石之一。近年来，美国又频繁干预WTO事务，阻碍WTO争端解决机制法官的选拔和任命，导致世界贸易组织上诉机构人员不足，使争端解决机制瘫痪。

当年推动建立多边贸易体系的是美国，如今破坏这个体系的同样是美国，翻手为云覆手为雨，美国的契约精神安在？

美国的任性对现行国际经济秩序的破坏不仅仅在制度层面。白皮书说，当前，全球经济刚刚走出国际金融危机的阴影，回升态势并不稳固。美国政府大范围挑起贸易摩擦，阻碍国际贸易，势必会对世界经济复苏造成负面影响。为了遏制美国的贸易保护主义行为，其他国家不得不采取反制措施，这将导致全球经贸秩序紊乱，阻碍全球经济复苏，殃及世界各国企业和居民，使全球经济落入“衰退陷阱”。

根据世界银行的测算，如果全球关税广泛上升，会给全球贸易带来重大负面影响，至2020年全球贸易额下降可达9%，对新兴市场和发展中经济体的影响尤为明显。

如果全球经济因为“关税战争”陷入“衰退陷阱”，美国能独善其身吗？要知道，全球经济对贸易增长的依存度已从1960年的17.5%上升到2017年的51.9%，各国经济早已是你中有我，我中有你。“杀敌一千，自损八百”，贸易战的结果必然是美国不得不承受自噬的苦果。

当前，全球经济深度一体化，各国充分发挥各自在技术、劳动力、资本等方面的比较优势，在全球经济中分工合作，形成运转高效的全球价值链，共同分享价值链创造的经济全球化红利。尤其是以跨国公司为代表的各国企业通过在全球范围内配置资源，最大限度降低了生产成本，提高了产品和服务质量，实现了企业之间、企业与消费者之间的共赢，这是市场自由选择的结果。

但美国政府非要逆市场而行，通过加征关税、提高贸易壁垒破坏全球自由贸易，甚至对不愿意放弃全球产业链回国的美资跨国企业贴上“卖国标签”、威胁加税，这已经不是一个崇尚自由市场经济的美国的做派了。对全球价值链的破坏，必然对所有供应链上的经济体都造成贸易收缩的负面影响，产生连锁反应，美国供应商也在劫难逃。

白皮书引用了中国商务部数据：美国对华第一批340亿美元征税产品清单中，有200多亿美元产品（占比约59%）是美、欧、日、韩等在华企业生产的。包括美国企业在内，全球产业链上的各国企业都将为美国政府的关税措施付出代价。

而这些代价最终将由全球消费者承担，当然也包括了长期受益于廉价全球商品的美国消费者。“保护性关税将导致美国消费品价格上涨，伤害多数美国公民利益”，这不是中国政府说的，而是美国国家纳税人联盟在2018年5月3日写给国会与总统的公开信中警告的。

1930年，美国总统胡佛为兑现竞选时的承诺——提高农产品的进口关税以帮助受困农民，一意孤行，签署了《斯姆特·霍利法案》，将2000多种的进口商品关税提升到历史最高水平。法案通过之后，许多国家对美国采取报复性关税措施，使美国的进口额和出口额都骤降50%以上，引发全球经济大萧条。《斯姆特·霍利法案》通过之时的1930年，美国的失业率为7.8%，而到1931年，骤升至16.3%，并一路走高，1932年达到24.9%，1933年达到25.1%。

88年过去，但愿殷鉴不远。

《人民日报海外版》（2018年09月29日第01版）

“中国立场”顺大势　担正义　行正道

海　声

今天是中华人民共和国的生日。这样的日子，更值得思考一个问题：中国何以是中国？中国之所以是中国，首先因为有自己的特色和坚守，自己的价值观和立场。拿对外交往为例，对非洲兄弟，中国“真实亲诚”；对周边国家，中国“亲诚惠容”；对所有国家，中国强调“互利共赢”。

对经贸合作，尤其中美经贸合作，中国的立场同样是明确的、一贯的、坚定的。《关于中美经贸摩擦的事实与中方立场》白皮书，将这一立场概括为八个“坚定”。所谓“坚定”，就是“千磨万击还坚劲，任尔东西南北风”。所谓“坚定”，就是“两岸猿声啼不住，轻舟已过万重山”。你尽管反复无常，我自心有定数。

从底线上讲，对国家尊严和核心利益，中国坚定维护。对于贸易战，中国态度就一句话：不愿打、不怕打、必要时不得不打。这种坚定，因为民族骨气，源于国家底气。中国有强大的经济韧性和广阔的市场空间，有勤劳智慧、众志成城的中国人民，有国际上一切反对保护主义、单边主义和霸权主义的国家支持，中国有信心、有决心、有能力应对各种风险挑战。这种坚定，不是目空一切、拒绝对话。相反，中国谈判的大门一直敞开，但谈判必须以相互尊重、相互平等和言而有信、言行一致为前提，不能在关税大棒的威胁下进行，不能以牺牲中国发展权为代价。

从诚意上讲，对中美经贸关系健康发展，中国坚定推进。历史、现实和未来，已经在并将继续证明：中美和则两利，斗则俱伤，双方保持经贸关系健康稳定发展，符合两国人民根本利益，符合世界人民共同利益。作为世界前两大经济体，中美经贸摩擦事关全球经济稳定与繁荣，事关世界和平与发展。为改善状况，中国提出了“积极构建平衡、包容、共赢的中美经贸新秩序”等主张，愿意与美国重启双边投资协定谈判，适时启动双边自贸协定谈判。但是，一个巴掌拍不响。中美相向而行，相互尊重、合作共赢，才是大道。

从责任上讲，对多边贸易体制，中国坚定维护并推动改革完善。“基石”和“支柱”一旦坍塌，建筑将不复存在。同样，国际贸易需要“基石”，全球贸易健康有序发展需要“支柱”。而这一“基石”和“支柱”，就是以世界贸易组织为代表的多边贸易体制。基于责任和担当，对世界贸易组织规则，中国坚定遵守和维护；对开放、透明、包容、非歧视的多边贸易体制，对基于全球价值链和贸易增加值的全球贸易统计制度等改革，中国坚定支持。中国支持对世界贸易组织进行必要改革，但坚决反对单边主义和保护主义。

从事实上讲，对产权和知识产权，中国坚定保护。出于多种目的，美国大张旗鼓宣扬，中国对知识产权“保护不力”、“强制技术转让”。这完全是对事实的歪曲，是以保护知识产权之名，行贸易保护主义之实。对此，中国坚决反对。事实上，中国高度重视知识产权保护，将其作为完善产权保护制度最重要的内容之一。2017 年，中国法院共新收一审知识产权案件 213480 件，结案 202970 件，分别比上年增加 46% 和 43%。中国已经成为世界上审理知识产权案件尤其是专利案件最多的国家。

从承诺上讲，对外商在华合法权益，中国坚定保护。2017 年，中国吸引外商投资 1363 亿美元，居世界第二位。而截至 2017 年，美国累计在华设立外商投资企业约 6.8 万家。中国对外商，尤其对美国企业为何有着如此巨大吸引力？这缘于中国市场的海量商业机会，也得益于中国坚定保护外商在华合法权益，跨国公司分享了中国经济发展的巨大机遇。2018 年 6 月，国务院发出通知要求，负面清单之外的领域，各地区各部门不得专门针对外商投资准入进行限制。

从方向上讲，对改革和开放，中国坚定深化和扩大。改革开放是中国的基本国策，深化改革、扩大开放是写进了十九大报告里的。中国改革的方向不会逆转，只会不断深化。中国开放的大门不会关闭，只会越开越大。中国愿与世界各国分享中国发展新机遇。今年11月，中国将在上海举办首届中国国际进口博览会，这是中方主动向世界开放市场的重大举措，将为各方进入中国市场搭建新的平台。

从合作上讲，对与其他发达国家和广大发展中国家的互利共赢合作，中国坚定促进。今年以来，中非合作论坛北京峰会、上海合作组织青岛峰会、中国欧盟领导人会晤、中阿合作论坛第八届部长级会议、中拉论坛第二届部长级会议等主场外交，中国和各方无不互利共赢。无论发达与否、实力强弱，与中国合作，既得尊重，又得实惠，这是几乎所有国家的共识。互利共赢合作，永远在路上。未来，中国将与欧盟一道加快推进中欧投资协定谈判，加快中日韩自贸区谈判进程，深入推进“一带一路”国际合作。

从志向上讲，对构建人类命运共同体，中国坚定推动。中国有大志向，除了为人民谋幸福，为民族谋复兴，中国还愿“为世界谋大同”。以共建“一带一路”为实践平台，推动构建人类命运共同体，符合中华民族历来秉持的天下大同理念，符合中国人怀柔远人、和谐万邦的天下观，赢得国际赞誉。构建人类命运共同体等中国倡议，写进了联合国文件。

中国的八个“坚定”，顺大势、担正义、行正道。“坚定”是民族定力，也是国家信用。一个有定力和讲信用的国度，值得世界信赖。希望美国的成熟政治家们，认清“中国立场”，客观全面认识中美经贸关系，及时纠正不当行为，最终能够回归理性。

《人民日报海外版》（2018年10月01日第03版）

牢骚太盛防肠断　风物长宜放眼量

海　声

今天，美国国务卿蓬佩奥将对中国进行访问，中美双方将就中美关系及共同关心的国际和地区问题交换意见。因贸易摩擦等背景，中美这一对话受到各方关注和期待。中国一直倡导并欢迎平等、理性、相向而行的对话。唯有如此，才是解决问题的良药。

对话之前整事儿，是美国的惯常做法。在蓬佩奥访华前夕，他的同事美国副总统彭斯在一家智库发表讲话，声称中方干涉美国内政和选举，对中国内外政策进行无端指责。对彭斯的这一讲话，不仅中方严正抗议，连一众美国媒体也不买账，认为没有依据，属于臆想和揣测。妄言固然不难被戳穿，但其背后反映出的问题却引人琢磨。

这一讲话时值“选举焦虑期”。虽然名为“对华政策”讲话，但讲话中谈“怎么看”很多，谈“怎么办”极少。正是“选举焦虑期”，讲话中的各种“抱怨”，明显想在美国国内激发一种情绪，转移焦点，抬升选情，对华施压，各种目的俱有。历史地看，每逢国内矛盾激化、大选时期，美国政客们常把“中国靶子”搬出来，讨好选民、转嫁矛盾、赢取选票。尽管如此，对这次讲话释放的信息，仍不可不察。

这一讲话折射“对华焦虑症”。讲话专门针对中国，有备而讲，在美国有一定代表性。美国对华焦虑情绪，非自今日始，却在今日盛。中美关系面临问题的深层次症结在于，一些美国人认为中国国强必霸，甚至会挑战和取代美国在世界上的地位。这显然是一个重大的战略误判。短期看，中国在贸易等领域的反制，美国自身贸易逆差不降反增，让美国心烦；长期看，中国的发展和民族复兴更让美国心烦。而事实却是，美国的“焦虑”和“心烦”大可不必——坚持走和平发展道路写入了中华人民共和国宪法和中国共产党党章，中国走的是一条合作共赢之路，中国人从来就没有对外扩张的基因。

这一讲话不会影响中国立场。一方面，到底是谁动辄侵犯别国主权、干涉别国内政、损害别国利益，国际社会早已看得很清楚。在事实面前，任何对中国的恶意诋毁都是徒劳的。另一方面，“不可胜在己”，在美国各种“出招”面前，中国的表态、行动、化解有条不紊。中国有着高度的道路自信，始终不渝走和平发展道路，中国的对美政策也是一贯、明确的。以《关于中美经贸摩擦的事实与中方立场》白皮书为例，中国在多方面的立场是坚定的。

中美关系是两国的共同资产。一些美国人因太过“焦虑”，太过关注所谓“美国吃亏了”，而疏忽了一个事实——今年是中美发表建交公报40周年。40年来，两国合作取得重大成果，促进了各自的发展，中美之间有太多合作经验值得总结。中美建交以来，中国受益匪浅，美国也分享了机遇和成果，两国都应以实际行动维护中美关系健康稳定发展。

增进互信才能缓解美国“焦虑”。中美两国发展阶段不同、制度相异、文化有别，交往越密切，利益越交融，各种疑虑、矛盾，甚至摩擦也都会随之而来。存在摩擦是正常的，关键是如何增进互信、促进合作、管控分歧，化焦虑为交流。长期以来，两国政府先后建立了中美商贸联委会、战略经济对话、战略与经济对话、全面经济对话等沟通协调机制，在对话方面有着丰富经验。

“牢骚太盛防肠断，风物长宜放眼量。”凡事既要回头看，也要低头看，更要抬头看。希望蓬佩奥访华，以及未来更多的对话，能够成为中美加强合作的新切入点。对中美两国来说，合作是唯一正确的选择，共赢才能通向更好的未来。

《人民日报海外版》（2018年10月08日第01版）

“不公平贸易”帽子扣不到中国头上

苏晓晖

近一时期，美国不断就贸易问题给中国扣帽子。美国国务卿蓬佩奥在底特律经济俱乐部发表关于美经济复兴的演讲，用“掠夺性”一词描述中国经济，抱怨中国进行“不公平竞争”。美商务部负责国际贸易的副部长在出席论坛时，指责中国搞“非市场经济”，对美战略产业造成威胁。

美官员几番卖力表演，刻意把“不公平贸易”的帽子强扣到中国头上，显然有其目的和用意。

首先，美方这一动作是为其单方面挑起的贸易战服务的。美政府当前经贸政策具有明显的单边保护主义性质。不论是“232 调查”还是“301 调查”，都有违国际贸易的题中应有之义。贸易本是增进各方利益的多边和双边行为，应以互利共赢为基础。历史已反复证明，贸易战本身是逆世界潮流而动的行为，是过时、落伍、低效的。美执意挥舞贸易战大棒，师出无名，于理无据，不得不以所谓“贸易不对等”为借口。

其次，炒作“贸易公平”意在实现国内政治目标。2016 年 8 月，作为共和党总统候选人的特朗普也曾在底特律经济俱乐部发表演讲，宣布其经济计划。推动制造业回流、安抚失业蓝领工人被认为是特朗普胜选的重要原因之一。随着中期选举临近，美国务卿再次在底特律大谈“中国经济威胁论”，明显是要再次引导舆论，争取选票。然而，不管美方意欲何为，“不公平贸易”的帽子中国不会也不能接受。

中国促进开放合作的成绩得到广泛认可。几天前，中国发表《中国与世界贸易组织》白皮书，以事实说明，中国加入世贸组织以来积极践行自由贸易理念，全面履行加入承诺，大幅开放市场，实现更大互利共赢，在对外开放中展现了大国担当。中国致力于以更大力度、更高水平的对外开放实现全球共同发展，推动经济全球化更加开放、包容、普惠、平衡、共赢。世贸组织发言人对中方白皮书进行评论时表示，世贸组织秘书处过去和现在都“十分赞赏中国对世界贸易组织的强有力支持”。

美国的“公平互惠”标准不得人心。美以“互惠贸易”之名，行“美国优先”之实，已经引起多方强烈反弹。欧盟、墨西哥、加拿大、印度、土耳其等宣布对美实施报复性关税。面对政府单边贸易政策走向，美制造业不但没有出现一片叫好之声，反而出现各种担心和恐慌，甚至有知名企业以“出走”方式逃避政府政策造成的负面影响。

显然，美国当前与其费尽心思给中国扣帽子，不如赶紧深刻反思自身错误。盲目而为，一意孤行，造成的苦果，害人也将害己。

（作者为中国国际问题研究院国际战略研究所副所长）

《人民日报海外版》（2018年07月02日第01版）

起底美国贸易霸凌的歪心歪理

张　红

今天，7月6日。对中美两国人民乃至全世界人民来说，都是一个紧要日子。美国已有时间表，对华贸易战的“战鼓”已经擂得颇有战时的味道。

贸易战的战端一旦开启，炮弹究竟会不会掉进自家的阵地？白宫才不管这样的问题。毕竟，嚷嚷叫的哈雷摩托只不过是一家企业，想走你就走吧；毕竟，嚷嚷叫的豆农们只不过是一群农民，爱闹你就闹吧……现在，在唯一超级大国的政策工具箱里，似乎已经贫乏到或者说自负到只剩下“贸易战”这唯一的物件儿。

这只空荡荡又沉甸甸的工具箱上，烙着纳瓦罗先生的名字。纳瓦罗先生是谁呢？所谓的经济学家、曾经的特朗普总统竞选团队政策顾问、现在的白宫国家贸易委员会主任。他的2011年的《致命中国》一书，据说是美国对华贸易战的“政策之源”。近日纳瓦罗主任又亲自主笔涉华报告，重弹《致命中国》论调。然而，与其显赫身份极不相称的，是其政策建议中的陈词滥调和歪心歪理。

指责中国“消灭美国人工作机会”、号召美国民众不要购买中国产品、对美国企业到中国投资进行阻挠……纳瓦罗的种种“妙招”，尽管了无新意，却也不无效果。因为他已经一步步把自己的“对手”逼得更加坚定，也已经一步步把自己的“队友”逼得更加离析。令人不解的是，美国摆开架势，想一条道走到黑。

这充斥着浓浓的“霸权味道”：对于国际体系与规则，它是典型的“合则用、不合则弃”，显然习惯了“一国独霸”的做派。在一个市场和供应链高度一体化的世界中，美国坚持砌起又高又厚的墙。它不知自问：世界经济和各国发展，都从全球化中受益良多，怎么唯独美国成为受害者？显然，美国揣着明白装糊涂。美国在全球化中已经获取巨大利益，现在又要通过“逆全球化”实现更大利益。这是典型的置全球经济和他国利益于不顾的自私自利的霸权主义表现。

这流露着满满的“受害感觉”：我这里出了问题，一定是别人害的。美国经济出问题，根源就是美中贸易逆差。美国对华贸易逆差，必定是中国有阴谋。但是它却不知自问：为何其他国家都热情搭乘中国“快车”，唯独美国黯然神伤？事实上，美中贸易逆差根源，在于美国储蓄不足、消费过度，同时也与全球产业链布局密切相关。美国通过在华企业攫取了大量实际利益，却将贸易逆差的责任推给中国。

这彰显着冷冷的“冷战色彩”：渲染“中国威胁”、鼓动对立对抗。这种逆和平发展的思维，对世界尤其是发展中国家是灾难，对美国也是苦难。

以纳瓦罗思维为代表的唬人逻辑，并没有得到西方主流学界和媒体的认可。美国印中美研究所的经济学家丹·施泰因博克指出，纳瓦罗渲染的“中国威胁论”，缺乏事实根据，更像是政治说服工具。《洛杉矶时报》也认为，《致命中国》“充满了仇外的歇斯底里和夸大事实，分不清事情的因果关系”。然而，就是这样一套漏洞百出、危言耸听的逻辑，却支撑起了如今的美国对华经济政策。其破坏性显而易见：全球化将严重受阻、全球贸易秩序将遭到破坏、美国自身也将吞下“恶果”。

“多年来，我们同几乎世界所有的国家都一直存在贸易逆差，总统想要确保这个局面不会继续下去。”白宫发言人桑德斯这样说。

这事啊，道理很简单。你跟一两个人打架，可能是各有责任；你跟所有人打架，就是你一个人的毛病。

最后，再说一句：贸易战，中国不想打，但绝不怕打。

谈，可以分分钟坐下来；打，可以对对碰干起来。

中国不是吓大的，中国恰恰是在艰苦卓绝的伟大斗争中强大的。

（作者为本报主任编辑）

《人民日报海外版》（2018 年 07 月 06 日第 01 版）

中国不会照着美国剧本走下去

贾秀东

7月6日，美国对中国片面施加不公平关税措施生效后，中方对美方部分产品加征关税的措施已立即生效。至此，美方对华发动了世界经济史上规模最大的贸易战，中方打响了贸易领域的对美“自卫反击战”。世人将看到、历史将见证：中国将以战略定力迎击美国挑战。

美方倒行逆施，中国“正当防卫”。一段时间以来，美方反复无常，一意孤行挑起贸易战，此种贸易霸凌行径公然违反世贸组织规则，挑战多边主义和贸易自由，剑指中国正当利益，不仅损害双方经贸利益，而且危及全球产业链和价值链，阻碍世界经济复苏，引发全球市场动荡，并殃及更多跨国企业、中小企业和消费者。对贸易战，中方一再申明不愿打，也不惧打，承诺不开第一枪，但美方如扣动扳机，中方必奋起反击。

美国罔顾事实，中国无端获咎。特朗普一再拿中美贸易不平衡做文章。中美贸易的确存在“不平衡”，但并非不公平。几乎所有的美国经济学家都认为，美国的贸易逆差不是什么大问题，其形成和持续是美国经济科技创新能力、高端服务业竞争能力以及在国际货币金融中特殊地位的反映，并不是造成美国经济社会问题的症结。此外，美方贸易统计数据并没有完全反映两国经贸关系的实际。特朗普政府选择性、片面性地解释和使用贸易数据，执拗于所谓中国不公平的经贸、知识产权政策，显然罔顾事实。

美国自私自利，中国无惧挑战。美方执意挑起贸易战，主要有三方面原因。一是“美国优先”政策使然。特朗普奉行单边主义，美国至上，一切以是否符合自己认定的美国利益为标尺来衡量。中国不是唯一目标，却成了最大目标。二是纠结于贸易逆差，认为美国出口的少，进口的多，贸易战打起来利大于弊，不惜以各种借口挑起贸易争端。三是认定中国是“战略竞争者”，在地缘政治、战略安全、经贸科技、意识形态等方面对美形成“威胁”。贸易战成了美国对付中国的政策工具，主要是想一箭三雕：削减对华逆差，打压中国高科技产业，遏制中国崛起。面对美国算计，中国已有充分准备。

美国失道寡助，中国保持定力。美国挑起贸易战，损人不利己，在国内国际上会越来越不得人心。中国不可能屈服于美国的压力或者任何其他国家的压力，也不会照着别人的剧本走下去。长期以来，中国同美国斗智斗勇不斗气，看重的是世界大势、中美关系大局、中国发展光明前景，展现出登高望远的大格局和从容应对的战略定力。中国将会按照自己的时间表和总体布局，坚定不移深化改革、扩大开放，倾力打造全球伙伴关系网络。以制度、体系、团结为后盾，以历史和世界大势为依托，中国有能力、有信心迎击任何挑战。

（作者为中国国际问题研究院特聘研究员）

《人民日报海外版》（2018 年 07 月 07 日第 01 版）

美“贸易恐怖主义”是在挑战全世界

华益文

特朗普政府无视世界贸易组织规则，四处点燃贸易战战火，对华更是挑起迄今为止世界经济史上最大规模的贸易战。特朗普宣称：“贸易战很好，容易赢。”恐怕特朗普高估了自己，也高估了美国。

美国大搞“贸易恐怖主义”，丧失道义。恐怖主义的一般定义是，通过暴力、恐吓、胁迫等方式，针对一个国家、政府、政党、群体或国际组织，制造社会恐慌、恐惧等，以实现其政治、意识形态等目的。对比一下，特朗普政府在经贸问题上对华进行极限施压和讹诈，一再升级对华威胁，打着“美国优先”的旗号，胁迫中国放弃产业升级、发展图强的权利。这种贸易霸凌主义无异于在贸易领域搞“恐怖主义”。中国人经商，讲究“财自道生，利缘义取”。以义取利，德兴财昌；舍义取利，利难长久。商人出身的特朗普理应懂得义利相兼的道理。

美国大搞“贸易恐怖主义”，贻害世界。任何单边行径都违反世贸组织规则，损害多边贸易体制，也给世界经济的复苏势头和发展前景带来阴影。特朗普政府发起贸易战，企图破坏中国在全球产业链、价值链中的重要地位，此举也势必伤及全球产业链上各方利益，包括美国有关企业和消费者利益。特朗普政府搞强买强卖，威逼讹诈，是对自由贸易的扭曲，对多边主义的挑战。

美国大搞“贸易恐怖主义”，难撼中国。特朗普政府对华挑起贸易战，企图以此为抓手，多方牵制、压制中国的发展。这一图谋不可能得逞。贸易战没有赢家，但此次贸易战中国必胜。对这一场贸易战，说“没有赢家”与说“中国必胜”并不矛盾。如果用具体的、短期的经贸利益和指标来衡量，贸易战对企业、消费者、产业链、价值链以及经济贸易增长会造成消极影响。但对中国来说，有中共的坚强领导，有社会制度的优越性，有国家意志的高度统一，有全国人民的紧密团结和大力支持，有改革开放40年形成的坚实国力，有全面深化改革、继续扩大开放、与世界良性互动的坚定决心，中国一定能够变压力为动力，上下一心，共克时艰，打造出一个更高质量的经济、更加稳固的国度。从这个角度讲，这场贸易战，中国必胜。

美国大搞“贸易恐怖主义”，自我孤立。对于美国国内经济社会存在的各种问题以及美国面临的国际竞争，特朗普政府不是以“榜样”的力量感召世界，而是以邻为壑、欺行霸市。这种一意孤行、不讲诚信、动辄讹诈的做派，只能自毁声誉，失道寡助。美国的邻居、盟友或者特朗普政府眼中的“战略竞争者”没有谁甘愿屈从、附庸。各国会更加认识到多边体制是国际贸易的基石，警惕单边主义和贸易保护主义对世界经济产生的冲击和衰退性影响。

美国逆历史潮流，违世界大势，把自己放到了世界对立面。特朗普政府最终会发现，贸易战既不好，也不容易赢。美国同全世界作对，世界必胜。

（作者为国际问题专家）

《人民日报海外版》（2018年07月09日第01版）

美国挑起的贸易战是一堂全民教育课

王　文

7月6日，世界经济史上最大规模的贸易战在中美两国间正式打响。对中国来讲，这是一场被美国特朗普政府强加的、被迫采取反制措施的贸易战争。中国有信心、有决心打赢这场贸易战。

对中国社会来讲，这场没有硝烟的战争无疑是一堂生动、实在的全民教育课，教育中国人用更成熟、更全面的视角认清美国的贸易霸凌行径，认清这个残酷的国际竞争环境，认清未来中国发展之路，强化战略思维、历史思维、底线思维，进而更有战略定力和战略自信。

这是一堂现实主义的国际政治课。21世纪以来，伊拉克战争、国际金融危机、“阿拉伯之春”等重大事件一次次揭开了美国以民主、自由、人权为幌子的虚伪面具。这一次，美国对华贸易战再次提醒世人，美国对外推行的各项政策的本质，仍是以自我利益为中心、以强权政治为基础的霸权主义，这一点没有变。

这是一堂利益博弈的国际经济课。近20年来，国际社会一度认为，国际规则与制度已成为国家行动规范，包括大国行为。但事实是，世界唯一超级大国美国，当自认为吃亏，又无力通过市场公平竞争方式扭转局面时，就会变得强势霸道。运行了半个多世纪之久的多边贸易体制，对美国来讲就是一种工具。有利可图时，就用尽所有；无利可图时，就无端破坏，把国际经济规则重新打回赤裸裸的弱肉强食丛林法则。

这是一堂生动鲜活的国际心理课。美国对华贸易战告诉我们，虽然美国目前还不敢用武力遏制中国，但仍企图以贸易、金融等多种手段阻止中国的发展之路。中国崛起仍是一场漫长的持久战。诚如英国崛起花了近两个世纪，美国崛起用了100多年，中国不追求当世界老大，但崛起过程一样需要扎实的慢功夫。有了改革开放40年的成功，中国仍需努力，做好“打持久战”的心理构建。在离中华民族伟大复兴越来越近的时刻，中国有信心更有定力。

这是一堂考验心智的国际战略课。当前正处在前所未有的世界变局中。如何坚定不移地构建新型国际关系，构建人类命运共同体，营造得道多助的国际氛围？如何既为更多的发展中国家提供力所能及的支持，同时防止个别国家背后暗算？如何既要维护国内改革发展稳定大局，又使国际社会能够平稳接受中国崛起与国际结构变迁？这些问题，都在考验中国的战略成熟度与内外统筹能力。事实必将证明，中国有这个战略智慧和统筹能力。

新中国成立以来的近70年，中国发展就是一部向现实学习、向世界学习，坚持走自己的道路，并不断增长本事日益成长的历史。从某种角度看，美国挑起的这场贸易战，能够使中国人深刻地认清现实的国际社会与竞争对手，划清心中的底线，坚定自己的意志。只要中国不自乱，世上无人可乱中国。放在历史的长河看，最近的难和以往比，和最难的时候比，似又不难。

前进的道路不可能一帆风顺，总会遇到一些风险和挑战。只要我们坚定不移深化改革、扩大开放，只要13亿多中国人民勠力同心、埋头苦干，就必定能推动中华巨轮继续劈波斩浪，驶向更加美好的明天。

（作者为中国人民大学重阳金融研究院执行院长）

《人民日报海外版》（2018年07月10日第01版）

坚持五种思维，打赢“对美贸易自卫反击战”

贾秀东

7月10日，美国贸易代表办公室公布拟对额外2000亿美元中国输美产品加征10%关税的清单。此前，美方已开始对500亿美元中国输美产品加征25%关税，特朗普还威胁对另外3000亿美元中国出口商品加征关税。在国际舆论看来，一意孤行的特朗普政府确实疯了。

特朗普发起贸易战，看似不合逻辑，却有着自己的一套逻辑：美国拥有最大的贸易逆差，是全世界“最吃亏”的国家，贸易战稳赚不赔，美国失去的是“逆差”，保住的将是“唯我独尊”的世界地位。特朗普本人及其身边顾问的理念也不是凭空而来。他们的思想是美国历史上各种思潮与当今社会趋势混杂交织的结果，体现了美国例外论、孤立主义、单边主义、贸易保护主义、经济民族主义甚至白人至上论、种族主义等。特朗普政府的“美国优先”政策属于上述思潮混杂后的“集大成者”。

对中国来说，这场斗争迟早会来，很可能是一场持久战，中国也一定能够打赢。“打赢”的含义不是简单的谁输谁赢，中国“打赢”的衡量标准是打出一个更加繁荣、稳定的中国。为此，应对美国挑起的贸易战，离不开以下五种思维。

战略思维。观大势、谋大局，就能“任凭风浪起，稳坐钓鱼船”。对于贸易战，不能被乱花迷眼，也不能被浮云遮眼，不能因一时一事而受影响，更不能掉入别人故意设置的陷阱。这场世界经济史上最大规模的贸易战是特朗普政府强加给中国的，意图是多方面的，其核心图谋是压缩中国的发展空间，迟滞中国的发展进程。面对咄咄逼人的特朗普政府和复杂多变的国际局势，中国充分发挥中国特色社会主义制度这一最大优势，坚持统筹国内国际两个大局，统筹发展安全稳定，集中精力做好自己的事，就有足够的战略定力和战略自信。

历史思维。首先，我国处于近代以来最好的发展时期，世界处于百年未有之大变局，两者同步交织、相互激荡，做好当前和今后一个时期对外工作具备很多国际有利条件。其次，中国从站起来、富起来到强起来的历史进程中，美国因素如影随形，如果说过去我国多为被动应对美国因素，如今我们塑造中美关系、应对美国挑战的手段和方式越来越多。最后，特朗普政府这种不可一世的强权、霸凌、讹诈行径，不由得使人想起“二战”期间某些人那种不可一世、专横跋扈、歇斯底里。西谚说：“神欲使之灭亡，必先使之疯狂。”美方这种失去理性的行为十分危险，伤害中国，伤害全世界，也将伤害其自身。中国站在历史正确一边。

辩证思维。一分为二地看问题。美方走极端，物极必反，多行不义必自毙。中方完全可以扬长避短、化危为机，把美方强加给的压力变为我们深化改革、扩大开放的动力，把坏事变好事。特朗普政府大搞“美国优先”，疏远了很多国家。中国致力于合作共赢，则赢得越来越多的伙伴。美方破坏多边规则、全球产业链、价值链，中方可以借助全球伙伴关系网络，依靠主动进取的创新精神，相应调整产业链、价值链布局，形成新的经贸生态，减少被美方要挟、讹诈的空间。

底线思维。这有两层含义。其一，同美国政府打交道，要做好最坏的打算，并向最好的方向努力。在同美国人的日常交往中，感到他们大多很随和。但一旦上升到国与国之间，在事关重大国家利益的外交谈判中，经验告诉我们，你把美国人往最坏处想，而结果美国人一定比你想的还要坏。有了这样的心理准备，你才不会对美国盛气凌人、不可理喻的要价感到意外、震惊。其二，坚守自己的原则和底线。特朗普政府企图靠不可预测性使对手摸不着头脑、失去平衡，从而使自己占据优势，又凭借美国的超级大国地位，自认为强大无比，可以无视国际规则，其他国家会甘拜下风，拱手让渡国家利益。面对这样的对手，我们绝不能让对方牵着鼻子走。中方将坚持自己改革开放的既定路线和节奏不动摇，不会把自己的发展和经济命脉建立在期待特朗普政府的善意上。

系统思维。应对美国挑起的贸易战是一项复杂的系统工程，既涉及中美双边关系，也牵涉世界各主要经济体；既是一场贸易领域的攻防战，又不局限于此；既是经贸之争，也是世界观、规则观、合作观之争。从近来中方陆续出台的一系列措施来看，中国加强了顶层设计，体现了各部门、各行业、各领域对内对外的协同与配合。中方系统性地应对贸易战，坚持改革开放，坚守自由贸易、多边主义，将会在美国普遍加征关税的背景下，推动国内国际逐渐形成新的产业链、价值链，从而减少美国的影响和分量。“美国优先”变成“美国孤立”。这也许将是特朗普政府始料不及的。

这场贸易战会给中国经济和世界经济带来不确定性，但有一点是确定无疑的：中国前进的脚步无人能挡。打赢这场“对美贸易自卫反击战”，就当作中国崛起之路上的“腊子口”吧。

（作者为中国国际问题研究院特聘研究员）

《人民日报海外版》（2018 年 07 月 12 日第 01 版）

荒谬的药方治不了美国的病

贾晋京

近日，美方突然公布了拟对价值2000亿美元从中国进口商品加征关税清单，使贸易战加速升级。这是一种显然会伤害中美双边贸易，并将危害世界经济的挑衅行为，我们不禁要问：美方采取如此蛮横举措，道理何在？

几位美国高官近日倒也在不断重复一套说辞，声称美国在对华贸易中受到了“不公平待遇”：中国通过“强制技术转让”手段，“盗窃”了美国技术，由此获得“不公平优势”。这套说辞来自今年早些时候发布的“对华301调查报告”，这份报告成了美方制定针对中国航空航天、信息技术、机器人和机械等领域产品加征关税清单的理由，而之后的2000亿美元清单理由则是中国采取反击措施。

美方这套理由及依此而生的举动是否站得住脚呢？对于“对华301调查报告”，就连美国自己的智库——彼得森国际经济研究所都忍不住站出来驳斥。该所发布研究报告指出，在知识产权方面，美国恰恰从中国获得了巨大的利益：近10年来，中国付给外国企业的技术许可费用增长了4倍，2017年达到近300亿美元，美国是其中最大获益者，收益增速也最快，2017年增幅达14%。中国公布数据显示，2017年，中国对外支付的知识产权使用费达到286亿美元，比2001年加入世贸组织时增长了15倍之多。

实际上，美国“对华301调查报告”混淆了微观层面的技术转移与宏观层面的技术扩散。在微观层面，外资企业对中国企业的技术转让主要是“技术使用有偿许可”，外资企业的技术所有权不但没有受到影响，反而获得了收益。这种契约是商业谈判形成的互利互惠合作，是典型的市场行为，政府无须干预。中外企业的技术合作和其他经贸合作完全是基于自愿原则实施的契约行为，多年来双方企业都从中获得了巨大利益。这也正是美国每年从中国获取大量知识产权收益的主要来源。

而在宏观层面，技术扩散是一种普遍规律，像“阿拉伯数字”扩散到全世界、电力技术普及每个国家都是技术扩散现象。把“对华 301 调查报告”的逻辑用在美国身上的话，1886 年德国人卡尔·本茨发明了世界上第一辆汽车，7 年后美国人杜里埃造出了美国第一辆汽车，难道说美国“盗窃”了德国的汽车技术？

荒谬的逻辑不会带来合理的行为。主动挑起贸易战能给美国带来经济好处吗？当今是全球价值链时代，大多数产品都产自贯穿多个国家的价值链。如果把全球价值链比作一张电网，把消费比喻为灯泡，把生产环节比喻为开关（电门），就会发现，不同国家的灯泡和电门数量各不相同。美国灯泡最多，但电门较少，消费得多，生产得少。美国挑起贸易战相当于想关掉别国一些电门，但他没想到自家电门也会被别人关闭。美国电门总数少，一旦贸易战成为持久战，必败无疑。

美国挑起贸易战从理由到举动都站不住脚。之所以在世界面前显得“不按常理出牌”，实际上是因为理性的大国都不会拿出这样荒谬的理由和举措。

美国还有高官声称，美国经济正在“以最好的状态迎来贸易战”，论据是高涨的美国股市和超低的失业率。果真如此吗？当前，美股标普 500 指数水平超过金融危机前最高水平 2 倍，销售数据仅涨了不到 50%，衡量美股泡沫程度的关键指标“周期调整市盈率”则为 32.33，已超过金融危机爆发点时的 26.2，说明泡沫巨大。同时，美国失业率虽低，但衡量有多少人处在工作状态的劳动参与率也连创新低，说明低失业率其实来自大量的人干脆放弃找工作了。

贸易战，美国表面上咄咄逼人，实际上“阴虚火旺”。其国内结构性问题不解决，咋对外撒泼都不能治根。

（作者为中国人民大学重阳金融研究院首席研究员）

《人民日报海外版》（2018 年 07 月 13 日第 01 版）

制度优势：迎击贸易战的关键底气

梅新育

10天前，美国挑起了对华贸易战，中国被迫应战且底气足。中国被迫应战，是维护国家和人民持续发展权利、维护全球多边贸易机制的必然选择。

中国底气足，除了站在道义高地上，有改革开放40年积累的坚实国力等显见因素外，一个关键因素是——中国拥有集中力量办大事、组织动员能力强大的制度优势。正如习近平总书记所说："我们最大的优势是我国社会主义制度能够集中力量办大事。"

正是因为这种制度优势，重大决策一旦形成，中国就能够迅速动员起各方面资源，全力以赴完成，而不至于议而不决、决而不行。看看美国每次竞选政党轮替之后国家政策路线的变化，再对比中国对"解放和发展社会生产力"的长期坚持，不能不给人以深刻印象。

正是凭借这一制度优势，中国只用了世界经济史上相当短的时间就从积贫积弱成功实现从"站起来"到"富起来"再到"强起来"的历史性变革。也正是依托这一制度优势，中国能够有效动员一切力量，不仅仅应对眼下的贸易战，还预先为可能的国际宏观经济变局做好准备。

动员力是一项强大能力。在某些人笔下，西方一些国家的党争不休、言胜于行、朝令夕改、议而不决、决而不行被描绘成一种优点，而中国的强大动员能力则被描绘成一种"不合时宜"。其实，只要审视人类文明诞生发展的历程，审视西方世界崛起的历史，就不难得出相反结论：动员能力是文明与人类社会诞生的基础，是一个国家、一个民族生存发展的前提，是决定一个社会在战争和灾害考验中能否生存的关键因素，是决定一个国家、一个民族能否发展的关键因素。

在这场贸易战中，美国选择此时发难，在很大程度上是因为自认为经济周期变动时段于己有利。但美国应该看到中国的动员能力和坚定信心。正如7月2日新一届国务院金融稳定发展委员会第一次会议的公告所说："（我们）完全具备打赢重大风险攻坚战和应对外部风险的诸多有利条件，对此充满信心，下一步各项工作都将按既定方案有序推进。"

中国还善于调适。中国不认为自己体制的每一个细节都完美无缺，也不认为自己的政策尽善尽美，但强大的组织动员能力让中国不断锤炼改进自身，在保持大的路线框架稳定前提下，不断因应环境变化调整具体政策。正因如此，我们相信，打好这场史诗级贸易战，能够对中国经济社会发挥"压力测试"作用，帮助中国发现现行具体政策措施中不符合客观规律之处，进而果断进行改革。这场贸易战发展至今，给中国带来的最大利益就是有效地激励了中国社会上下发愤图强、加强关键核心技术创新的决心，而且付诸行动。

中国决策有高效性，执政党有担当精神。民主集中制既能吸收各方各地智慧，也能高效决策。而西方国家的议会更容易陷入"人人负责又无人负责"境地，对成功的决策竞相争功，却无人为失败承担责任，这样的内在机制进一步恶化了效率。在这个竞争的世界上，任何国家、民族的发展乃至生存归根结底都取决于其效率，任何政治体制最终都必须接受效率原则的考验。《孙子兵法》有云：上兵伐谋，其次伐交，其次伐兵，其下攻城。在很大程度上正是美式体制的掣肘，使得美方决策者使出了几乎同时向全世界贸易宣战的招数，而中国在贸易战爆发之后迅速启动了"伐交"布局。

中国的眼光不局限于眼前。凭借制度优势，中国不仅努力有效应对当前贸易战考验，还将眼光投向多年之后。中国一党执政，有中共中央的坚强领导，执政党富有远见，且意志统一坚定不移。相比而言，美国两党轮流执政，其政府只想着任期内，甚至把视线停留在中期选举上。当美国经济不可避免地结束当前的景气、步入萧条之时，届时的反危机如何布局，美国你考虑了吗？

（作者为商务部研究院研究员）

《人民日报海外版》（2018年07月16日第01版）

美国想逆转潮流，可能吗?

苏晓晖

近期，美国总统特朗普对欧洲进行访问。跨大西洋伙伴关系本是美对外政策重点，欧洲也期待与美加强各领域沟通，但特朗普在访问期间公开批评欧洲国家在贸易上“占美国便宜”的言论却引起欧方忧虑。

事实上，欧盟早已对美国不满。今年6月1日，美国不顾欧盟一再反对，开始对其征收钢铝关税，欧盟随后以报复性关税的方式进行反击。对此，美国不但没有改正错误，反而威胁将对在欧盟组装的汽车征收进口关税。最近，美国还执意挑起对华贸易摩擦。显然，美经贸政策已经被“美国优先”原则严重误导，目空一切地想要实现自身利益最大化。

美挑起争端是以单边主义对抗多边主义。美挥舞贸易大棒依据的所谓“232调查”和“301调查”，都基于美国国内法。从表面上看，“232调查”旨在判断进口的他国产品是否威胁美国国家安全，“301调查”重在抵御美国贸易权利遭到的侵犯，但实质上，两者都是美国用于谋取利益的单边主义贸易工具。自世贸组织成立以来，美国发起两类调查的数量明显下降。现今，美政府重启“232调查”和“301调查”，实为寻找借口在贸易政策上对他国施压，对多边贸易体制构成严重冲击。

美加征关税是以保护主义干扰自由贸易。2008年金融危机爆发以来，如何促使世界经济复苏、推动全球化进程是各国努力的共同方向。二十国集团（G20）等重要机制认为，贸易和投资对世界经济增长发挥着拉动作用，应致力于激活这两大发展引擎，促进世界经济血脉流通。G20杭州峰会制定的《二十国集团全球贸易增长战略》旨在扭转当前全球贸易疲软的态势，鼓励各国共同建设开放型世界经济。美国高举保护主义大旗，明显与国际社会的努力背道而驰。

美一意孤行是以贸易霸凌破坏国际规则。中国、欧盟、加拿大等都试图通过磋商与美管控分歧，然而美国立场反复无常、出尔反尔，甚至背弃已有共识，执意挑起贸易摩擦。美国在计算贸易逆差上有故意高估行为。更严重的是，美国刻意回避导致贸易逆差产生的多种原因，包括美国内储蓄率过低、美元发挥着国际主要储备货币职能、美国人为限制高科技产品出口等因素。可见，美国强调“贸易公平”意在推卸责任，把罪名强加于人。这种做法严重违背世贸组织精神，破坏了互惠原则和国际规则。当前，受到美国贸易大棒打击的各国都以各自方式进行回击，希望借此警告美国悬崖勒马，最终维护正常的世界贸易秩序。

美国多次强调要维护本国工人利益。但问题在于，以“美国优先”扰乱世界，美国也难以独善其身。当前美国经贸政策和行为低效且短视，已经引起国际社会高度警惕。回归多边主义，支持自由贸易，维护国际规则，才是大国所为，才是潮流所向。美国想逆转潮流，可能吗?

（作者为中国国际问题研究院国际战略研究所副所长）

《人民日报海外版》（2018 年 07 月 17 日第 01 版）

读懂国际社会的人心所向

正 楷

7月16日这天，中国国家主席习近平会见了三拨客人。一是欧洲理事会主席图斯克和欧盟委员会主席容克，二是联合国教科文组织总干事阿祖莱，三是世界银行行长金墉。他们头衔中的“欧洲”“欧盟”“联合国”“世界”，代表着世界性影响力。他们分别来自政界、教科文界、经济界，身份不同，来华任务各异，但在与习主席的会见中，却都不约而同谈到一个共同话题：维护多边主义。

图斯克和容克代表欧洲和欧盟。他们表示，欧盟和中国都致力于多边主义，都主张维护以规则为基础的国际秩序，在相互尊重基础上处理国家间关系，通过多边协商完善多边贸易体系。阿祖莱代表联合国教科文组织。她说，当今世界，孤立主义、单边主义抬头。国际社会应开放包容，坚持多边主义、坚持对话交流，这也是全球治理的重要内容。金墉代表世界银行。他表示，在全球化时代，各国都不能闭关自守，都要遵守规则。世界银行赞赏中方支持多边主义和经济全球化，支持世界银行增资和股权改革。

他们的观点，不是因为到了中国才有。相比中国，他们所在的地区和组织，更早享受到多边主义、自由贸易、国际规则的好处，更渴望保护它们。国际要员中，持多边主义立场的，也远不止他们四人。翻阅世界媒体报道，就不难发现，一段时间以来，在个别国家出现内顾倾向、贸易保护主义抬头的形势之下，维护多边主义的正义之声如潮而来，这是国际社会的民意。

怎么看待和预判世界范围内的这场逆流与潮流之争？关键是看人心所向。

习主席说，人心是最大的政治。这一重要观点，不只适用于中国，也适用于世界。

第一，要读懂世界的人心。反对单边主义、保护主义、贸易霸凌，维护多边主义、自由贸易、国际规则，这是世界的人心。大量国家和地区，如加拿大、日本、欧盟等，都对美国四处发起贸易摩擦不满。图斯克、容克刚在中国释放完欧中经贸合作暖意，后脚就去了日本，在东京签署日本与欧盟经济伙伴关系协定（EPA）。中国、日本和欧洲都承受着美国政府的贸易施压，抱团取暖、寻找“避风港”是必然选择。短期内，美国的贸易霸凌主义可能会让本国经济受益；中长期看，信用和人心的流失，将严重损害美国国家形象、政治威信和长远利益。

第二，要明白时代的潮流。什么是潮流？潮流就是，你不可能让海洋的水，倒流回江河湖泊。顺应世界多极化、经济全球化的时代潮流，加强战略沟通和协作，携手维护多边主义、基于规则的自由贸易体系，共同维护开放型世界经济，促进贸易和投资自由化便利化、完善全球治理、推进人类和平与发展事业，才是各经济体的理性选择。当今世界，和平合作的潮流、开放融通的潮流、变革创新的潮流滚滚向前。在这“滚滚向前”中，螳臂当车者要么装完样子很快就跳开，要么将被碾压和冲垮。美国媒体彭博社日前刊文披露特朗普发起对华贸易战的“真实目的”——“可能只是其中期选举前的一场真人秀”，认为额外对2000亿美元中国商品征税更可能会导致特朗普自掘坟墓，因为此举意味着更长久的贸易战，这对美国经济会造成更大的损害。

第三，要看清问题的症结。认识到位才能行动有力。今天，我们生活在一个矛盾的世界，物质财富不断积累，恐怖主义、难民潮等全球性挑战也此起彼伏，世界面临的不确定性上升。世界到底怎么了？有人归咎于经济全球化，而这既不符合事实，也无助于问题解决。问题的症结实则是全球增长动能不足，全球经济治理滞后，全球发展失衡，当今世界经济增长、治理、发展模式存在必须解决的问题。解决问题的对策，应该是打造富有活力的增长模式、开放共赢的合作模式、公正合理的治理模式、平衡普惠的发展模式，而不应该是单边主义、保护主义、贸易霸凌。

金墉对习主席说，世界银行高度评价习近平主席去年在世界经济论坛年会上重要讲话，“您提出要敢于到世界市场的汪洋大海中去游泳，我完全赞同并多次引用”。关于世界经济，习主席在那次年会上开出了“药方”。看到潮流的人，“完全赞同并多次引用”。而逆流者，不想迎风出海却只想吃鱼。时间终会证明，逆流只是一股细流，潮流才是大海汪洋。

（作者为本报编辑）

《人民日报海外版》（2018 年 07 月 18 日第 01 版）

如此这般能“让美国再次伟大”吗?

胡继鸿

发展需要信心，信心源自稳定的预期。当预期变得不确定时，信心从何而来?

眼下，世界经济好不容易从衰退中慢慢复苏，让各国人民看到了希望。然而，执掌世界最大经济体和“世界一超”权杖的特朗普，不关心这些。凭着翻手为云覆手为雨的“不靠谱”手腕，给全世界罩上了一个巨大的“不确定”阴霾。

我们不妨来分析一下熟谙“交易的艺术”的特朗普先生的逻辑：美国承担了太多的国际责任，世界各国都在占美国的便宜。有国际分析家总结出特朗普“不靠谱”的决策特点：第一，决策凭直觉。第二，目标为导向，信义皆可抛。第三，唯利是图，巧取豪夺，谋一己私利。

基于这一逻辑和“交易的艺术”式的决策方式，特朗普将外交变成了赤裸裸的交易，一切都要服从于“美国优先”。只要认为对美国不利的，什么国际协议、国际组织、贸易协议，想撕毁就撕毁，想退出就退出。

从上任当月开始，特朗普政府就马不停蹄地“退群”：2017 年，退出跨太平洋伙伴关系协定（TPP）、联合国教科文组织、《全球移民协议》、伊核协议。2018 年，退出巴黎气候协定、联合国人权理事会。

为了实现重振美国经济的目标，特朗普选择了一个最为简单粗暴的方式：以“公平贸易”为名，绕过世贸组织这个多边贸易体系，单方面挑起贸易摩擦，迫使各国（包括传统盟友）向美国让渡利益，割遍全世界的“羊毛”。

继对多国加征钢铝关税之后，美国频频升级对华贸易摩擦，把国际贸易变成一场“零和游戏”。其目的无非是通过极限施压，迫使中国在谈判桌上作出有利于实现美国利益最大化的巨大让步，为“美国再次伟大”注入活水。不过，特朗普先生如果熟悉中国现当代史，就不会不知道：事关国家利益，事关国家尊严，中国绝不会接受讹诈，必然挺身应对。

特朗普精心编排、亲自主演的这出21世纪“街头霸王”式的翻云覆雨威逼讹诈大戏，指望别人也按其剧本唱下去，只能是一厢情愿。

有意思的是，我行我素、自信心爆棚的特朗普，却对自己的“不靠谱”深以为傲，并借夸大二季度美国经济表现，来为自己打气。

在英国伦敦市商业与政策署前署长、中国人民大学重阳金融研究院高级研究员罗思义（John Ross）看来，特朗普政府是在拿经济周期赌博，试图赶在周期性的经济下行，以及关税政策给美国企业、工人、农民带来更多痛苦之前，营造一种强烈对比，来衬托此时的经济成就。

治理国家不是做生意。生意场上的豪赌，输了，还可以重来；拿国运豪赌，一旦输了，赔上的有可能是积攒百年的国家信誉，挖掉的可能是美国这座百年老店的根基。

把“美国优先”和单边主义奉若圭臬，梦想着用“不靠谱”的手段耍弄世界，一味地“退群”、拆台，挥舞大棒、敲诈勒索，出尔反尔、罔顾国家信誉，煽动民族主义，注定不能“让美国再次伟大”。

（作者为本报高级编辑）

《人民日报海外版》（2018年08月06日第01版）

彭斯的演讲，大笑话！

贾秀东

这几天，中国网络上流传着一个段子：听了特朗普在联大的演讲，全世界都笑了；听了彭斯在华盛顿的演讲，中国人都笑了。

彭斯在发表美国对华政策长篇演讲之后，意犹未尽，还在其社交媒体上摘发其演讲内容，指责中国“干预”美国选举，声言“中国希望美国换个总统”。美国网友一边倒地留言说“So do we！”（我们也想换个总统）。这样的“画风”让中国网友感到很搞笑。

当然，中国没有意愿、没有兴趣，也没有习惯干预美国的选举或任何其他的内政。连美国国土安全部部长尼尔森都表示，没有证据表明中国试图破坏或改变2018年美国中期选举的结果。一个从未停止在台湾、涉藏、涉疆、人权等问题上干涉中国内政的国家，其领导人竟然无中生有地指责中国干涉其内政，让人匪夷所思，难怪包括美国在内的国际舆论大都认为这种指责是为了转移“通俄门”的视线。

彭斯在演讲中拼凑了一大堆对中国的指控，可谓五花八门，但纯属捕风捉影、混淆是非。这表明，对特朗普及美一些高官来说，事实、逻辑、信誉都不重要，重要的是能否迎合美国国内的民粹主义、保护主义和单边主义，能否激起对中国的疑虑、抵触和敌意，能否借此换取更多的选票。似乎只要指控中国的声音足够大，谎言重复的次数足够多，对华挥舞拳头足够高，就能够对美国国内有足够的煽动性。

只可惜彭斯的演讲充斥着未经核实的指控、经不起推敲的逻辑、站不住脚的“道德高地”，在中国公众眼里成了美国政府“不靠谱”的新证据，成了美国一直自我塑造的“高大上”形象的反面教材。彭斯演讲妖魔化中国没成，却成了笑柄。

然而，彭斯的演讲既可笑，又一点儿不好笑。在中美贸易战的大背景下，彭斯专门就对华政策发表长篇大论，反映了美国在涉华问题上的消极、错误动向，无疑会加剧中美关系的紧张。国际舆论普遍担心中美贸易战进一步扩大，双方对立进一步升级，甚至陷入“新冷战”。作为世界上最重要的双边关系，中美关系的走向攸关中美两国的根本利益以及整个世界的和平稳定与繁荣，容不得半点儿含糊。

彭斯在演讲中除了抹黑、妖魔化中国之外，没有对中美关系的发展提出任何建设性意见。结合特朗普一贯推崇的“交易的艺术”来看，目前美国政府仍然迷信一味对华施压，无意缓解中美关系的紧张，不惜在各个领域挑事。美国政府的如意算盘是，如果中国顶不住压力，想要缓解紧张，就要对美国作出让步；如果中国顶住压力不让步，就要承受与美国乃至世界“脱钩”的后果。彭斯以及其他一些美国高官一再声称，中国不要低估特朗普的决心。

事实已经并将继续证明，美国政府打错了算盘。中方不接受美方的讹诈，“彭斯们”恐怕要失望了。的确，近年来，美国对华态度发生了转变，美国两党、政府、商界、学界越来越呈现出要对华“强硬”的姿态。正如彭斯所说，特朗普要对华采取不同以往的战略和方式。在中国持续崛起和世界多极化大趋势下，美国对采取的“和平演变”政策破产感到沮丧，对自身国际地位相对下降感到焦虑。在美国，主张对华“强硬”的声音比较大，但对如何“强硬”，最终目标是什么，并没有高度的共识。反观中国，对美态度始终不变：从中美和世界的共同利益出发，愿意同美国发展不冲突不对抗、相互尊重、合作共赢的大国关系，同时坚决维护自身的主权、安全和发展利益。

“望远能知风浪小，凌空始觉海波平。”中华民族经历了世界上的大风大浪，中美关系也历经波折起伏、暗流涌动。中国人深知大国成长之路从来不是一帆风顺，走出一条与传统大国不同的强国之路更会充满未知的艰难。

中国人更深信，千磨万击还坚劲，任尔东西南北风。

（作者为中国国际问题研究院特聘研究员）

《人民日报海外版》（2018 年 10 月 11 日第 01 版）

“三人成虎”？痴人说梦！

王俊岭

在中国，“三人成虎”是一个家喻户晓的典故。故事说的是战国时期，一个国王连续听到三个谎报城市里有老虎的信息，便信以为真，这个故事被用来形容“谎言重复得多了会被误认为是事实”。警惕“三人成虎”，是中国人几千年前就有的智慧。但在人类文明高度发达的今天，在地球上最发达的国度，竟还有一些人抱着“三人成虎”的荒唐期待，妄想唬住世人。

近来，面对“四处开火挑起贸易战”带来的经济风险与选举焦虑，美国现任政府领导人轮番上阵，声称中国试图干预美国选举，并对中国的近代历史、经济发展、内外政策进行“全方位”扭曲和指责。其用意无非是希望“三人成虎”，转移选民视线、模糊国内焦点，借机对华施压。

然而，谎言重复一万遍也是谎言。

美国对中国的诬蔑，完全是无中生有。中国干预美国选举？没这事。美国领导人诬称中国干涉内政的言论，连美国人自己都不买账。美国国土安全部门负责人明确表示没有证据表明中国试图破坏或改变2018年美国中期选举的结果，《纽约时报》《华尔街日报》等一众美国和国际媒体也直言这类指控没有什么真凭实据。中国扭曲贸易规则？颠倒黑白。服务贸易方面，世界贸易组织规定了160多项需要开放的分部门，发达国家平均开放108项，而中国已经达到100项；关税方面，中国加入世界贸易组织时承诺降到10%，如今已超额实现当初承诺；外国投资方面，目前96%以上外资企业在华投资已经实现了属地备案，无须审批。

美国对中国的诬蔑，完全是枉费心机。说中国对外搞“债务陷阱外交”？没人信。美国副总统彭斯让世人“问问斯里兰卡”中国是不是在搞“地缘政治扩张”，结果斯里兰卡驻华大使卡鲁纳塞纳·科迪图瓦库明确反驳道：“如果谁说中国政府给钱把斯里兰卡拖入‘债务陷阱’，我不同意，这绝对是错误的结论。”美国想离间中国和世界？没有用。英国《卫报》网站10月5日发表美国进步研究中心高级研究员迈克尔·富克斯的文章，标题就是《为什么特朗普的“对华强硬政策”会适得其反》。前美国国家安全委员会亚洲事务高级主管、现任布鲁金斯学会中国中心高级研究员杰弗里·贝德也警告美国，如果一意孤行，脱离与中国接触合作的发展关系，或将对美国造成负面影响，导致美国被孤立。

美国对中国的诬蔑，完全是倒打一耙。美国端着盆脏水，想泼谁就泼谁，其实水盆里都是自己的影子。你说中国保护人权不力，你说中国“窃取”美国知识产权，你还说中国给一些发展中国家带来“债务陷阱”……事实完全不是这样，甚至截然相反。频繁爆出种族歧视丑闻的，是美国；从中国大量收取知识产权及专利使用费的，是美国；对全球各地乃至盟友进行“无孔不入式”监听的，是美国；制造地区紧张局势、阻碍相关发展中国家发展的，还是美国；主动提高贸易保护壁垒并屡次率先加征关税的，依然是美国；世界上到底是哪个国家动辄干涉别国内政，还是美国。老拿自己的问题，往别人身上套，挺没劲的。

在经济全球化趋势不可阻挡的今天，还想玩“三人成虎”的把戏，没戏！美方应该做的，是多从两国人民切身利益考虑，多一些有利于促进中美关系发展、有利于增进两国人民福祉的言行，而不是相反。

（作者为本报评论员）

《人民日报海外版》（2018年10月12日第01版）

美国越折腾　中国越清醒

华益文

美国副总统彭斯的涉华演讲，是美国国内对中国各种抱怨、抹黑、栽赃之集大成者。演讲在事实和逻辑上都漏洞百出，站不住脚，却也反映出美国现任政府的对华态度，显露其在众多领域、以各种方式给中国制造麻烦，四处点火，多线折腾。或许，下一阶段的中美关系会更不平顺。对此，应做好足够的心理准备。只要看透了、有准备，就不会乱。

中国看得很明白，美国式折腾是有备而来。美国现任政府折腾美国，折腾世界，在涉华折腾方面更是花样百出。将中国正式定位为“战略竞争者”，酝酿制定所谓“全政府对华战略”，突出对华关系的竞争面。一再升级对华贸易战，强化对中国投资和对华技术出口限制，给军事、科技、文化等领域的双边交流设置障碍。这些折腾看似心血来潮，莽撞蛮横，简单粗暴，不顾后果，实则是凭借美国仍然超群的综合国力，试图以霸道、讹诈、善变等手段逼迫各国就范，为“美国优先”让路。

中国看得很清楚，彭斯的演讲是美国式折腾的缩影。彭斯冲到前台，吹“冲锋号”，给美国现任政府站台，给中美经贸摩擦火上浇油。人们不禁要问：彭斯的演讲意图何在，美国现任政府意欲何为，是否要把中美关系引向“新冷战”？美国亚洲协会政策研究院院长、澳大利亚前总理陆克文近日撰文，指出华盛顿在酝酿对华“战略竞争”新策略时需要掂量的十大问题，包括美国对华战略预期是什么，如果中国不按彭斯演讲勾画的要求办，华盛顿怎么办？美国对华战略竞争新的“游戏规则”是什么，需要同北京就规则内容达成共识，还是任由竞争态势塑造游戏规则？中美之间是否存在共同战略利益的可能，如何防止战略竞争滑向脱钩、遏制、对抗、冲突甚至战争？这一系列重大问题，在彭斯的演讲里是找不到答案的，在彭斯的脑海中是未充分考虑过后果的。

中国和世界也看到，美国式折腾的代价和后果同样明显。美国现任政府以保护主义削弱自由贸易，以单边主义对抗多边主义，以民粹主义抵制经济全球化，以零和游戏代替合作共赢，毒化了国际体系与国际合作。该政府发起的贸易战既损害美国和相关国家企业、民众的利益，也严重威胁全球自由贸易和多边体制，冲击包括新兴市场国家在内的各国经济，阻碍世界经济发展步伐。美国式折腾，有着太多的自私自利，太少顾及与他国的共同利益。考虑到美国的巨大体量及其国际影响，这是极为不负责任和危险的，给国际局势带来不确定性的同时，甚至会带来动荡不安。

中国和世界也瞧见，美国式折腾销蚀了美国在全球的信誉。美国口口声声国际规则和国际秩序，却动辄违反自“二战”以来美国自己主导建立的国际规则和秩序。美国在世界上处处惹麻烦，可以说制造的麻烦比解决的麻烦多，在对付一个麻烦时往往制造了更大、更多麻烦。

对中国来说，美国越折腾，中国越需要冷静、淡定。在美国现任政府给国际社会的印象中，唯一可以确定的便是其不确定性。任他雨打风吹，我自岿然不动。任何外部的不确定性都阻挡不了中华民族的伟大复兴，阻挡不了中国人民对美好生活的向往。莫听穿林打叶声，何妨吟啸且徐行。凭着在逆境中保持理性、团结、奋进的民族品格，凭着40年改革开放积累起来的巨大力量和制度基础，凭着打造的全球伙伴关系网，中国完全可以应对美国式折腾。

（作者为国际问题专家）

《人民日报海外版》（2018年10月13日第01版）

“重建中国”？美国谜之自信

贾晋京

近日，美国副总统彭斯发表的对华政策演讲，由于史实错误、逻辑错误、引用错误等各类笑话连篇，在中国网络上引出令人目不暇接的“神回复”，起到“中国人民都笑了”的效果。不过，这篇演讲流露出的那种“中国发展强大来自美国帮助”的谜之自信，值得警惕。例如，彭斯称美国“促成中国加入世贸组织”，中国成为世界第二大经济体“很大程度上得益于美国对中国的投资”，甚至称“美国在过去25年重建了中国”。

成串的错误、混乱的逻辑，无法正确理解中美关系的“题意”，不得不说是其世界观出了问题。中国发展强大靠什么？美国在其中扮演什么角色？这是关系到如何看待近40年来世界格局演变的大问题，要放到历史与世界两个维度的大坐标中才能看清。彭斯把中国发展说成美国恩惠，荒谬之余，在美国舆论中也有一定代表性。对此，我们需要通过摆事实、讲道理，寻找这种谬论的根源，认清谬论背后荒唐世界观的本质。

当今世界，中国堪称古老文明探索复兴之路的代表，而美国则是年轻国家成为超级大国的典型。改革开放40年来，中国的高速发展离不开融入世界经济这个外因，但中国共产党带领中国人民奋发有为、不懈努力，才是起决定作用的内因。中国“富起来”，是经济全球化进程中，中国与包括美国在内的世界相互促进、共同受益的结果，绝非谁单方面恩赐。“二战”后，美国在塑造国际经济格局、开启经济全球化进程方面做出了巨大贡献，并由此成为国际规则的主要制定者，且在长达数十年间保持世界最大市场国地位。但如果美国权力精英据此认为自己成了国际规则的“裁判”、世界经济的“中枢”，那一定是产生了“不知今夕何夕”的幻觉。

同世界很多国家和地区一样，由于中国的扩大开放，美国获得了更大的市场，并长年从中国大量进口物美价廉的商品。以代表美国传统产业的汽车和新兴产业的手机为例，2017 年，美国通用汽车在中国大陆销售了 404 万辆，当年通用汽车公司全球销量为 890 万辆，中国一个市场就占了 45%。美国苹果公司 2018 年第三季度财报显示，2018 年上半年，苹果公司净营收 1144 亿美元，其中在中国大陆及港澳台地区营收 225.75 亿美元，占比 19.73%，是其最大海外市场。可见，美国的汽车产业、手机产业都从中国市场获得了巨大回报。但另一个显而易见的事实是：中国市场上通用、苹果这样的美国品牌只是参与者，难称不可或缺。从美国对华投资来看，2000 年以来，美国对华投资额在中国实际利用外资总额中占比持续下降，从 10% 左右下降到近年的 2% 左右。2015、2016、2017 三个年份，美国对华投资在中国实际利用外资来源地中的排名分别为第 8、第 6、第 8 位。可见，中国发展得益于美国投资的程度未必“很大”。

经济全球化高度发展的今天，产品往往是多方合作的结晶。例如，一台手机的生产可能需要来自美国的触控芯片、韩国的显示屏、日本的图像传感器再加上中国组装才能完成。这实际上是一个各方都有其“生态位”的系统，每一方都从整个“生态”中获益。这时假如有一方觉得自己不可或缺，以此敲诈另一方，那么最可能的结果不是被敲诈方屈服，而是敲诈者出局：各方都会因敲诈者而受损，整个系统损失最小的方案是另找一个参与方代替敲诈者。

当今世界，平等合作才能共同发展，再也没有一家独尊的世界秩序制定者；美国也已不再是世界最大市场国，对各国来说只是做生意的可选项而非必选项。世界上的发展道路绝非只有一条，倡导互利共赢才会得道多助，强行要求别人按自己的意志发展，必将失道寡助。

（作者为中国人民大学重阳金融研究院院长助理）

《人民日报海外版》（2018 年 10 月 15 日第 01 版）

鲁迅先生的话，“彭斯们”要好好听

王　栋　孙冰岩

近期，美国副总统彭斯的涉华演讲引起中美各界人士强烈反应。在演讲中，他以高高在上的语气，对中国进行全方位的指责与抹黑。彭斯列举的这些欲加之罪，粉饰不了美国意欲打压中国的真相。这篇美其名曰为美国“正名”的“道义檄文”，充斥着诸多片面甚至荒谬的论调，最典型的就是多次对所谓中国“干涉”美国选举进行无理指责。

彭斯声称中国“干涉”美国内政的论据具体有两条。首先，彭斯把中国在中美贸易战中被迫做出的贸易反制措施，称为“干涉”美国中期选举的行为。彭斯认为，中国对美国中西部农业出口大州加征进口关税的行为，就是以政府形式故意削弱特朗普和共和党在中西部地区的支持率，因而是“干涉”美国选举。其次，彭斯把中国在美国的公共外交活动和人文交流活动描述为中国试图从美国社会层面影响美国民众、操控美国选民的宣传手段。

对中国的无理指责背后，既有彭斯和他保守派盟友的政治考虑，也有美国现任政府和共和党自己的政治考虑。

首先，此前《纽约时报》刊登了一篇批判特朗普的文章，彭斯被许多人怀疑是其中“深喉”，彭斯攻击中国，不仅能借此表达“忠诚”，洗脱“冤屈”，而且可以适当把美国民众对“通俄门”的注意力转移到中国。然而，就连美国的国土安全部部长也站出来声称没有发现中国干预美国选举的证据。

其次，彭斯抛出“中国干涉论”，也有保护特朗普和共和党政治利益的考虑。在中美贸易战全面开打的形势下，共和党的部分基础选民，已经开始感受到美国现任政府主动挑起的贸易战的负面效应。他们在今年的中期选举中，很可能会反对美国现任政府的贸易政策。在国会选情尤其是众议员选情危急的情况下，彭斯将明明是主动发起贸易战的美国现任政府描述为敢于挑战中国、为民请命的勇士，而将中国被迫做出的贸易反制措施刻画为“干涉”美国选举行为。彭斯的干涉论颠倒黑白，将被害者中国描述为加害者，从而把受贸易战冲击的基础选民的愤怒情绪转移到中国身上。真是打得一手好算盘！

到底是谁喜欢干涉别国内政？彭斯只字不提新中国成立以后美国对中国内政的频繁干涉，只字不提多年来美国对一个中国的阻挠，只字不提美国干预中国与周边国家领土争议的行为，只字不提美国对境内外反华势力公开或秘密的支持。就在近期，美国还刚刚完成最新一轮对台军售，但充满“自我正义感”的彭斯和他背后的共和党保守派，却将美国对他国内政和主权的粗暴干涉置若罔闻。

在演讲最后，彭斯引用中国文豪鲁迅先生的话作为结尾。鲁迅先生曾批评当时的部分国人对待别人要么谄媚逢迎，要么轻视傲慢，不懂得真正的平等相待。但具有讽刺意味的是，鲁迅先生此语放到今天最适用的对象，恰恰是共和党保守派自己。美国现任政府成立以来，共和党保守派在思维上唯我独尊，在行动上自私任性，到处挥舞大棒，罔顾他国利益关切，只图自己趾高气扬，这不正是鲁迅先生所批判的那类只懂轻视傲慢、不懂平等相待的人吗？

如果彭斯和他的共和党保守派朋友们，真的愿意躬行鲁迅先生所说的平等相待，那就应该多去研究中美关系的历史与现状，多去反思美方近年来对中国的所作所为，将真正的而不是虚假的平等相待原则贯彻于中美关系中，确保中美关系重回相互尊重、相向合作与互利共赢的健康轨道。

（作者分别为北京大学中美人文交流研究基地执行副主任、北京大学国际关系学院博士生）

《人民日报海外版》（2018年10月16日第01版）

外资看好中国，打了谁的脸

梅新育

正当美国挑起的中美贸易战升级之际，中国对外经贸的数据接连出台。中国9月份外贸出口，特别是对美出口增长率远超市场预期，上半年中国实际利用外资规模更是力压美国，重登世界之巅。15日，联合国贸发会议发布报告显示，今年上半年中国吸收外国直接投资逆势增长6%，总额超过700亿美元，成为全球最大外国直接投资流入国。由于美国对华贸易战的目标之一就是逼迫外资撤离中国市场，联合国贸发会议此项报告一经发布，被全球市场和社会各界视为对美国现任政府“打脸”。

毫无疑问，这是成百上千投资者“用脚投票”，向中国经济持续发展潜力、向中国商业环境及其不断改善前景投出的信任票。美国名义GDP规模仍然比中国高出不少，美国经济又正处于景气期，去年年末还通过了大规模减税法案，实施了大面积、超强力度的放松管制，使美国在招揽外资方面本处于比中国有利得多的地位。但在这种情况下，美国吸收的外商直接投资流量还能落到中国之后，表明美国错误的对外经贸政策、失控的国内政治斗争已经对其商业环境和经济增长预期产生了可感的损害。

随着中美贸易战的延续，贸易战对美国经济的负面影响还将日益显现，并推动已经走到景气峰顶的美国经济加快滑向不可避免的萧条。相比之下，尽管中国经济在贸易战中也遭受了这样那样的冲击，但由于准备充分，应对有力，实际表现明显好于预期。联合国贸发会议发布的数据，便是最大的无可反驳的事实。可以预见，未来还会有更多投资者心理天平倾向中国一方，我们有信心在争夺投资的长期竞争中胜出。

上半年利用外资数据超越美国，增强了我们应对贸易战的信心，更让我们进一步认识到全球性贸易战的危中之机。因为美方的任性做法大大提升了该国商业环境的不确定性，全球生产不得不由此加快重新布局，这对于我们在汽车产业、芯片与其他高技术产业、人民币国际化等方面都会制造一系列潜在机遇。我们需要密切关注、及时抓住。而要抓住机遇，化挑战为契机，关键在于我们发挥体制在动员能力方面的优势，以应对贸易战为切入点推进全面深化改革，顺应客观经济规律，清理此前积累的一些不可持续做法。

沧海横流，更显英雄本色。改革开放以来，中国经济和外贸本来就是在全球经济、贸易增长减速的环境下，攀上全球货物贸易出口世界之巅的。20世纪80年代席卷世界发展中国家和苏联东欧集团的债务危机，1997—1998年亚洲金融危机，2008年国际金融危机……历次危机最终只是凸显了中国抗冲击能力的优势。

5年前在全球贸易急剧减速前夕，中国提出了"一带一路"倡议，体现出中国对世界发展的深刻洞察力。美国强加于我们的贸易战固然给我们带来了巨大冲击，但中国有能力把冲击的影响减到最小。无论过程有多少波折，中国有信心、有条件、有能力保持经济平稳运行，任何外部因素都不可能阻止中国的发展步伐。

（作者为商务部研究院研究员）

《人民日报海外版》（2018年10月19日第01版）

中国经济有韧性有底气

石建勋

今年3月以来，随着中美贸易摩擦不断升级，唱衰和担忧中国经济的议论不断，有些人对中国经济发展前景信心不足。就在19日，国家统计局公布中国经济前三季度运行数据，前三季度国内生产总值650899亿元，按可比价格计算，同比增长6.7%。从中不难看出，贸易摩擦没有改变中国经济基本面貌，中国经济稳中向好的态势没有改变，中国经济有韧性有底气。面对外部环境明显变化带来的压力，中国经济高质量发展的步伐当更加坚定，用转型发展的确定性来有效对冲外部不确定性的影响。

客观来看，前三季度6.7%的经济增速为全年实现6.5%左右的增长目标打下了扎实基础。更为重要的是，结构调整和转型升级正在深化，经济高质量发展的特征更加明显。而且，新动能正快速壮大，为经济结构优化调整、经济平稳运行增添后劲。

不可否认，美国挑起和升级贸易摩擦，会给中国经济发展带来困扰和冲击，但贸易摩擦对中国经济运行的影响总体可控。中国经济增长已经基本实现了从出口导向型向内需拉动型的转变。2017年经济增长中内需贡献超过90%，贸易依存度下降到33%，低于42%的世界平均水平。据初步预测，即便美国对我国2000亿美元商品加征25%的关税，对于中国经济增长的影响也有限。

事实证明，中国经济有韧性有底气有回旋余地。从对经济增长的影响看，随着中国经济转型升级，内需在经济增长中所起的作用不断增强。发挥好居民消费和有效投资对经济增长的拉动作用，可以把外部贸易摩擦的影响缩小到可控范围内。从对就业的影响看，当前中国正处于就业增加的良好时期，通过深化放管服改革，让有利于创新创业的政策措施落地生效，能够有效克服经贸摩擦对就业的影响。从对物价的影响看，中国有世界上最大最齐全的产业体系，工农业产品供应充分，服务业供给不断增强，只要保证供求基本平衡，因贸易摩擦带来的个别商品价格波动很难带来全局性价格上涨。从对国际收支的影响看，当前中国货物贸易保持顺差，服务贸易逆差稳定，跨境资本净流入，中国有条件有能力保持国际收支基本平衡和人民币汇率稳定。

因此，我们应该对中国经济有信心。中国市场主体的竞争力正在不断提升，完全有能力通过扩大内需，不断满足人民美好生活需要，中国也正在通过进一步深化改革扩大开放，开展新的国际经贸合作，促进高质量发展来对冲中美贸易摩擦的影响。

（作者为同济大学财经研究所所长、教授）

《人民日报海外版》（2018 年 10 月 20 日第 01 版）

事实能够将空言打个粉碎

陈定定　王　悠

日前，美国副总统彭斯在一家智库发表长篇演讲。这个演讲是近几年美国对华消极意见的一次集中呈现。对于了解中美交往历史、关心中美关系现状的人来说，不得不惊叹于演讲中频频呈现的粗糙与谬解、狭隘与浅薄。

其中，所谓美国“重建中国”，不过是完全罔顾他国国情而对美国一国价值观和政治制度的一味宣扬。至于指责中国改革开放的停滞更属无稽之谈。

事实上，不是中国的改革开放停滞了，而是中国的改革开放没有按照美国的“剧本”走罢了。中国成长为第二大经济体的进程中，肯定会面临种种困难和风险。借鉴他国经验，中国着力于把深化改革开放道路走得更加稳健，这却被美国指责为停滞或倒退。事实上，与美国正在显示出的孤立主义与贸易保护主义相比，中国下调整体关税、建设海南自贸区、重组国家产权保护局和积极筹办首届中国国际进口博览会等，彰显出的都是继续坚持改革开放的决心和毅力。中国改革开放40年的发展进程，有成就，也有曲折。对于中国在改革开放的道路上不断反思、不断沉淀、积极纠偏，美国不加理解，反而横加指责，恰是其缺乏历史视野、不懂发展规律的表现。今年年初以来，中美贸易战呈现愈演愈烈的态势，其催化剂就是美国领导人的反复无常，甚至时不时地脱离理性。

美国应该认识到，中美间的合作是相互的，互惠是双向的。事实上，中国政府长期倡导中美双方的良好沟通与克制。举世皆知，在过去几十年与中国的交往与合作中，美国获取了巨大的市场资源、商业利益与廉价劳动力。

仅在去年，美国向中国出口的商品就占到美国全年商品出口总量的10%。事实上，在当前的全球贸易分工体系中，中美已经形成了互利互惠的良性关系。那些单方面强调中国获利的说法，目的不过是仅仅维护美国自身利益，进而阻止中国的技术升级与产业结构变迁。

美国应该认识到，中国的改革开放，从未也绝非仅仅面向美国，而是始终在与世界分享自身的发展成果。共建“一带一路”，横贯亚非欧大陆，为沿线国家的合作交流搭建起新平台。“一带一路”倡议的开放性和包容性在时刻提醒着美国政客，应该以实事求是和理性客观的态度看待中国的发展。

彭斯的演讲在末尾还引用了鲁迅先生的话。我们以为，这和通篇演讲一起体现了美国战略界“中国认知”的失真，反映的正是对美国霸权衰落的焦虑。其实，鲁迅先生还有另一句话，可以作为对美国“彭斯们”的回应：“事实是不讲情面的东西，它能够将空言打个粉碎。”

（作者分别为暨南大学国际关系学院教授、硕士研究生）

《人民日报海外版》（2018年10月29日第01版）

合作是中美双方最好的选择

贾秀东

2019年1月1日，中美两国建交40周年，国家主席习近平与美国总统特朗普互致贺信。习近平在贺信中指出，中美建交40年来，两国关系历经风雨，取得了历史性发展，为两国人民带来了巨大利益，也为世界和平、稳定、繁荣做出了重要贡献。

40年中美关系历程积累的经验教训给我们的最大启示是，中美两国合则两利，斗则俱伤。历史充分证明，合作是双方最好的选择。中美两国的历史、文化、意识形态、社会制度、现实国情不同，不可能在所有问题上看法一致。双方在部分领域的分歧是客观存在，矛盾有时会激化并导致危机，但两国的共同利益远大于分歧，交流与合作成为中美关系的主流。

40年来，中方在与美方打交道过程中，也积累了丰富的经验。中国开启改革开放事业与中美建交是同步进行的，发展对美建设性合作关系服务于改革开放大局，改革开放也为中美关系的发展提供了巨大动力和空间。

40年前，中美建交的抉择是正确的。40年后的今天，中美关系再次面临何去何从的历史抉择。看待中国发展势头时，美国有人信奉“国强必霸”的历史逻辑，有人担忧崛起大国与守成大国的“修昔底德陷阱”，有人主张对华遏制“时不我待”。看到中国坚持自己的发展道路和社会制度时，美国有人全盘否定对华“接触”政策，主张中美“脱钩”，试图挑起对华“新冷战”。美国政府近年来的一系列对华消极言论和行动既迎合又助长了上述论调。

但世界大势终究是不可阻挡的，中美关系发展的自身逻辑也不是可以轻易扭曲的。中美关系已经演变成为世界上最重要的双边关系。展望未来40年，中美关系发展的好坏攸关两国的国运，事关世界和亚太地区的和平稳定繁荣。唯有秉承不冲突不对抗、相互尊重、合作共赢的理念，继续推动中美关系向前发展，才能无愧于中美两国40年前的战略选择，才能把一个更加美好的中美关系留给子孙后代。

在战略安全领域，中美应坚持合作安全，确保共同安全，而非单方面的所谓“绝对安全”，特别要防止滑向全面对抗。在经济贸易领域，两国应坚持互利共赢，确保良性竞争，摒弃你输我赢的零和博弈。在社会文化层面，双方应坚持包容互鉴，增进交流合作，避免将发展道路、政治制度差异上升到你死我活的前途之争。在全球治理层面，两国应尽可能做到共商共建共享，发挥各自比较优势，提供更多更好的国际公共产品，避免相互拆台，互挖墙脚。

中美关系的发展从来都不是一帆风顺，今后也难免遭遇风暴。中美关系40年的跌宕起伏一再提醒我们，形势越是复杂，头脑越要清醒；矛盾越是多发，战略上越要保持定力。着眼未来，中国要矢志不渝地夯实自身发展的根基，积极拓展国际发展空间和战略回旋余地，同时积极推进以协调、合作、稳定为基调的中美关系，为中美关系在下一个40年的发展营造良好的基础和氛围。

（作者为中国国际问题研究院特聘研究员）

《人民日报海外版》（2019年01月02日第01版）

亚洲各国相向而行

中日关系回暖来之不易

阮宗泽

5月8日，应日本首相安倍晋三邀请，中国国务院总理李克强乘专机抵达东京，出席第七次中日韩领导人会议并对日本进行正式访问，这是中国总理时隔8年正式访问日本。日本政府给予中国总理“公宾”最高礼遇。接下来，李总理将会见日本天皇明仁、同安倍晋三首相举行会谈，出席中日和平友好条约缔结40周年纪念活动，并广泛接触日本各界人士，还将赴北海道参观访问，日程丰富而紧凑。作为世界第二大和第三大经济体，中日两国关系的动向和走势举世瞩目。

2018年无论对中国还是对中日关系来说都是具有历史意义的一年。今年是中国改革开放40周年，也是中日和平友好条约缔结40周年。当前，国际秩序酝酿深刻转型，东北亚地区形势瞬息万变，单边主义和保守主义威胁全球多边贸易体系和全球经济增长。在此背景下，李总理此访必将进一步巩固中日关系改善势头，推动两国关系重回正常发展轨道，为两国关系未来发展勾勒战略规划。

回溯战后中日关系的历史，双方经历了相互隔绝、迅速发展、矛盾多发和战略磨合等不同阶段，充满波折。自1972年邦交正常化以来，中日关系可大体分为两个时期：

一是迅速发展期（1972—1992）。1972年中日领导人从大局出发，就钓鱼岛问题达成搁置争议的共识，实现邦交正常化。紧接着双方缔结《中日和平友好条约》，以法律形式确认了《中日联合声明》的各项原则，为中日关系的全面发展奠定了政治基础。1992 年正值中日邦交正常化 20 周年之际，明仁天皇对中国进行了正式友好访问，两国关系进一步升温。中日关系进入发展的快车道。

二是战略磨合期（1992 年至今）。中国强劲崛起，中日力量对比发生逆转，2010 年中国的经济总量一举超过日本。中日结构性矛盾凸显，围绕历史认知问题、台湾问题、钓鱼岛领土争端等，各种矛盾竞相爆发。2012 年日本不顾中国的强烈反对，挑起钓鱼岛的“国有化”事件，严重冲击中日关系。为加大维权力度，中国在钓鱼岛及其附属岛屿海域实现执法巡航的常态化，设立东海防空识别区等。而日本政局动荡、经济低迷，加紧追求“国家正常化”，强化追随美国的对华牵制战略，炒作“中国威胁”，中日关系坠入寒冬，渐行渐远。

温故而知新。当前中日关系的回暖势头来之不易，是双方共同努力、相向而行的成果。前不久，李克强总理在日本主流媒体发表署名文章，指出当前中日关系出现改善势头，站在重返正常发展轨道的路口。李总理强调，实践证明，只要中日恪守四个政治文件的原则和精神，中日关系就能顺利发展，反之就会遭遇挫折。

中日互为重要近邻，合作双赢，对抗双输，因此应当以史为鉴，面向未来。东亚之大，完全容得下中国与日本。展望未来，期望中日在推动“一带一路”倡议、构建人类命运共同体的大业上携手合作，共创和平、安宁、繁荣、开放、美丽的亚洲和世界。

（作者为中国国际问题研究院常务副院长、研究员）

《人民日报海外版》（2018 年 05 月 10 日第 01 版）

中日韩共同书写合作新篇章

黄大慧

近日，国务院总理李克强赴日本出席第七次中日韩领导人会议。面对当前复杂多变的国际政治经济形势，中日韩加强合作不仅是三国自身发展的需要，也是地区国家和国际社会的共同期待。本次中日韩领导人会议形成了一批制度化合作成果，是为促进亚洲和平稳定繁荣做出的新努力与新贡献，三国共同努力书写合作新篇章的势头正猛，风头不减。

回顾历史，中日韩三国合作来之不易。中日韩三国于1999年11月在“东盟与中日韩”（10+3）框架内开启了接触与合作；2008年12月，三国首次在10+3框架外举行中日韩领导人会议。然而，三国之间的合作并不总是一帆风顺，受三国外交关系波动的影响，中日韩合作机制时有间断。2012年第五次中日韩领导人会议召开后时隔三年半才召开2015年的第六次会议，此次则是时隔两年半才再次举行第七次会议。出于自身发展需要，也为了地区国家发展的共同期待，中日韩抓住契机，适时召开领导人会议，显示了三国共同努力、合作发展的信念。

聚焦当下，中日韩三国合作时机关键。此次中日韩领导人会议的召开恰逢其时，中日关系转圜、朝鲜半岛形势转暖，为三国领导人会议的和谐召开提供了内在动力，是各方共同努力的结果；而世界经济向好的同时贸易保护主义抬头，则是三国领导人会见需要重点应对的外部环境问题，是各方共同努力解决困难的方向。

首先，中日关系回暖意味着中日韩合作具有了更坚实的“压舱石”。中国和日本分别是世界第二大和第三大经济体，其合作的经济红利应有较大的辐射力和影响力。但前些年两国关系风雨不断，矛盾频发，高层互访中断，经贸往来逐渐下降。近来日方在对华关系上释放出重要的积极信号，加之今年是中日和平友好条约缔结40周年，两国迎来关系改善向好的契机。中日新的合作正在拉开序幕；而中日关系的稳定又为中日韩机制的向前推进奠定了坚实的基础。

其次，朝韩关系破冰使中日韩合作发展的稳定因素有所增加。朝鲜半岛对于中日韩三国合作具有重要的地缘政治意义。地区环境稳定性的提升是地区发展的一大重要保障，半岛局势缓和并重回谈判轨道离不开中日韩三国在半岛问题上的持续努力与密切合作。

此外，以美国为首的贸易保护主义倾向是中日韩三国需共同应对的挑战。中日韩同为贸易大国，并同处于东亚生产价值链上，具有相对一致的地区利益。面对共同的外部挑战，中日韩三国抱团取暖的需求自然有所上升。

展望未来，中日韩三国合作前景光明。此次中日韩领导人会议达成了诸多有效共识，形成了诸多制度化成果。尤其值得肯定的是，李克强总理提出的多项中国倡议得到了响应，其中最突出的是要建立“中日韩 +X”合作机制，联合拓展第四方市场，而这正是发挥三国互补优势、拓展合作外延、满足合作方发展需要的有益选项。

中日韩合作是东亚合作的重要组成部分。中日韩三国已有比较坚实和制度化的合作基础，既有的努力已经取得了一定成果。未来若要取得更大更多的成果，还需要中日韩三国共同努力，引领扩大共同利益，密切管控化解分歧，使中日韩合作进一步成为带动东亚地区发展的强劲引擎。

（作者为中国人民大学国际关系学院副院长、教授）

《人民日报海外版》（2018 年 05 月 11 日第 01 版）

南海和平稳定对谁都好

苏晓晖

8月2日，中国国务委员兼外交部长王毅在新加坡出席中国—东盟外长会议。当日，新加坡外长宣布，中国与东盟国家就“南海行为准则”单一磋商文本草案达成一致。这是“准则”磋商取得的又一个重大进展，具有里程碑意义。

自2013年9月中国与东盟国家正式启动“准则”磋商以来，各方一直保持良好势头。此后，中国与东盟通过了“重要和复杂问题清单”和“‘准则’框架要素清单”两份共识文件，并于2017年5月达成了“准则”框架。今年则是“准则”案文磋商的启动元年，中国和东盟国家通过1次落实《南海各方行为宣言》高官会和2次工作组会议，就“准则”形式、磋商方式、磋商路径等取得不少共识，形成单一磋商文本草案。

“准则”的成果来之不易，需要地区国家共同维护。“准则”磋商的不断推进，展示出地区国家建设性的磋商态度和齐心协力构建地区规则的真诚意愿。地区国家看到，南海形势总体保持稳定，符合各方利益，“准则”磋商利于地区国家增进互信、形成共识，巩固南海和平稳定局面。当然，磋商得以推进，基础是“准则”不被滥用。“准则”本身不是解决有关争议的工具，更不应被个别国家利用来损害中国正当主权权益。

“准则”磋商势头不减，也是对域外势力搅局企图的有力回击。南海局势稳定向好，个别域外国家却心有不甘。舆论上，西方媒体惯于别有用心地炒作南海“军事化”，制造杂音，干扰中国与相关争议方的谈判、干扰中国与东盟的磋商。行动上，个别域外国家加大所谓“航行自由行动”力度，甚至意欲拉拢伙伴进行联合巡航。域外势力的种种言行，必然对南海和平稳定和地区规则制定产生负面影响。面对挑战，中国和东盟国家合力落实“准则”磋商，有助于排除这种外来干扰。

伴随“准则”磋商，中国致力于在南海提供公共产品。海上合作是东盟国家的客观需要，各方不应让南海争议成为地区合作障碍。几天前，中国已安排最先进的海洋救助船赴南沙值班待命，可在各国船舶需要时第一时间提供海事救助服务。未来，中国还将陆续向地区国家提供科研和气象等国际公益服务。中国有诚意也有能力推进海上务实合作，惠及周边国家。

中国希望各方对“准则”磋商保持客观冷静态度。“准则”单一磋商文本草案形成是“准则”磋商重大进展，但后续工作仍面临复杂挑战，在坚持不懈努力的同时要避免揠苗助长。必须在坚持相互尊重、协商一致的基础上达成共识。另外，本地区国家的努力应得到尊重，破坏者不受欢迎。中国与东盟将以建设性磋商聚力地区规则构建。

“南海行为准则”单一磋商文本草案达成，是中国与东盟相向而行的成果。在此基础上，中国呼吁各方排除外来干扰，实现“准则”磋商加速推进。事实将证明，中国和东盟国家有能力维护南海地区和平稳定，有能力通过磋商达成共同遵守的地区规则。

（作者为中国国际问题研究院国际战略研究所副所长）

《人民日报海外版》（2018 年 08 月 03 日第 01 版）

中马关系处于新的历史方位

华益声

8月17日至21日，马来西亚总理马哈蒂尔对中国进行正式访问。访问期间，中国国家主席习近平会见马哈蒂尔，国务院总理李克强同马哈蒂尔会谈，全国人大常委会委员长栗战书会见马哈蒂尔，两国政府发表联合声明。访问期间，马哈蒂尔不断释放善意，强调此访是其就任总理后首次正式访问东盟以外的国家。双方一系列互动凸显出当前中马关系的积极动向。

中马珍视传统友谊。事实上，对华友好是马哈蒂尔的固有立场。他于1981年至2003年担任马总理期间，先后7次访问中国，为发展中马友好关系做出重要贡献。习主席强调，双方要接续友谊，深化合作。马来西亚是东盟成立后率先同中国建交的东盟国家。中方坚定奉行中马友好，相信新时期中马关系大有可为。

中马定调当前关系。当前中马关系处于新的重要历史方位，两国都站在各自国家发展新的历史起点上。今年以来，两国各自成立了新一届政府，双边关系也面临新的定位。马来西亚钦佩中国奇迹般的自主发展，赞叹中国产业、商业领域的巨大成就。马新时期“向东看”愿借鉴中国发展的成功经验，不断创新创造，实现自身更大发展。马新政府和马哈蒂尔本人高度重视马中关系。此次访华行程是马新政府的重要举措，旨在向中国政府和中国人民表明，马对华友好的政策不会变化。中国也明确表示，将坚定奉行对马友好。把握睦邻友好大方向是双边关系的基调。

中马重视战略沟通。中马间存在广泛共识。对内，两国均坚持走适合本国国情的发展道路。对外，中马都主张独立自主，积极推进东亚合作。2001年马哈蒂尔来华出席博鳌论坛时曾表示，亚洲应该有自己的论坛，对“亚洲论坛”设在中国感到高兴。双方加强战略沟通，既引领两国关系更好发展，也有助于推动亚洲振兴和世界进步繁荣。

中马支持自由贸易。今年是中国改革开放40周年，中国旗帜鲜明反对单边主义和贸易保护主义，正在不断推出开放合作措施。作为外向型经济体，马来西亚以贸易立国，重视国际贸易。对当前在西方世界出现的逆全球化和贸易保护主义的倾向，马哈蒂尔明确表示反对。马方欢迎来自中国企业的投资，希望实现双方在经贸等各领域的互利共赢。

中马共建“一带一路”。习主席强调，马来西亚是古代海上丝绸之路沿线重要国家，也是最早响应“一带一路”倡议的沿线国家。双方要以共建“一带一路”为主线推进新时期中马务实合作。马哈蒂尔积极回应中方倡议，认为“一带一路”是为了促进地区的交往合作，将使地区所有国家获益。马方支持并愿积极参与共建“一带一路”。

马哈蒂尔访华成果丰硕，中马通过高层互动为双边友好合作描绘蓝图，有效回应唱衰两国关系的“杂音”。当前，中国正努力实现“两个一百年”奋斗目标，马来西亚开启了建设“新马来西亚”征程，在互惠共赢中，中马合作扬帆再启程。

（作者为国际问题专家）

《人民日报海外版》（2018年08月21日第01版）

东方经济论坛的四大看点

欧 诣

东方日出照，远东秋意好。

9月11日至13日，第四届东方经济论坛将在俄罗斯远东城市符拉迪沃斯托克举行。与往年相比，今年的东方经济论坛格外引人注目。应俄罗斯总统普京邀请，中国国家主席习近平将出席论坛，这将是中国国家元首首次出席东方经济论坛。

从首届论坛开始，中方就未曾缺席这一远东合作的盛会，分别派高级别代表团出席了前三届论坛，与各方共襄盛举，同商合作。今年习近平主席亲自出席东方经济论坛，更让我们的目光聚焦本届论坛，对论坛取得丰硕成果有了更多展望和期待：

一看远东地区新发展。远东联邦区是俄罗斯面积最大的联邦区，占全俄总面积的36.1%。近年来，俄罗斯政府对远东地区重视程度不断提升，将远东开发视为国家发展的优先方向，组建远东发展部等机构，从国家层面保障远东地区发展。在远东地区建立18个跨越式发展区，建立符拉迪沃斯托克自由港，实行便捷的海关制度及电子签证制度，出台一系列优惠政策，吸引企业投资入驻。普京总统亲自倡议举办东方经济论坛，吸引各方参与远东开发。在俄政府的大力支持下，近年来远东地区经济向好发展，成为俄投资增长最快的地区。

二看中俄关系新成果。今年以来的中俄关系可圈可点。两国元首继续保持密切交往，普京总统6月对中国进行新任期内首次国事访问，习近平主席向普京总统授予中国首枚“友谊勋章”，两国元首共乘高铁、观看冰球赛等交往佳话为人津津乐道。7月金砖国家领导人会晤期间，习近平主席同普京总统举行年内第二次会晤，继续深入交流。习近平主席应邀出席东方经济论坛，将同普京总统举行年内第三次会晤。这次在俄本土举行的会晤必将为两国元首深入交流提供更加便利的条件和良好氛围，推动中俄关系更上一层楼，取得新成果。

三看“东北—远东”合作新气象。远东地区与中国东北地区毗邻，双方合作占据天时、地利、人和的优势，成为中俄两国地方合作的“排头兵”。经过多年发展，中方已成为俄远东地区最大合作伙伴和外资来源国，中方参与远东跨越式发展区和自由港项目几十个，远东地区一半以上的投资项目由中方实施。

“邻居好，赛金宝。”

远东这一“老邻居”的发展振兴对中国东北来说也是一大利好，目前双方在互联互通、金融、农业、能源等领域的诸多合作项目已全面铺开，合作成果丰硕，有力促进了东北地区经济发展和对外合作，也将进一步深化两国地方合作，助力中俄全面战略协作伙伴关系高水平发展。

四看区域合作新机遇。俄罗斯远东地区是东北亚地区的组成部分。近年来，中国、韩国、日本、蒙古国等地区国家均积极参与俄远东地区发展建设。今年的东方经济论坛，上述国家领导人将齐聚远东，共谋合作。东北亚地区国家相互毗邻，资源丰富，经济结构互补性强，市场广阔，合作潜力巨大。东方经济论坛举办三届以来，已经形成“俄方搭台、东北亚国家唱戏”的良好局面。在中方“一带一路”建设与欧亚经济联盟对接的良好示范下，各方对接发展战略的意愿进一步增强，韩国的“新北方政策”、蒙古国的“发展之路”等都可以在本地区更加积极地开展对接合作，为推动开放型世界经济做出更大贡献，也为地区发展增添更多新动能。

千帆竞渡，舳舻相继，邻邦诸客良港聚，远东合作蓄发力。

让我们期待第四届东方经济论坛的盛大召开，期待中俄关系和区域合作在金秋时节收获累累硕果。

（作者为国际问题观察员）

《人民日报海外版》（2018 年 09 月 10 日第 01 版）

中俄友好的四个秘诀

邢广程

9月11日起，中国国家主席习近平赴俄罗斯符拉迪沃斯托克出席第四届东方经济论坛。当日，习近平主席同俄罗斯总统普京举行会谈。两国元首一致同意，无论国际形势如何变化，中俄都将坚定发展好两国关系，坚定维护好世界和平稳定。

习近平主席出席第四届东方经济论坛，是中国国家元首首次出席这一论坛，也是中俄关系史上一件大事。中俄关系越来越呈现出全方位、多层面、递进性特征。两国在国际事务中承担大国责任，秉承合作共赢理念，在复杂多变的国际舞台上为维护世界和平稳定贡献力量。中俄关系是成熟而稳定的大国关系，这体现在中俄维护对方利益关切，支持对方维护核心利益，在全球治理方面具有大量共识，对建设新型国际关系持积极态度等方面。中俄关系超越了纯粹意义上双边关系范畴。

中俄友好秘诀何在?

第一，中俄关系具有持续递进鲜明特征。中俄是世界大国，两国从互视为友好邻国，发展到互为最重要全面战略协作伙伴，不断向纵深发展。两国关系在各自外交全局中占据优先地位，两国关系具有高水平和特殊性特点。中俄关系的高水平和特殊性体现在两国关系的全面性、战略协作性和平等互信程度高等方面。

第二，中俄关系具有坚实法律基础。两国关系持续发展的成果，凝结在《中俄睦邻友好合作条约》中。中俄关系呈现出不结盟、不对抗、不针对第三方特征，秉承了世代友好理念。这些特征和理念，都用条约法律确定下来，建立在坚实法律基础之上。认真维护和落实《中俄睦邻友好合作条约》，又为两国关系进一步发展提供了强大推动力。

第三，中俄关系具有全面性特征。中俄友好体现在政治、经济和文化合作，生态、科技和教育合作等方面。仅就经济合作而言，中俄合作体现在两国经济利益深度交融。中俄双边贸易额15年间增长了10倍多，经济合作覆盖投资金融、航空航天、高铁、高技术、能源、农业等领域。两国经济合作层次不断提升，包括联合研发和生产、战略性大项目联合攻关等。中俄正在不断夯实两国发展的物质基础。

第四，中俄合作还体现在地方合作上。不断拓展的地方合作是中俄关系新亮点。2018年至2019年是中俄地方合作交流年。习近平主席参加此次东方经济论坛，有助于进一步推动中国东北地区与俄罗斯远东地区互利合作，有助于开拓中俄毗邻地区合作空间。当前，“一带一路”倡议同俄罗斯“滨海1号”“滨海2号”国际交通走廊逐步对接，形成陆海联运国际交通走廊，中俄跨黑龙江公路、铁路大桥，中俄欧班列等项目逐步推进。中俄地方合作成为两国关系的新增长点。“东北—远东”“长江—伏尔加河”两个机制成为中俄地方合作样板。

当然，中俄关系发展得益于两国最高领导人个人友谊。两国元首相互出席对方举办的重大活动，是两国领导人个人友谊的充分体现。在不是很太平的国际丛林里，中俄关系越来越凸显立体感，会给世界带来安宁感和稳定感。

（作者为中国社会科学院学部委员）

《人民日报海外版》（2018年09月12日第01版）

习近平主席的一次“点穴式”外交

韩维正

“东方风来满眼春。”9月11日至12日，国家主席习近平应邀赴俄罗斯出席第四届东方经济论坛。此访是习近平主席担任中国国家主席以来第七次到访俄罗斯，也是首次出席东方经济论坛。在符拉迪沃斯托克停留约30个小时里，习近平主席密集出席十余场活动，既登高望远指引方向，也脚踏实地推进合作；既有坦诚深入的战略沟通，也有温馨感人的亲民交流。

精彩有力的全会致辞。习近平主席在论坛全会上致辞时提出四点主张：要增进互信，维护地区和平安宁；要深化合作，实现各国互利共赢；要互学互鉴，巩固人民传统友谊；要着眼长远，实现综合协调发展。在“一带一路”倡议提出5周年之际，习近平主席着眼地区可持续发展，秉持共商共建共享理念，倡导各方积极开展发展战略对接，重点提升跨境基础设施互联互通、贸易和投资自由化便利化水平，大力推动小多边合作、次区域合作，得到与会各方支持响应。“德不孤，必有邻。”作为东北亚地区重要一员，中国始终致力于参与地区合作，始终致力于推动各国交流对话，始终致力于营造和睦友好的周边环境。

坦诚深入的战略沟通。元首引领是中俄外交的鲜明特点。出访期间，习近平主席与普京总统举行4个月内第三次会晤。值此世界政治经济形势错综复杂的多事之秋，除了大范围、小范围交流，两国元首还进行“一对一”交流。会晤中，除了对中俄全面战略协作伙伴关系进一步发展作出部署，两国元首还就重大国际和地区问题进行对表，体现了中俄关系的高水平和特殊性。

双方同意保持战略定力，密切战略协作，彼此互为牢固稳定依托，相互给予有力支持，捍卫中俄两国自身和国际社会共同利益。

温馨感人的亲民交流。今年适逢中国四川汶川地震灾区儿童赴俄疗养10周年。9月12日下午，两国元首共同访问了“海洋”全俄儿童中心，习近平主席感谢俄方教职工帮助中国孩子们驱散灾难阴霾，勉励两国青少年做国家栋梁和友谊使者，让中俄世代友好的事业薪火相传、生生不息。此外，习近平主席应普京总统邀请出席“远东杯”国际帆船拉力赛颁奖仪式等。习近平主席强调，要推动中俄地方人文交流机制化、常态化，加深对彼此文化传统的了解和认知。

登高望远的合作方向。习近平主席出访期间，两国元首共同参观中俄经贸合作图片展，并见证签署一系列双边合作文件，共同出席中俄地方领导人对话会，一道在远东风采街参观考察，亲力亲为推动地方合作。此访中，两国元首规划下阶段两国务实合作方向，商定继续深入开展共建“一带一路”和欧亚经济联盟对接。习近平主席邀请普京总统明年来华出席第二届“一带一路”国际合作高峰论坛，普京总统当场欣然接受。

世事纷繁多元应，纵横当有凌云笔。出席论坛期间，习近平主席还同与会国家领导人进行友好交流，加深互信合作。习近平主席此访有利于大国关系的良性互动，有利于周边外交的精耕细作，是中国打造周边和人类命运共同体的重要实践，体现了大国领袖宽广宏大的国际视野、自信从容的格局风范。

（作者为本报编辑 详细报道见第三版《东方风来满眼春》）

《人民日报海外版》（2018年09月13日第01版）

揭露美在南海搅局的四大真相

华益文

美国副总统彭斯10月初在华盛顿演讲，声称中国在南海搞“军事化”并“鲁莽骚扰”正在执行“航行自由行动”的美国军舰，扬言美国“不会退让”。美国总统国家安全事务助理博尔顿近日也就南海问题发表了类似言论。这些言论罔顾事实，倒打一耙，凸显美方唯恐天下不乱，继续挖空心思在南海搅浑水、制造麻烦的意图。

第一，乱扣“军事化”帽子。

中国对南海诸岛及其附近海域拥有无可争辩的主权。中国在自己的领土上开展和平建设活动，包括部署必要的防御设施，是行使国际法赋予主权国家的自保权和自卫权，与“军事化”无关。

美方硬给中国扣“军事化”的帽子，最应该反躬自问：南海个别国家多年前在中国被占岛礁上部署大量武器装备，有的又企图使其非法侵占中国岛礁的行为永久化和合法化，美国为何视而不见？近年来美国频繁派军舰军机抵近中国南海岛礁进行挑衅和侦察，甚至擅入中国西沙群岛领海，算不算搞“军事化”？美国筹划把更多先进舰机部署到亚太地区，诱拉其盟友在南海搞针对性联合“军演”“巡航”，算不算搞“军事化”？美方搞“双重标准”为何如此心安理得？

第二，“航行自由”只是幌子。

南海地区的航行和飞越自由根本不存在问题，每年10万余艘各国各类船只能够在南海安全、顺利地通行，而中国南沙和西沙群岛远离国际航道。但在美方眼里这不叫航行自由，美方所谓“航行自由行动”，是按照自己对国际法的单方面解释，派出军舰挑战其他国家对海上领土主权和海洋权益的所谓“过度”主张和行使。放着宽阔的南海国际航道不走，美国军舰却屡次进入中国驻守的南海岛礁12海里之内宣示“航行自由”，实际上是别有用心。

至于美方声称所谓中国军舰对美舰实施“鲁莽骚扰”，更是荒唐。美舰不远万里跑到中国家门口生事，却纠缠于中国军舰距离美舰“45码”！

第三，美国霸权才是心心所念。

美国从地缘政治角度对待南海问题，日益把中国的崛起视为对美国霸权的潜在甚或现实威胁。在美方看来，中国在南海地区加强维权、开展岛礁建设，会让中国在南海获得优势地位，对美国的霸权构成挑战。美方有意把南海问题作为抓手，挑拨中国与东盟国家关系，抹黑中国形象、牵制中国影响，削弱中国在南海的存在。

美国现任政府从“美国优先”理念和“中国威胁论”出发，认为美国长期实行的对华接触政策未能达到美方期望，反而造就了一个地缘政治竞争对手，因此美方必须调整对华战略，多方对华施压。现任政府在推出对华竞争性意味浓厚的“印太战略”之后，更看重南海的战略地位。

第四，南海平静并非美国所愿。

过去两年，南海局势明显降温，有目共睹。南海争议重回通过直接当事方对话协商解决的轨道，中菲正式建立南海问题双边磋商机制并通过该平台妥善处理分歧，中国与东盟国家就“南海行为准则”单一磋商文本草案达成一致。包括中国在内的南海沿岸国都充分肯定南海形势积极向好。南海局势改善了，中国与东盟就可以集中精力推进务实合作，打造紧密的命运共同体。

但美国不肯认同中国和东盟共同努力的重要成果，甚至不断对外释放消极信号。对美国来说，南海局势向好了，挑拨离间的空间就缩小了。没有了东盟国家特别是南海声索国的配合和打头阵，美国只好撕掉“中立”的伪装，赤膊上阵，从幕后冲向台前。

说到底，在中美南海博弈中——中国维护的是主权，不能容忍主权受到侵犯；美国追求的是霸权，把中国维护南海主权之举误读为挑战美国的霸权。中国不可能在涉及主权的问题上有任何退缩，美国派再多的军舰军机来南海也吓不倒中国人。中方有信心与东盟国家一道保持南海地区稳定。美国以“零和”心态把中国当成对立面，到头来只会将自己打造成南海搅局者的形象，得不偿失。

（作者为国际问题专家）

《人民日报海外版》（2018 年 10 月 18 日第 01 版）

中日重回正轨　仍需相向而行

苏晓晖

10月26日，国家主席习近平会见了来华进行正式访问的日本首相安倍晋三。日本首相时隔七年再次以正式访问形式来华，引起各方关注。无论是从互动层级、访问时机，还是从会晤成果看，安倍此访均有重要意义。

从互动层级上看，高层交往是中日关系风向标，对两国关系发展发挥着重要引领作用。近年来，日方曾多次表示，期待恢复高层往来，希望推动两国关系重回正轨。经过双方沟通努力，今年以来中日互动逐渐升温。5月，李克强总理赴日出席第七次中日韩领导人会议并对日进行正式访问。9月，习近平主席在符拉迪沃斯托克出席东方经济论坛期间会见安倍晋三。此次日本首相正式访华，可谓水到渠成。此访期间，习近平主席同安倍首相的会见，最受关注，最有风向标意义。两国领导人就增进政治互信、管控矛盾分歧、深化务实合作达成重要共识，中日关系有望开启新局面。

从访问时机上看，当前两国关系发展面临重要节点。今年是《中日和平友好条约》缔结40周年。这一条约以法律形式确定两国持久和平友好大方向。习近平主席指出，双方要遵循中日四个政治文件确立的各项原则，坚持和平友好大方向，持续深化互利合作，推动中日关系在重回正轨基础上得到新的发展。能在这一重要时间节点正式访华，安倍表示“很高兴”，希望“根据两国间四个政治文件确认的共识推进双边关系”。可见，双方均希望夯实政治基础、增进互信，并妥善管控好双方分歧。

从会晤成果上看，领导人会晤期间两国明确合作意向。共建“一带一路”

将成中日合作重点。习近平主席提出，共建“一带一路”为中日深化互利合作提供了新平台和试验田。安倍明确表态，“一带一路”是具有潜力的构想，日方愿同中方在广泛领域加强合作，包括共同开拓第三方市场。而针对当今世界变局中的负面因素，中方呼吁两国共同应对挑战，维护多边主义，推动建设开放型世界经济。日方也愿两国合作为维护自由贸易做出贡献。此外，安倍访华期间，首届中日第三方市场合作论坛是重要配套活动之一。中日企业家与会人士超1000人，签署50多份针对具体项目和支持项目推进的合作备忘录。

从背景上看，安倍此访的一大背景是，日方对近年来中国进一步扩大对外开放不断做出积极评价。这是中日关系转暖的重要原因。安倍访华前接受中国媒体书面采访，赞扬中国发展取得令人瞩目的成就，认为中日经贸合作强化两国相互依存关系，认可中国经济发展对日本乃至全世界来说都是巨大的机遇。安倍向习近平主席提议，希望通过此访，双方能够开启“化竞争为协调”的日中关系新时代。日本欢迎和支持中国进一步扩大对外开放，并愿继续积极参与中国发展进程。对于日方释放的善意和倡议，中方积极回应符合双方利益。

中日关系历经波折，经验教训值得总结。中日两国是近邻，利益高度交融。作为世界主要经济体和有重要影响的国家，中日关系长期健康稳定发展，既符合两国根本利益，也是本地区和国际社会的普遍期待。安倍访华是双方关系发展的重要契机，未来中日两国需继续相向而行。历史和现实证明，合作共赢、积极互动是两国唯一正确选择。

（作者为中国国际问题研究院国际战略研究所副所长）

《人民日报海外版》（2018年10月27日第01版）

携手合作　共创美好未来

施戍杰

11月20日，习近平主席抵达马尼拉，开始对菲律宾共和国进行国事访问。这是中国国家主席时隔13年再次访菲，对巩固和提升中菲关系具有里程碑式的历史意义，也必将谱写两国携手合作的新篇章。

历史选择。中菲两国隔海相望、一衣带水，早在1000多年前就已"舟舶相继，商使交属"。600多年前，中国航海家郑和七次远航，多次到访马尼拉海湾及维萨亚、苏禄等地，传播友谊和合作。近代以来，中菲都曾遭受殖民主义的侵略和压迫，又在"二战"后各自走上独立自主的发展道路。进入21世纪，发展中国家和新兴经济体的崛起已成为不可逆转的时代潮流，但全球性挑战也更加凸显，需要在更大范围、更广领域开展南南合作。正如习近平指出，中菲同为亚洲发展中国家和新兴经济体，睦邻友好是两国唯一正确选择。

前景广阔。近年来，中菲经贸关系日益紧密。2017年，中菲贸易额首次突破500亿美元大关，中方对菲新增投资5384万美元；同年，中国从菲律宾进口100万吨热带水果，中国赴菲游客达到100万人次。中国已经成为菲律宾最大贸易伙伴、第一大出口市场、第一大进口来源国、第二大游客来源国。习近平指出，中国愿同各国分享中国市场的机遇和潜力，欢迎菲律宾和更多国家搭乘中国发展的快车。随着共建"一带一路"不断推进，中菲两国在经贸、基础设施建设、农业、旅游等领域都将有更加广阔的合作前景。

基石稳固。习近平指出，中国将坚持和平发展道路，始终做世界和亚太地区的和平稳定之锚。"永远不称霸，永远不搞扩张"是中国对全世界的庄严承诺。这一承诺并不是权宜之计，更不是外交辞令，而是思想自信和实践自觉的有机统一。数百年前，中国国内生产总值就曾占到世界的30%，但中国从未对外侵略扩张。1840年鸦片战争后的100多年里，中国频遭侵略蹂躏之害，饱受战祸动乱之苦。深知“己所不欲、勿施于人”的中国人民相信，只有和平安宁，才能发展繁荣。

未来，中菲两国要深化政治互信，通过友好协商妥善处理分歧，让南海成为造福人民的和平之海、友谊之海、合作之海；要坚持合作谋实，续写古代海上丝绸之路新篇章，让两国民众从合作中不断增强获得感和幸福感；要坚持民心相通，推动两国政党、议会、地方、智库往来，加强教育、科技、文化、青年交流，调动更多力量参与两国合作；要坚持携手共赢，推动中国—东盟关系优化升级，推动东亚合作得到更大发展。

（作者为国务院发展研究中心发展部副研究员）

《人民日报海外版》（2018年11月21日第01版）

为东北亚注入更多正能量

华益文

1月7日至10日，朝鲜劳动党委员长、国务委员会委员长金正恩对中国进行访问。中共中央总书记、国家主席习近平同金正恩委员长举行会谈、会见。在不到一年的时间里，中朝最高领导人四次会晤，这是朝鲜半岛局势和中朝关系发展的需要，也展示了中朝友谊的强大生命力。

今年是中朝建交70周年，对中朝关系发展具有承前启后、继往开来的重要意义。新年伊始，两国最高领导人即开展面对面的战略沟通，就中朝关系和共同关心的问题深入交换意见，并相互通报各自国内形势，体现了双方推动中朝关系在新时期不断取得新进展、持续推进半岛问题政治解决进程的强烈愿望。习近平表示中方愿同朝方共同努力，维护好、巩固好、发展好中朝两党两国关系，共同书写两国关系发展新篇章。金正恩表示，朝方无比珍视朝中关系持续发展的良好势头，愿与中方一道，认真落实双方达成的重要共识，在新的起点上续写朝中友谊更加辉煌的未来。

作为东北亚地区的友好近邻，中朝不断续写友好合作关系新篇章，符合两国各自的利益，既顺应和平发展的时代潮流，也是对地区和平、稳定、发展、繁荣做出的新贡献。去年以来，包括朝鲜半岛在内的整个东北亚地区的形势发生了新的积极变化。朝美、朝韩、中朝等各方围绕半岛问题的互动正在加快，半岛问题政治解决进程取得重大进展，半岛和平对话的大势已经形成，半岛局势呈现明显缓和的势头。中日韩之间相互关系有了明显改善，特别是中日关系重回正轨，中日韩三方合作换挡提速，东北亚区域合作展现出新的活力。

事实证明，一个和平稳定的地区环境，是地区各国之福，各国也都有责任共同致力于维护半岛与东北亚地区的和平稳定。中朝保持和巩固友好关系，是维护地区和平稳定的重要积极因素。地区有了和平稳定的局面，也会为中朝合作开辟更加广阔的空间。

要想实现朝鲜半岛和东北亚的长治久安，必须和平与发展并行。这是中方在解决半岛问题和谋划东北亚地区未来方面的根本思路。一方面，地区各国应携手实现半岛和地区持久和平，决不允许本地区生乱生战。中方坚持“双轨”推进半岛无核化和建立半岛和平机制，鼓励和欢迎朝韩、朝美领导人就半岛无核化与和谈进程达成的重要共识，并敦促各方抓住机遇将半岛停战协定转化为和平协定。只有这样才能均衡解决各方合理关切，实现东北亚持久和平。另一方面，地区各国应携手推动共同繁荣发展，做到“一个都不能少”。东北亚地区虽历经几十年的快速经济发展，但发展潜力和空间仍然巨大。朝鲜劳动党实施新战略路线一年来，取得不少积极成果，展示了朝鲜党和人民对发展经济的高度重视。中方支持朝鲜落实新战略路线，集中精力发展经济、改善民生。

当然，半岛和东北亚地区历史遗留的一些矛盾是错综复杂的，面临的一些现实挑战也是多种多样的。在看到半岛和东北亚地区新的积极变化的同时，也要清醒地看到半岛和东北亚地区局势走向存在的不确定性，特别是强权政治、单边主义、保护主义等消极因素的影响。作为东北亚地区重要一员，中方将会继续秉持和平发展理念，本着相互尊重的精神，致力于推动地区各国交流对话，建设性参与地区合作，努力营造和睦友好的周边环境。推动中朝关系长期健康稳定发展，无疑将为东北亚地区的和平发展注入更多正能量。

（作者为国际问题专家）

《人民日报海外版》（2019年01月11日第01版）

推动对话协商解决朝鲜半岛问题

秉持公平正义　推动对话协商

苏晓晖

近期，朝鲜半岛局势发展过程中，中国立场一直是各方关注重点。日前，习近平主席分别应约与韩国总统文在寅和日本首相安倍晋三通电话，国务委员兼外交部长王毅应邀访问朝鲜。

习近平在同文在寅通电话时指出，中方愿同包括韩朝双方在内的国际社会一道，为全面推进朝鲜半岛问题政治解决进程、最终实现本地区持久和平发挥应有的积极作用。在同安倍晋三通电话时，习近平指出，中方坚持维护朝鲜半岛和平稳定、通过对话协商解决问题，愿同各方一道，通过对话协商寻求全面均衡解决各自关切，合力推动实现朝鲜半岛和本地区长治久安。希望日方也为此发挥建设性作用。

显然，各方都在就半岛问题与中国积极保持沟通。文在寅通报了近日韩朝领导人会晤成果。安倍询问中方关于当前半岛局势的看法和主张。王毅则在朝鲜最高领导人金正恩对中国进行非正式访问一个月后即赴朝访问。中国在地区事务中的影响力得到肯定，中国立场和声音不能被忽视。

事实上，中国对半岛局势积极变化发挥着引领作用。

秉持公平正义是中国负责任大国角色的集中体现。4 月 27 日，朝韩首脑实现会晤。这一具有历史意义的会晤有助改善南北关系、缓解朝鲜半岛紧张局势，朝美也就首脑会晤进行准备，半岛问题解决呈现积极态势。但同时，朝方对美持续对其施加压力和军事威胁表示不满，警告这种做法无助于问题解决。半岛面临的机遇和挑战并存，中国提出的“双暂停”倡议和“双轨并行”

思路是解决问题的关键。“双暂停”倡议要求各方停止挑衅行动，避免紧张升级。今年年初以来，正是因为各方保持相对克制、相互释放善意，才为接触和会晤营造了氛围。“双轨并行”坚持半岛无核化目标，同样支持朝方解决自身正当安全关切，以标本兼治的方式处理半岛问题中的深层次矛盾。

推动对话协商是中国维护半岛和平稳定的有效方式。中国坚守和平解决朝核问题的底线。近年来，每在朝鲜半岛对抗升级、战争阴云密布的时候，中国作为地区大国明确发声，反对生乱生战，力挽狂澜阻止局势失控。中国一贯劝和促谈，敦促有关方面抓住对话时机。针对半岛南北对话和朝美直接对话，一度有质疑甚至唱衰的杂音。中国的坚定支持和积极鼓励，为推动南北关系迈出重要一步发挥无可替代的作用。在朝韩历史性会晤后，中国高度评价双方的努力，并呼吁国际社会予以配合。

加强协调沟通是中国处理朝鲜半岛问题的必要抓手。中国不愿强加于人，而乐于听取有关方的立场和想法。相关国家都尊重中方立场，愿与中国加强协调。朝鲜宣布战略重心转向，中国期待朝方走出一条符合本国国情的发展道路，希望朝方集中力量进行经济建设。面对各种干扰和阻碍，中国始终坚持公平正义。

中国是朝鲜半岛近邻，解决半岛问题中国不会缺席。中国愿与国际社会一道，为全面推进朝鲜半岛问题政治解决进程、最终实现本地区持久和平发挥应有的积极作用。

（作者为中国国际问题研究院国际战略研究所副所长）

《人民日报海外版》（2018年05月07日第01版）

中朝加强战略沟通意义重大

贾秀东

时隔40多天，习近平主席与金正恩委员长再次举行会晤，超出国际社会意料。在当前朝鲜半岛局势深刻复杂演变的关键时刻，两国最高领导人此次大连会晤体现了中朝两国加强战略沟通的共同愿望和需要。

不久前习近平与金正恩在北京的历史性首次会晤，达成一系列重要共识，揭开了中朝关系的新篇章，标志着中朝关系进入新的发展阶段。双方一致同意运用好战略沟通。“战略沟通”已成为中朝高层往来的高频词。

在战略沟通中，朝方主动向中方传递了重要政策考虑，包括：在新形势下传承并发展朝中友谊，是朝方的战略选择，任何情况下都不会改变；朝鲜提出全党全国集中一切力量进行经济建设的战略路线；朝鲜将致力于实现半岛无核化，并主动采取措施缓和半岛紧张局势，提出和平对话建议；重视中方长期以来为实现半岛无核化、维护地区和平稳定做出的重要贡献。

在战略沟通中，中方向朝方积极传递了若干重要信息，可以概括为四个“支持”：中方支持朝方战略重心转向经济建设，走出一条符合本国国情的发展道路；支持朝方致力于半岛无核化目标；支持半岛北南双方改善关系以及朝美对话协商解决半岛问题；支持朝方在推进无核化进程中解决自身正当安全关切，终止半岛战争状态、实现停和机制转换。

金正恩在与习近平会晤时表示希望通过朝美对话建立互信，有关各方负责任地采取分阶段、同步性的措施，全面推进半岛问题政治解决进程，最终实现半岛无核化和持久和平。上述立场得到国际社会的肯定和支持。

当前，半岛局势缓和态势正不断巩固，朝着有利于推动政治解决的方向发展。这一局面来之不易，值得各方倍加珍惜与呵护。从半岛历史与现实的经纬来看，半岛局势极其敏感、复杂，也具有一定的脆弱性。冰冻三尺非一日之寒。特别是朝美之间如何通过对话培育起基本的互信，是解决半岛问题的关键要素之一。半岛问题前行的道路不会平坦。在对话协商解决半岛问题上，各方都需要展示决心和耐心，二者缺一不可。要妥善应对和化解对话协商进程中的各种问题和干扰，更要警惕和避免节外生枝。

维护好中朝传统友谊，发展好中朝友好合作关系，是双方共同的宝贵财富，符合中朝两国的共同利益，也是唯一正确选择。中朝加强战略沟通，有助于推动中朝关系健康稳定发展，有助于实现朝鲜半岛长治久安，更有助于促进地区和平稳定繁荣。

（作者为中国国际问题研究院特聘研究员）

《人民日报海外版》（2018年05月09日第01版）

珍惜朝鲜半岛积极势头

贾秀东

6月12日，美国总统特朗普与朝鲜国务委员会委员长金正恩在新加坡举行会晤，并发表四点联合声明。美朝领导人会晤顺利举行，是历史性的。正如中国国务委员兼外交部长王毅所说："两国的最高领导人能够坐在一起，进行平等对话，这本身就具有重大和积极的意义，就是在创造新的历史。"

联合声明中，美朝双方承诺建立新关系、在半岛建立持久和稳定的和平机制，美方承诺"向朝鲜提供安全保证"，朝方重申"对半岛完全无核化坚定不移的承诺"。双方还就下一步尽快落实联合声明达成共识。特朗普在会见记者时表示考虑停止美韩联合军事演习。此次会晤取得的积极成果，对半岛实现无核化及和平稳定也有实质性的好处。

上述联合声明关于双边关系、和平机制、无核化的内容，并没有超出2005年9月19日朝核问题第四轮六方会谈共同声明的范围。在"9·19"声明中，各方重申以和平方式可核查地实现半岛无核化；朝方承诺放弃一切核武器及核计划；美方确认，美国在朝鲜半岛没有核武器，无意以核武器或常规武器攻击或入侵朝鲜；等等。

对比一下，令人不胜感慨。在半岛，经过10多年曲折发展后历史似乎又回到了原点。如果再回顾一下1994年美朝达成的朝核问题框架协议，从那时起20多年半岛问题所发生的种种波折并非人们所希望看到的，但却实实在在地发生了。这至少有四点启示。

其一，半岛问题犹如逆水行舟，不进则退。十多年来，朝鲜接连举行核试验和导弹试验，美韩不断进行大规模联合军演，紧张局势轮番升级，恶性循环，实际上都陷入安全困境，本想使自己更安全，反而导致更不安全。这是深刻的历史教训。

其二，美朝过去互不信任，达成的共识和协议基础脆弱，任何风吹草动都有可能功亏一篑。任何一方履行协议不彻底，不坚决，或者横生枝节，都有可能使多方多年努力付诸东流。美方政府换届，各种政治势力相互博弈掣肘，也往往给朝核协议的实施增添麻烦。显然，要解决半岛问题，建立信任措施，坚定政治意愿，必不可少。

其三，“9·19”声明所确立的原则、理念、路径没有过时，仍具有现实指导意义。比如，坚持通过对话协商平衡解决各方关切；坚持同步对等、协调一致、分阶段落实共识；坚持承诺对承诺，行动对行动原则等。这有助于照顾各方的接受度和舒适度。如今，同步、分阶段解决美朝等安全关切，仍是最可行的策略。

其四，中方提出的“双暂停”倡议和“双轨并进”思路切实可行。当前形势的发展也正沿着“双轨并进”思路的方向前行。至于联合国安理会对朝制裁，完全可以根据需要调整制裁措施，包括暂停或解除有关制裁措施，因为制裁本身不是目的，安理会的行动应支持、配合当前外交对话和半岛无核化努力，推动半岛政治解决进程。

此次朝美领导人会晤及其取得的成果，是推动半岛无核化与和平进程的正确而重要的步伐。当然，一次会晤不可能一步实现朝鲜半岛无核化和各方关系正常化，不可能解决所有问题。作为半岛近邻和重要一方，中方愿同有关各方一道，继续致力于推动实现半岛无核化和长治久安。各方应珍惜半岛局势积极势头。今后，关键要防止节外生枝。

（作者为中国国际问题研究院特聘研究员）

《人民日报海外版》（2018 年 06 月 13 日第 01 版）

开启中朝关系发展新篇章

贾秀东

6月19日，习近平主席与来访的金正恩委员长举行会谈。在不到3个月时间内，两国领导人3次会晤，就中朝关系发展和朝鲜半岛局势坦诚深入交换意见，是传承发展中朝传统友好关系、加强两国战略沟通合作的里程碑式举措，为两党两国关系发展指明了方向、开启了中朝关系发展新篇章。

当前，世界和亚太形势正在发生新的深刻变化，朝鲜半岛各攸关方开启充满希望而又复杂微妙的互动，中国和朝鲜国内发展议程都处于新的历史方位。从几个月来中朝高层互动以及半岛局势演变来看，不论国际和地区形势如何变化，中国始终高度重视中朝友好合作关系，具体体现为几个“不会变”。

中国党和政府致力于巩固发展中朝关系的坚定立场不会变。高层交往在中朝关系发展中历来发挥着最重要的引领和推动作用，中方充分用好战略沟通的传统法宝。近期，双方保持了政府和党际经常性的高层往来，加强战略沟通，增加理解互信，效果显著。

中国人民对朝鲜人民的友好情谊不会变。中朝传统友谊是双方共同的宝贵财富，中方致力于夯实中朝友好的民意基础，夯实民间友好基础是推进中朝关系发展的重要途径。中方鼓励通过多种形式，加强两国人民交流往来，为中朝关系发展营造良好民意基础，继承和发扬中朝友好的优良传统。

中国对社会主义朝鲜的支持不会变。中朝同为社会主义国家，双边关系具有重大战略意义。中方支持朝方走出一条符合本国国情的发展道路。今年是中国改革开放40周年，改革开放以来的中国探索出一条符合自身国情的发展道路，中国特色社会主义已经进入新时代。朝鲜则作出了将工作重心转向经济建设的重大决定，朝鲜社会主义事业发展也进入新的历史阶段。朝鲜实现政治稳定、经济发展、人民幸福，不仅符合朝鲜自己的期盼，也让中国这个近邻友邦感到欣慰。中国必将全力支持朝方集中力量发展经济、改善民生。

一段时间以来，在有关各方共同努力下，半岛问题重新回到对话协商解决的正确轨道，半岛形势朝着和平稳定的方向发展。中方一贯从维护中朝关系大局、维护半岛和平稳定、维护国际核不扩散体系、维护中国战略安全利益的角度看待和处理朝核问题。朝韩恢复双边高层接触，朝美就实现半岛无核化、建立半岛持久和平机制达成原则共识，对这些积极成果，中方给予高度评价。当然，解决半岛核问题需要一个过程，而且各种复杂因素都有可能形成干扰。半岛局势牵动地区各国利益，解决问题离不开各方的支持参与。中方有意愿同朝方加强沟通，为推动半岛无核化、建立半岛和平机制，一如既往发挥建设性作用。

近年来，半岛形势复杂多变，中朝关系经受住了考验。中朝深化沟通、加强协作、促进合作，对推动朝鲜半岛和平稳定势头向前发展，维护世界和地区和平稳定、繁荣发展具有积极作用。正如习近平主席所说，要把中朝传统友谊不断传承下去，发展得更好。这是双方基于历史和现实，立足于国际地区格局和中朝关系大局，作出的战略选择，也是唯一正确选择，不应也不会因一时一事而变化。

（作者为中国国际问题研究院特聘研究员）

《人民日报海外版》（2018年06月20日第01版）

百日内三度会晤的启示

华益文

朝鲜金正恩委员长百日内三度来华，与习近平主席举行会晤，双方共同开创了中朝高层交往的新历史，开启了中朝关系的新篇章，受到国际舆论的高度关注。

百日内三度会晤堪称历史性。从时机看，第一次“时机特殊、意义重大”，第二次在“朝鲜半岛局势深刻复杂演变的关键时刻”，第三次是“特金会”后“专程来华”。从效果看，第一次会晤后“中朝关系和朝鲜半岛形势均取得积极进展”，第二次会晤后“中朝双方达成的重要共识正逐步得到落实，中朝友好合作关系焕发出新的生机活力，朝鲜半岛对话缓和势头得到了有力巩固”，第三次会晤成果也将不断显现。历史性会晤，带来几点深刻启示。

中朝关系既特殊又正常。中朝关系是平等的国家间关系，两国都奉行独立自主的外交政策，遵循国际关系基本准则，互不干涉内政，从这个意义上讲两国关系是正常的国家关系。但相对而言，中朝两国山水相连、休戚与共，拥有深厚友好传统，又都是社会主义国家，党际关系占据重要位置。辩证地看，中朝关系的特殊性本身就是“正常”国家关系的一部分。这种特殊性符合两国共同利益，符合本地区和平稳定发展大局。

中朝友谊经受了各种复杂形势的考验，并在新形势下得到加强，成为两国人民共同的宝贵财富。中国是讲原则重情义守信用的国家。中国历来奉行睦邻友好的对外政策。中国讲原则，坚定维护根本立场；中国重情义，不会亏待朋友；中国守信用，言必行行必果。中方珍视同朝鲜的传统友好，希望朝鲜国家富强、社会安定、人民幸福。对于朝鲜要谋发展、求安全，中方愿意支持帮助。同时，朝鲜半岛无核化和持久和平稳定，是人心所向、大势所趋。中方坚持半岛无核化、维护半岛和平稳定、通过对话解决问题的立场毫不含糊，绝不允许半岛生战生乱。这也是中国作为一个负责任大国所承担的地区责任和国际义务。

中国在半岛问题上发挥建设性作用。中国坚持以和平发展、合作共赢的基本理念来看待和处理半岛问题。中国从不搞针对第三方的拉帮结派，也不追求自己的势力范围。中国将一如既往在半岛问题上发挥建设性作用，一些国际舆论所谓中国担心被边缘化，或者企图主导半岛问题进程，或者试图把美国赶走等论调，都是不符合实际的。迄今为止，中方在半岛问题上的立场、倡议、言行都是从维护地区和平稳定发展大局出发的。

保持中朝战略沟通至关重要。保持中朝战略沟通是两国领导人这几次会晤的重要共识。会晤本身就体现了两国的战略沟通，展示了两国领袖人物的智慧和魄力。当前，中朝双方达成的重要共识正逐步得到落实，两国社会主义事业迈上新征程，中朝友好合作关系焕发出新的生机活力，朝鲜半岛对话缓和势头得到有力巩固。与此同时，地区和世界形势依然复杂多变。在此背景下，双方保持高层交往，加强战略沟通，牢牢把握世界发展大势和中朝关系大局，抓住两国领导人历史性会晤创造的新契机，就一定能够巩固两国关系的政治基础，推动中朝友好合作关系更加扎实地向前发展，为地区和世界和平稳定发展做出新贡献。

这几次历史性会晤只是开始。新历史正在书写，新篇章值得期待。

（作者为国际问题专家）

《人民日报海外版》（2018年06月21日第01版）

半岛无核化需各方相向而行

苏晓晖

9月18日至20日，韩国总统文在寅访问平壤，与朝鲜国务委员会委员长金正恩举行会谈。19日，朝韩领导人签署了《9月平壤共同宣言》，就改善发展相互关系、缓和地区军事紧张、推动半岛无核化与和谈进程达成新的重要共识。中国外交部对此表示欢迎，对双方所作积极努力表示赞赏。

半岛无核化是此次朝韩首脑会晤重点议题之一。在共同宣言中，朝韩达成共识，“要让半岛成为没有核武器及核威胁的和平土地”，并要尽快取得实质性进展。更具体地，朝方决定在有关国家专家的见证下，永久废弃东仓里引擎试验场和导弹发射台，并有意继续采取永久废弃宁边核设施等追加措施。

半岛无核化需要一个过程。自今年年初以来，朝鲜停止了核导试验。5月，朝方在丰溪里核试验场对多条坑道和附属设施进行爆破，宣布正式废弃这座核试验场。多国记者受邀在现场对爆破拆除活动进行了采访。朝鲜以上述行动展示其在推动无核化问题上的诚意。对此，中国多次强调，朝方的积极动向应该受到国际社会的欢迎、鼓励和支持。当然，只有朝鲜一方的努力是不够的。

半岛无核化进程，需要相向而行。在朝韩签署的共同宣言中，朝鲜就进一步落实无核化提出条件，即美国根据《6.12朝美共同宣言》精神，采取相应措施。事实上，朝劳动党机关报《劳动新闻》18日即发表评论，批评美对朝政策出现反复。美要求朝方先完成“彻底地、可验证地、不可逆转地弃核”

目标，此后才能议论其他问题，但这一主张其实早已被朝方驳回，并非美朝间共识。朝鲜也不满美朝双方努力不成正比。美方不断加大制裁力度，要求其他各方配合其极限施压目标，反而单方面强求朝鲜行动。在朝鲜看来，美方此举刻意忽视朝方安全关切，与朝美领导人会晤达成的建立新型朝美关系的目标背道而驰。由此，朝鲜指出，朝美协商未能取得进展，责任完全在美方。

半岛无核化进程，注定不会一帆风顺。朝鲜近期相关表态让人想起近期朝鲜半岛无核化进程遭遇的挑战。美国总统8月突然叫停国务卿访朝行程，一时间，各方担心今年以来一度向好的半岛局势可能发生逆转。对此，中国及时发声，表示支持朝美按照两国领导人会晤共识来推进政治解决半岛问题进程，再次凸显中国维护半岛和平稳定的坚定立场。

半岛无核化进程，中国发挥重要作用。中国一贯采取公平公正态度，在坚决维护国际核不扩散体系、坚持实现朝鲜半岛无核化目标的同时，照顾各方合理安全关切，标本兼治处理矛盾。针对立场分歧，中国呼吁各方积极接触、商谈，照顾彼此合理关切，展示更多诚意和灵活性。

和平与繁荣、和解与合作是半岛和本地区人民的共同夙愿。当前，朝鲜半岛局势发展面临难得的历史机遇。只有相关方面及时作出政治决断，跳出固有的恶性循环，进一步巩固和扩大现有成果，才能使政治解决半岛问题成为可持续、不可逆的进程。

（作者为中国国际问题研究院国际战略研究所副所长）

《人民日报海外版》（2018年09月20日第02版）

续写中朝关系新篇章

贾秀东

12月7日，国家主席习近平在人民大会堂会见朝鲜劳动党中央政治局委员、外相李勇浩。从中可以读出有关中朝关系的几条讯息。

其一，即将过去的2018年是中朝关系不平凡的一年。双方都提到金正恩委员长今年三次访华。朝鲜领导人接连三次访华，成为中朝关系史上的一段佳话。今年3月金正恩委员长成功访华，习近平总书记同金正恩委员长举行历史性会晤，就传承发展中朝传统友好关系、加强战略沟通和合作达成新的重要共识，掀开了中朝关系新的历史篇章。之后，在不到3个月时间内，两国领导人又两次会晤，为两党两国关系发展指明了方向。近期，双方保持了经常性的高层往来，加强战略沟通，增进理解与互信，认真落实两国最高领导人重要共识，效果显著。事实证明，维护好、巩固好、发展好中朝关系，是中国党和政府坚定不移的方针。当前，以落实两国领导人历史性会晤达成的重要共识为动力，中朝关系开始焕发出新的生机与活力。

其二，中方继续坚定支持朝方走符合本国国情的发展道路。习近平总书记对朝方重申了这一点。今年4月举行的朝鲜劳动党七届三中全会提出经济建设的新战略路线，决定对朝鲜的人力物力资源进行总动员，集中全力投入到发展社会主义经济和提高人民生活水平的斗争中。这一决定完全符合朝鲜国家和民族的根本和长远利益，中方支持朝方维护稳定、发展经济、改善民生的努力。事实表明，中国坚持以平等、尊重的态度对待朝鲜，坚持不干涉朝鲜内政，支持朝鲜政治稳定、经济发展和民生改善，这一点不会改变。朝鲜的独立、稳定与发展符合中国的利益，也有利于本地区的和平稳定繁荣。

其三，中方将一如既往推动朝鲜半岛问题政治解决进程。双方都强调了朝鲜半岛局势出现的缓和局面。今年以来，朝鲜半岛形势发生积极变化，朝韩和解取得实质进展，朝美实现首脑会晤并发表联合声明，半岛问题重回政治解决的正确轨道。朝方高度评价中方根据半岛形势变化为推进半岛问题政治解决作出的积极努力，表示朝方致力于实现半岛无核化、维护半岛和平稳定的立场没有变化，并愿继续与中方保持沟通协调，共同维护好半岛及本地区的稳定与发展。中方表示将一如既往支持北南双方改善关系、加强交流互动、推进和解合作，并希望朝美双方保持对话，平衡解决彼此关切，实现朝美联合声明确定的目标。事实证明，中国提出的“双暂停”倡议和“双轨并行”方案是正确的，可行的。半岛局势的积极面来之不易，值得各方倍加珍惜与呵护，同时半岛局势极其敏感、复杂、脆弱的一面还没有改变，中方将会就半岛问题与朝方保持沟通，加强协调。

其四，中朝将利用建交 70 周年之际推动双边关系更上一层楼。中朝双方都表示，明年将迎来中朝建交 70 周年，两国要以共同办好纪念活动为契机，继续弘扬中朝传统友谊，加强各领域交往与合作，推动中朝关系实现更大发展。尤其是双方要保持高层交往，加强对双边关系的战略引领。70 年的历史经验表明，维护好中朝传统友谊，发展好中朝友好合作关系，是双方共同的宝贵财富，符合中朝两国的共同利益，也是唯一正确选择。中朝加强战略沟通与务实合作，有助于推动中朝关系健康稳定发展，有助于实现朝鲜半岛长治久安，也有助于促进地区和平稳定繁荣。

展望未来，只要中朝双方共同努力，为双边关系注入新动力、新活力，就能不断续写中朝关系新篇章，更好造福两国和两国人民，也必将为本地区长治久安和发展繁荣贡献力量。

（作者为中国国际问题研究院特聘研究员）

《人民日报海外版》（2018 年 12 月 08 日第 01 版）

中拉命运共同体更紧密

中多建交意义深远

吴亚明

5月1日上午，国务委员兼外交部长王毅在北京与多米尼加外长巴尔加斯签署《中华人民共和国和多米尼加共和国关于建立外交关系的联合公报》。自公报签署之日起，中华人民共和国和多米尼加共和国相互承认并建立大使级外交关系。消息传来，引起海峡两岸和国际社会的高度关注。中多建交是两国人民的共同愿望，符合两国和两国人民的根本利益，顺应历史和时代发展的潮流。中多建交再次证明，坚持一个中国原则，是国际社会普遍共识。

中国和多米尼加正式建交，标志着两国关系翻开了新的历史篇章。诚如王毅所指出的，从此，中国在拉美多了一位守望相助的好朋友，多米尼加在发展振兴道路上有了一位互利合作的好伙伴，中多双方将成为促进南南合作、维护发展中国家共同利益的好兄弟。多米尼加是中美洲和加勒比地区最大经济体，在地区事务中有着重要影响。中多建交也将为中国和拉美的整体合作注入新的动力，开辟新的空间。

在建交联合公报中，多米尼加共和国政府承认世界上只有一个中国，中华人民共和国政府是代表全中国的唯一合法政府，台湾是中国领土不可分割的一部分。据此，多米尼加共和国政府即日断绝同台湾的“外交关系”。

中多建交，让台湾民进党当局遭到再次上台以来的第三次“断交”打击，在茫然失措的同时，他们又一次玩起“诿过于人、制造悲情、煽动对抗”的“甩锅”把戏，污蔑多米尼加选择中华人民共和国别有企图；企图绑架台湾民众为其所犯错误背书。不过，经历民进党两年执政“梦魇”的台湾民众，早已经识破他们的卑劣手段。多米尼加与台“断交”消息传出，有识之士就一针见血指出：这是大势所趋，民心所向。

多米尼加承认和承诺恪守一个中国原则，不设任何前提条件地同中国建交，是为了自己发展和本国人民的福祉，是新时代中国地位和作用上升的必然，符合国际法和国际关系基本准则，并不是台湾民进党当局所说的“挖墙脚”。

1971年10月，第26届联大通过2758号决议，明确中华人民共和国政府是代表全中国的唯一合法政府。中国前驻墨西哥、阿根廷、厄瓜多尔大使曾刚说，决议确认的一个中国原则已成为国际社会的广泛共识和公认的国际关系准则。近年来，冈比亚、圣多美和普林西比、巴拿马等国家纷纷与中国恢复、建立外交关系，这是对中国始终做世界和平的建设者、全球发展的贡献者、国际秩序的维护者理念的高度尊重和认可。与中国建交是多米尼加向前迈出的正确而重要的一步。多米尼加与支持联合国大会2758号决议的其他175个国家站到了一起。

站在与世界的交汇点上，中国将“推动构建新型国际关系，推动构建人类命运共同体”明确为中国特色大国外交的总目标，新时代中国外交彰显了国际视野和天下情怀。人类社会从未像今天这样唇齿相依，也从未像今天这样面临众多共同挑战。随着中国的国际影响力、感召力、塑造力不断提高，新型国际关系和人类命运共同体理念受到越来越多国家的认同。

中国特色大国外交将不断开创新局面，让中国人民的梦想同各国人民的梦想交相辉映。

（作者为本报高级编辑）

《人民日报海外版》（2018年05月02日第01版）

好朋友　好伙伴　好知音

陆轶之

二十国集团领导人第十三次峰会即将在阿根廷首都布宜诺斯艾利斯举行。峰会前夕，国家主席习近平于11月28日在阿根廷《号角报》发表题为“开创中阿关系新时代”的署名文章，高度评价中阿全面战略伙伴关系取得的丰硕成果，肯定中阿关系是“新兴市场国家和发展中国家团结合作、共同发展的典范”。

相互信任的好朋友，共同发展的好伙伴。中阿两国发展阶段相同，发展目标一致，发展路径相通。近年来，两国积极推进多边主义和经济全球化，为本国经济发展提供了强劲动力，都实现了经济较快发展。2017年，双边贸易额达138亿美元，与建交时相比，增长近2300倍。在刚刚结束的首届中国国际进口博览会上，阿根廷有13家牛肉企业获得大额订单。阿根廷商界人士确信，中国市场的需求将推动阿根廷整个牛肉行业的发展。中国在阿根廷投资超过100亿美元，涵盖基础设施建设、能源、通信、农业等领域，创造了数以万计的工作岗位。中国制造、中国技术助力阿根廷更好实现互联互通，提高竞争力。正如习近平指出的，中阿是相互信任的好朋友、共同发展的好伙伴。

兼收并蓄的好知音。阿根廷文化艺术繁荣，著名诗人博尔赫斯曾说过，“如果有天堂，应该是图书馆的模样”。全球第二大书店“雅典人书店”就坐落于布宜诺斯艾利斯。阿根廷的足球、探戈等在中国影响很大，很受中国年轻人喜欢。中国文化在阿根廷也深得人民喜爱，“中国热”“汉语热”在阿根廷热度渐起。双方应加强人民间的文化交流，扩大人文交流，互学互鉴，分享发展经验，夯实中阿友好民意基础。

共建“一带一路”，构建中拉命运共同体。中国和阿根廷都是新兴市场国家和发展中国家，开展国际交流和融入经济全球化是发展本国经济的重要途径和平台。两国应该加强发展战略对接，坚持多边合作以促进世界经济繁荣，以实际行动推进经济全球化朝着更加开放、包容、普惠、平衡、共赢的方向发展。阿根廷是拉美地区有代表性的国家，通过习近平主席的这次访问，必将进一步深化中阿全面战略伙伴关系，为双边合作创造更多机遇。中阿关系全面快速发展正是中拉关系蓬勃生机的缩影。中国愿同拉美和加勒比国家一道，秉持共商共建共享原则，以政策沟通、设施联通、贸易畅通、资金融通、民心相通为合作重点，通过共建“一带一路”给中拉人民带来更多实惠，促进中拉合作优化升级、创新发展，构建中拉命运共同体。

（作者为河南工业大学马克思主义学院副教授）

《人民日报海外版》（2018 年 11 月 30 日第 02 版）

构建中拉命运共同体

吴洪英

应中国国家主席习近平邀请，玻利维亚总统莫拉莱斯自6月18日起对中国进行国事访问。这是莫拉莱斯2005年12月首次当选总统以来第四次访问中国，也是中共十八大以来第二次访问中国。此访不仅体现中玻两国合作进一步密切，而且标志着新形势下中拉合作步上新台阶。

“海内存知己，天涯若比邻。”中玻两国相距上万公里，但浩瀚的太平洋未能成为阻隔两国人民交往的天堑，而是变成促进两国相知、合作、共赢的通途。政治上，中玻高层交往频繁，相互理解与支持成为常态。莫拉莱斯坚信社会主义是本国发展道路的选择，一直希望能够与中国进行更多执政理念和经验的交流。中国十分重视与玻利维亚的合作，习主席多次会晤莫拉莱斯。此访，两位领导人将为未来双边关系定调。

经济上，中玻经贸合作渐入佳境。2017年，中玻贸易额10.84亿美元，同比增长15.7%。中国已成为玻第二大贸易伙伴、第一大进口来源国、第一大融资提供国和最主要工程承包方，玻已成为中国在拉美最重要的合作伙伴之一。

文化上，中玻文化交流不断加强。中玻签有文化教育协定和科学技术合作协定。截至2016年，中国共接收224名玻奖学金生来华留学，每年向玻提供60个政府奖学金名额。2011年，中方在玻科恰班巴设立的圣西蒙大学孔子学院正式揭牌。2013年，中国为玻研制的首颗通信卫星“图帕克·卡塔里”号成功发射。中国还大力支持玻承办2018年南美运动会。

领事事务上，中玻相互提供旅游交往便利。2017年年底，玻实施对中国公民落地签政策，为更多中国公民赴玻旅游和经商打开了方便大门。

中玻合作既是中拉合作的重要组成部分，更是近年中拉合作大步向前的一个缩影。十八大以来，习近平主席曾三次访问拉美，足迹遍及拉美十个国家。今年11月底G20峰会将在阿根廷举行，届时必将在拉美再次掀起一轮“中国热”。

去年5月，阿根廷和智利两国总统及拉美20国部长政要出席北京主办的“一带一路”国际合作高峰论坛，标志中拉合作纳入“一带一路”合作大框架，中拉合作拥有更多渠道、更大平台。今年年初，由习主席倡导成立的“中拉论坛”在智利首都圣地亚哥召开第二届部长级会议，表明中拉合作最大的对话与合作平台得到夯实。5月1日，中国与多米尼加建立大使级外交关系，中国与拉美建交国增至23国；6月，正值中国与巴拿马建交一周年，双方合作取得丰硕成果。中国在拉美外交影响力前所未有地提升。

尤其中拉经贸合作不断取得重大进展。2017年，中拉贸易额达到近2600亿美元，同比增长18.8%。中国已成为拉美第二大货物贸易伙伴、第三大出口市场和第二大进口来源地。截至2017年，中国对拉美累计直接投资已超过2000亿美元，拉美成为中国海外投资的第二大目的地。这些合作极大地推动了拉美国家经济的发展和基础设施的改善，丰富了当地消费者的选择。

事实再次表明，方案共商、项目共建、利益共享的中拉合作是一种平等、互利、共赢的合作，构建同呼吸、共命运的中拉命运共同体不再是一句辞藻华丽的口号，也不是“水中花、镜中月”的幻象，而是掷地有声的行动和看得见、摸得着、用得上的成果。

（作者为中国现代国际关系研究院拉美所所长）

《人民日报海外版》（2018年06月19日第01版）

引领新时代中拉关系的里程碑

刘　明

习近平主席12月2日至3日对阿根廷、巴拿马进行国事访问。这是中共十九大后习近平主席首访拉美，也是习近平主席第二次访阿、中国同巴拿马建立外交关系后中国国家主席首次访巴，对引领新时代中拉关系发展具有里程碑意义。

阿根廷、巴拿马两国各有特色。阿根廷是拉美大国和重要新兴市场国家。中阿建交46年来，两国关系持续平稳快速发展，中阿关系已经成为新兴市场国家和发展中国家团结合作、共同发展的典范。巴拿马是中国在拉美地区的新伙伴。中巴建交一年半以来，两国关系开局良好，双方合作起步快、效率高，在贸易、投资、海事、金融、基础设施建设、人力资源等领域取得一系列收获。

元首交往引领双边关系。2日，习近平主席同阿根廷总统马克里在布宜诺斯艾利斯举行会谈。2年多来，两人5次会晤，创造了中阿关系史上的新纪录。两国元首一致同意，以更加广阔视野谋划两国关系发展蓝图，携手开创中阿全面战略伙伴关系新时代。而对中国和巴拿马来说，去年6月，习近平主席和巴雷拉总统共同作出重大政治决断，中国、巴拿马正式建交。对两国，这是一件功在当今、利在千秋的盛事。3日，习近平同巴雷拉举行会谈时指出，事实已经并将继续证明，中巴建交完全正确，惠泽两国人民。

“一带一路”合作前景广阔。无论是元首会谈，还是联合声明，中国和阿根廷双方都强调了“一带一路”倡议。习近平主席指出，双方要以未来5年两国政府共同行动计划为纲领，在共建“一带一路”框架内加强沟通和合作，对接两国发展规划，统筹推进各层次各领域交流合作。马克里总统表示，阿方坚定致力于深化同中国的全面战略伙伴关系，加强“一带一路”框架内合作。

对巴拿马来说，中巴是共建“一带一路”的天然合作伙伴。正如习近平主席在巴拿马《星报》发表的题为“携手前进，共创未来”的署名文章中指出：“巴拿马以互联互通立国，当前正积极推进‘2030年国家物流战略’，力求打造世界级物流中心。这一战略同我提出的共建‘一带一路’倡议不谋而合。”此外，去年巴雷拉总统访华期间，巴拿马成为首个同中方签署“一带一路”合作谅解备忘录的拉美和加勒比国家。

合作领域不局限于双边。中阿两国在联合国、二十国集团、世界贸易组织、七十七国集团等国际组织和多边机制框架内，将就全球治理、安理会改革、落实2030年可持续发展议程、应对气候变化等重大议题持续对话，捍卫多边主义和多边贸易体制，应对全球性挑战。中巴双方则应加强在联合国、世界贸易组织等多边场合的协调和配合，共同维护多边贸易体制，推动建设开放型世界经济。

中拉关系前景看好。中国对拉美发展前景充满信心，将坚持平等相待、互利共赢原则，同阿根廷、巴拿马等拉美朋友一道，建设新时代平等、互利、创新、开放、惠民的中拉关系，积极参与中拉论坛建设和“一带一路”合作，共同推动构建中拉命运共同体。

（作者为湖北大学拉美研究院院长助理）

《人民日报海外版》（2018年12月04日第01版）

中非关系进入『黄金时代』

让中非离“全家福”更近一步

苏晓晖

5月24日，布基纳法索政府发表声明，宣布同台湾断绝所谓“外交关系”。两天后，国务委员兼外交部长王毅在北京同布基纳法索外长巴里签署《中华人民共和国与布基纳法索关于恢复外交关系的联合公报》。布方政府承认世界上只有一个中国，中华人民共和国政府是代表全中国的唯一合法政府，台湾是中国领土不可分割的一部分。

对此，台湾当局气急败坏，蔡英文甚至扬言要“报复”。确实，布基纳法索曾经是台人口最多、面积排名第二的所谓“邦交国”。一朝失守，对台当局触动颇深。更让台当局紧张的是，承认“一个中国”成为大势所趋。不到一个月前，多米尼加与台“断交”，中多建立外交关系。2016年至2017年，冈比亚、圣多美和普林西比、巴拿马分别与台分道扬镳。中国的朋友圈扩大到177个国家，而台当局的小圈子缩小到18个成员。

布基纳法索等国家做出的是自主选择。布基纳法索政府发表的声明中明确指出，这一选择符合政府和人民利益，布基纳法索有权择优选择合作伙伴。在尚未建立正式外交关系的情况下，2017年中布贸易额约为2亿美元，同比上升31.1%，远超台湾地区与布方的经贸往来规模。布方更看重中国大陆的发展态势和国际影响力的不断提升。

事实上，整个非洲都不愿错失中国带来的发展机遇。多年来，中国一直是非洲第一大贸易伙伴。中国的“一带一路”倡议在非洲颇具吸引力。中国积极支持非洲基础设施建设，为非发展注入动力，成为非洲经济实现温和复苏的重要支撑。中国企业参建的“蒙内”铁路和“亚吉”铁路促进地区互联互通和沿线国家经济发展。中国承建的苏布雷水电站等项目，改善当地能源结构，带动工业发展。中非产能合作蓬勃开展，目前运营和在建的产业园超过百个。中国拥有资金、技术、设备等多方优势，非洲具备资源、人口红利、市场等诸多潜能，双方合作产生的是“1+1>2”的效果。

中布复交后，台湾在非洲所谓的“邦交国”只剩下斯威士兰。王毅对中布复交发表看法时强调，长期以来，中非双方都期盼着早日实现“大团圆”，照一张“全家福”。中国真诚希望非洲唯一没有与中国建交的国家“早日加入”中非友好大家庭。当前，中非关系发展面临重要契机。再过3个月，中非合作论坛北京峰会将隆重召开，这将是中非加强团结合作的一次历史性盛会。中国愿与非洲一道，共建“一带一路”，致力于合作共赢、共同发展，构建新时代更加紧密的中非命运共同体。

布基纳法索已迈出正确一步。中国向斯威士兰发出善意邀请。希望斯威士兰不要错过发展合作的良机，迅速做出政治决断，接受“一个中国”共识，搭上中非关系发展快车。

（作者为国际问题专家）

《人民日报海外版》（2018年05月28日第01版）

好伙伴 新篇章

阮宗泽

习近平主席将于7月19日至28日对阿联酋、塞内加尔、卢旺达和南非进行国事访问，出席金砖国家领导人第十次会晤，过境毛里求斯并进行友好访问。这是今年3月习近平主席连任中国国家主席后首次出访，不仅是中国面向广大发展中国家和新兴经济体的一次重要外交行动，而且是开创中国特色大国外交新局面的一次重要实践。

当今世界发生深刻演变，不确定不稳定因素增多，我国发展面临的机遇和挑战并存。其中发展中国家和新兴经济体的群体性崛起备受注目，这既是此轮国际秩序演变的体现，也是推动演变的重要力量。如果说20多年前冷战结束标志着东西方对峙的结束，那么此次广大发展中国家的团结自强则意味着南北差距的缩小。尽管中国取得了前所未有的发展成就，却依然是世界上最大的发展中国家，中国这一国家属性长时间不会改变。中国与广大发展中国家致力于坚守国际公平正义，维护多边主义和以世贸组织为核心的多边贸易体制，旗帜鲜明地反对单边主义和保护主义，推动国际秩序朝着更加公正合理的方向发展。这在风云多变的国际乱象中堪称一抹亮色。

习近平主席此次出访的特点是国家多、地域跨度大、日程密集、双多边结合，从海湾地区到非洲大陆，将为这片面临和平与发展历史机遇的广袤地区带去团结的诚意与合作的希望。此访必将增进中国与亚非国家的伙伴关系，并将在共建中国与海湾地区“一带一路”，推动深化中非政治互信、发展互助、理念互鉴，构建更加紧密的中非命运共同体方面取得新进展。而且中国与广大发展中国家的务实合作好戏连台，今年9月还将召开中非合作论坛北京峰会。

金砖国家领导人第十次会晤将于7月25日至27日在南非约翰内斯堡举行，这是习近平主席连续第六次出席或主持金砖国家领导人会晤。习近平主席将出席多场双多边活动，并发表重要讲话，继续推动和引领金砖在新时期深化合作。约翰内斯堡会晤延续厦门会晤的合作势头，将“金砖国家在非洲：在第四次工业革命中共谋包容增长和共同繁荣”作为主题，而且将继续举办“金砖+”领导人对话会。今年是金砖合作第二个“金色十年”的开局之年，将发表《金砖国家领导人约翰内斯堡宣言》，金砖国家必将在推动完善全球治理方面发挥日益独特的作用。

习近平主席在中央外事工作会议上强调，要深化同发展中国家团结合作，推动形成携手共进、共同发展新局面。广大发展中国家是我国在国际事务中的天然同盟军，要坚持正确义利观，做好同发展中国家团结合作的大文章。

中国坚定不移地加强与发展中国家的互利合作，生动诠释了中国坚持以相互尊重、合作共赢为基础走和平发展道路，坚持以深化外交布局为依托打造全球伙伴关系，坚持以公平正义为理念引领全球治理体系改革的外交思想。习近平主席此次亚非之行将有助于提升发展中国家在国际上的话语权和影响力，必将为促进世界和平与发展事业、构建新型国际关系、构建人类命运共同体做出新的更大贡献。

（作者为中国国际问题研究院常务副院长、研究员）

《人民日报海外版》（2018年07月19日第01版）

两个“第一”体现中阿关系分量

华益声

7月19日，习近平主席抵达阿布扎比，开始对阿拉伯联合酋长国进行国事访问。习主席用两个“第一”描述本次出访：“阿联酋是我这次出访的第一站，也是我再次担任中国国家主席后访问的第一个国家。”这体现了中方对中阿关系的重视以及中阿关系的分量。

阿联酋是同中国合作程度最深、领域最广、成果最实的中东地区国家之一，连续多年成为中国在西亚北非地区的第二大贸易伙伴和第一大出口市场。中国则是阿联酋非石油贸易第一大进口国和第一大贸易伙伴。不久前，中国—阿拉伯国家合作论坛第八届部长级会议在京举行。习主席出席开幕式并发表讲话，宣布中阿双方一致同意，建立全面合作、共同发展、面向未来的中阿战略伙伴关系。在此背景下，习主席访问阿联酋，不但为两国关系注入新动力，也对中国—阿拉伯国家合作产生示范效应。

战略互信是中阿关系发展的基础。阿联酋于2012年成为首个同中国建立战略伙伴关系的海湾阿拉伯国家，于2015年成为中国倡设的亚洲基础设施投资银行的创始成员国之一。双方保持着顺畅沟通和高层互动。当前，面对中东局势风云变幻和世界大变革大发展大调整，两国关系稳定发展对促进地区和平稳定具有重要意义。

共同发展是中阿携手努力的方向。中国与阿联酋的合作体现为油气合作和低碳能源合作“双轮”转动。2017年，阿方将阿布扎比陆上石油区块共计12%的特许经营权授予中国企业，这是中国在中东产油国首次获得上游合作份额。中阿合作建设中的迪拜700兆瓦光热发电项目是世界上规模最大、技术最先进的光热发电站。作为丝路基金在中东的首单投资，哈斯彦清洁煤电站建成后也将是中东首个清洁燃煤电站。阿拉伯国家身处“一带一路”交会地带，是共建“一带一路”的天然合作伙伴。习主席访问阿联酋，将推动双方在共建“一带一路”框架内的政策沟通。

包容互鉴是中阿长远友谊的保障。中国始终尊重文明多样性，坚持和而不同，支持以对话消除误解、以包容化解分歧。人文交流是习主席关注的中国与阿联酋合作的重点领域，包括旅游、青年访问等多项内容。习主席访问将推动两国在该领域达成合作成果。

习主席今年首次出访，促使中国与阿拉伯国家间务实合作继续推展，表明中国开放合作的坚定意愿，也体现中国积极推动构建人类命运共同体、构建新型国际关系的长远考虑。中国与阿拉伯国家不但要实现发展战略对接，还要实现两大民族复兴梦紧密相连。新时代中阿关系发展始于足下。

（作者为国际问题专家）

《人民日报海外版》（2018年07月20日第01版）

中非命运共同体将更加紧密

贺文萍

7月21日，在结束首站对阿联酋的国事访问后，中国国家主席习近平5年多来第4次踏上非洲大陆，对塞内加尔、卢旺达、南非进行国事访问，出席在南非约翰内斯堡举行的金砖国家领导人第十次会晤，过境毛里求斯并进行友好访问。

此次亚非之行，不仅是习近平主席今年3月连任国家主席后的首次出访，也是在国际形势发生深刻变化背景下，中国面向发展中国家采取的一次重大外交行动。发展与亚非广大发展中国家的南南友好合作始终是中国外交的重要基础，推动构建更加紧密的中非命运共同体不仅是中国特色大国外交的必然要求，更是中国日益走近世界舞台中央的历史责任担当。

在习主席此次出访的非洲四国中，“西非门户”塞内加尔和位于东非海岸的“印度洋明珠”毛里求斯都是“21世纪海上丝绸之路”的重要节点国家，两国均希望在与“海丝之路”的对接中更多挖掘自身的发展潜力。目前担任非盟轮值主席国、连接中东非的内陆国家卢旺达近20年来在卡加梅总统的领导下取得了卓越的发展成果，该国在“向东看”政策以及治国理政和发展道路的探索方面体现出独特的思考。在非洲大陆的最南端，习主席将第三次访问“彩虹之国”南非，除参加金砖会晤外，还将与南非总统拉马福萨共同出席中南建交20周年庆祝活动。

作为发展中国家最集中的大陆，非洲一直是中国外交“基础中的基础”。习主席此次访问涵盖了非洲的西部、中部、南部和东部，可以说是一次面向全非大陆的访问。此访也将为9月召开的中非合作论坛北京峰会凝聚更多共识，与非洲国家领导人面对面沟通和规划进一步发展中非关系蓝图，深化中非政治互信、发展互助、理念互鉴，推动构建更加紧密的中非命运共同体。

自2013年首次当选中国国家主席至今，习近平已经4次访问非洲。频繁访问非洲，反映出中非关系快速发展的背景及前景。自2000年“中非合作论坛”成立以来，中非合作在贸易、投资、承包合作、发展援助、人文交流、金融及安全合作等各个领域均取得跨越性发展。中国不仅自2009年超越美国连续9年成为非洲第一大贸易伙伴国，而且非洲还成为中国第三大海外投资市场和第二大海外工程承包市场。截至2017年年底，中国对非各类投资存量已经超过1000多亿美元，有3500多家中国企业在非洲投资经营。

习主席在2013年和2015年访非期间先后提出了“真、实、亲、诚”的中国对非政策理念和正确义利观，以及中非“十大合作计划”，并决定提供总额600亿美元的资金支持。近年来，随着“一带一路”倡议与非洲的对接，中非产能合作与基础设施建设在非洲大陆热火朝天开展。非洲国家普遍把参与到“一带一路”的建设中，视为非洲21世纪发展的重要机遇。如塞内加尔门户网站DAKARACTU在7月14日刊登的一篇评论文章中所言：“在各种披着国际理念外衣的干涉行径充斥的今天，对非洲而言，中国的‘一带一路’倡议在重要性上远远超过了其他任何概念。”相信历史上同呼吸共命运的中非人民，通过“一带一路”的连接，将构建起更紧密的中非命运共同体。

（作者为中国社会科学院西亚非洲研究所研究员及察哈尔学会高级研究员）

《人民日报海外版》（2018年07月23日第01版）

中非合作必将创造新的历史

王洪一

2000年中非合作论坛成立以来,国际形势发生了天翻地覆的变化。多年来,中国和非洲在国际政治经济版图的地位得到了大大提升。当今世界正面临百年未有之大变局,中非双方审视既往、展望未来。2018年中非合作论坛北京峰会将于9月3日至4日举行,这是中非合作论坛继2006年北京峰会和2015年约翰内斯堡峰会之后,中非友好大家庭的又一次大团圆,也是中国今年举办的规模最大、外国领导人出席最多的主场外交。这次峰会必将创造新的历史。

论坛规格升级。21世纪初,为共同应对艰难局势、迎接辉煌前程,中非合作论坛应运而生。最初的中非合作论坛是事务性论坛,但今天的论坛已经是战略性论坛。以前的中非合作论坛是区域性论坛,今天是全球性论坛。今年的论坛北京峰会上,众多非洲国家领导人和非盟委员会主席将率团与会,联合国秘书长作为特邀嘉宾、27个国际和非洲地区组织作为观察员也将出席峰会有关活动。当前,有的国家大搞单边主义、保护主义、贸易霸凌主义,中国和非洲领导人高瞻远瞩,将中非合作论坛规格提升,显示了中非关系的战略重要性。今年举办论坛北京峰会,是中非双方全面深化中非友好合作、积极应对全球挑战的一致要求,也是中方贯彻习近平外交思想、践行真实亲诚理念和正确义利观的题中应有之义。

论坛效应升级。虽然非洲大陆经济规模有限,中国仍然是发展中国家,但1+1大于2,中非合作的效应巨大,是影响国际格局变化的巨大动能。中非合作论坛的建立,成功抵御了西方国家对中国复兴的造谣中伤。中国与非洲各国赤诚相对，多年以来，非洲经济增长曲线随中国崛起而脉动，非洲基础设施建设资金多半来自中国。中国国际承包工程的1/4来自非洲，每个中国老百姓的汽车油箱中1/5来自这一古老大陆。中非人民不离不弃，中非人民同舟共济。相信论坛北京峰会的成功举行，将再次彰显中非团结合作的强大生机，助推发展中国家整体发展的良好势头，汇聚国际社会促进和平发展的正义力量。

论坛影响升级。中非合作论坛成立18年来，坚持共商共建共享原则，形成平等务实高效特色，论坛框架下的中非合作成效显著，成果有目共睹，受到非洲人民一致欢迎和国际社会高度评价。如今，中非合作论坛已经成为中非合作的响亮品牌，也成为引领国际对非合作、提升南南合作的一面旗帜，给中非人民带来了实实在在的利益。在国际形势发生深刻演变背景下，中国和非洲如何携手迈向新征程，让中非人民的梦想交相辉映，中非合作论坛北京峰会牵动着世界的目光。

中非合作的升级，是历史的选择，也是历史的必然。中非合作必将创造新的历史。相信在中非双方共同努力下，2018年中非合作论坛北京峰会一定能取得圆满成功，树立中非友好团结合作新的历史丰碑。

（作者为中国社会科学院西亚非洲研究所副研究员）

《人民日报海外版》（2018年08月24日第01版）

携手“非洲梦”开创新机遇

易　凡

2018年中非合作论坛北京峰会将于9月举行。届时，众多非洲国家领导人、非盟委员会主席将与中国领导人齐聚北京，共襄盛举。中非关系站在新的历史起点，呈现出鲜明的先进性、战略性和时代性。

先进性源自境界。2013年，习近平主席提出了真实亲诚的对非政策理念和正确义利观。“义”，是根植“天下大同”的国际道义。中非相互尊重、平等相待，互不干涉内政，在涉及国家主权、领土完整和安全等核心利益问题上给予对方坚定支持，共同反对单边主义、强权政治，维护世界和平发展，共担民族大义和国际正义。“利”，是人类命运与共、互利共赢的信念追求。从援建坦赞铁路到共建“一带一路”，从派遣医疗队员到紧急驰援抗击埃博拉疫情……中非关系的内涵不断丰富，但“中非是休戚与共的命运共同体”不变，“中国发展好了，非洲发展会更顺；非洲发展顺了，中国发展会更好”。在“义”的前提下，寻求更大、更长远的共同利益，实现互利共赢的共同发展。

战略性源自影响。中国是最大的发展中国家，非洲是发展中国家最集中的大陆，中非关系具有天然的战略性。历史上中非联合反帝反殖反霸，谱写了追求民族解放、捍卫人类尊严的光辉篇章。新时期中非携手致力于发展振兴，顺应了发展中国家群体性崛起的大趋势。习近平主席一直高度重视中非关系，2013年就任国家主席以及今年连任后均选择非洲为首访目的地。他曾强调“新形势下，中非关系的重要性不是降低了而是提高了，双方共同利益不是减少了而是增多了，中方发展对非关系的力度不会削弱，只会加强”。2015年，中非领导人一致同意将中非关系提升为全面战略合作伙伴关系。中非关系发展，对加强南南合作、维护发展中国家的整体利益、推动世界格局向更加均衡合理方向发展，产生了重要而深远的影响。

时代性源自与时俱进。一位非洲领导人曾说，中非关系与时偕行，这是区别于其他对非关系很重要的一点。尤其是2000年中非合作论坛建立后，中非关系进入了“快时代”。务实合作从政府主导向市场运作转型、从商品贸易向产能合作升级、从工程承包向投资运营迈进。近年来，中方帮助非洲国家把资源优势转化为发展优势，实现多元、自主、可持续发展，受到非洲国家普遍欢迎。2015年，习近平主席在中非合作论坛约翰内斯堡峰会上提出中非“十大合作计划”。目前，“十大合作计划”已全面落实。2017年，中非贸易额达1700亿美元，中国连续9年成为非洲第一大贸易伙伴国。中国在非各类投资已超过1000亿美元，较2000年增长上百倍，在非企业超过3200家。

金秋九月，中非领导人将在北京共商“合作共赢，携手构建更加紧密的中非命运共同体”，进一步对接中非发展战略，推出加强中非全方位合作的新方略、新举措，为中非全面战略合作伙伴关系发展开创新机遇、新天地。“中国梦”携手“非洲梦”，顺应时代，也将创造时代。

（作者为国际问题观察员）

《人民日报海外版》（2018年08月25日第01版）

中非携手开创美好未来

易 凡

2018年9月初，中非合作论坛北京峰会将拉开大幕，主题为“合作共赢，携手构建更加紧密的中非命运共同体”。这是中非合作论坛继2006年北京峰会和2015年约翰内斯堡峰会之后，中非友好大家庭的又一次大团圆，将树立中非友好团结合作新的历史丰碑。

中非传统友好根深蒂固、枝繁叶茂。在中非几代领导人的共同缔造和精心培育下，中国和广大非洲国家并肩战斗的革命情谊历久弥新。新时期的中非友好也流光溢彩。埃塞俄比亚列车乘务员，莫桑比克加扎省农场的农民，勇夺“汉语桥”冠军的苏丹选手……他们身上都传递着浓浓的“中国情”。将中非命运紧密相连的不仅是浓浓的情意，更是将中非友好世代传承的壮阔情怀。

中非关系顶层设计高瞻远瞩、立意深远。不久前，习近平主席对塞内加尔、卢旺达、南非进行国事访问，过境毛里求斯并进行友好访问，这是习近平2013年就任国家主席后第四次访非。习近平主席就任后首次出访即访问非洲，连任后首访再次来到非洲，并且旗帜鲜明地向世界重申：发展同非洲国家团结合作是中方长期、坚定的战略选择。目前，共有9个非洲国家同中国签署“一带一路”合作文件，另有20多个非洲国家正与中国开展商签事宜。“一带一路”合作在非推进势头良好，将中非全面战略合作伙伴关系推向新高潮，也为论坛峰会奏响序曲。

中非合作以义为先、和衷共济。在对非合作中，中国始终秉持真实亲诚对非政策理念和正确义利观。近年来，国际大宗商品市场风云突变，不少能源资源出口导向型的非洲国家经济遭遇“逆风”，一些国际金融机构停止对非融资，然而一些西方国家却试图给中国扣上在非制造“债务陷阱”的帽子。面对这些子虚乌有的指责，中国毫不畏缩，对于非洲国家遭遇的暂时困难一如既往施以援手，一方面鼓励有实力的中国企业加大对非投资，在非建成了一大批具有经济社会效益的旗舰项目，既有蒙巴萨至内罗毕铁路等基础设施项目破解当地交通瓶颈，也有南非海信工业园等产能合作项目提升其自身造血能力；另一方面也通过减免非洲国家到期的债务、提升贷款的优惠度等举措为非洲国家纾困，用事实驳斥了外界的质疑。

中非治国理念深入交流、亮点可期。近年来，众多非洲国家领导层陆续完成更迭，新上台的领导人深谙照搬他国模式的弊端，全面聚焦发展，高举和平、合作、开放、包容的大旗。他们希望从中国发展的成功经验中汲取精华。从中国发展奇迹中，这些国家看到了民族振兴的新希望，获得了治国理政的新启迪。中非合作论坛北京峰会即将召开，峰会期间，中非领导人将碰撞出怎样的思想智慧的火花，备受瞩目。

目前，峰会的筹备已进入最后冲刺阶段，中非双方均付出巨大努力。一分耕耘、一分收获，期待中非双方把握好峰会这一难得历史机遇，为开创更加美好的明天携手前行。

（作者为国际问题观察员）

《人民日报海外版》（2018 年 08 月 29 日第 01 版）

别以龌龊之心看待中非合作

张　红

2018 年是公认的中非关系“大年”，2018 年中非合作论坛北京峰会将于 9 月 3—4 日在北京召开。届时，几乎所有非洲国家的领导人都将齐聚北京，共商大计。

中非正在越走越近，数十年的友好交往硕果累累，双方正在合作共赢的道路上阔步前进。但是，总有人不断抹黑中非之间的兄弟情谊，用所谓“新殖民主义”“中国融资增加非洲债务论”等恶毒言论攻击中国。

狭隘的心态限制了某些人的想象力。面对各方面实力都落后于自身的非洲国家时，他们无法想象，自己怎能以平等心态对待对方；他们无法想象，自己怎能抵制掌控对方经济命脉的诱惑；他们无法想象，自己怎能不把自己的道路强加给对方；他们更无法想象，自己怎能与对方实现真正的共赢。

长久以来的霸权主义心态让某些人习惯了高高在上。中国做到了他们做不到的事情，更让他们增添了“酸葡萄心理”。面对中非合作，他们戴上了“有色眼镜”。他们看不到中国公司为非洲国家提供了数百万就业机会，并对他们进行技术培训；他们看不到中国的投资和商业行为提高了非洲工人的技能；他们看不到中国作为非洲第一大投资国和第一大基础设施融资来源国，为非洲经济发展发挥了不可或缺的作用。他们只是一味放大中国的获益，并渲染中国对其自身霸权地位的“威胁”。

正如肯尼亚非洲政策研究所所长彼得·卡格旺加所说：“西方国家对中非关系的非议，源于其霸权心态。他们污蔑中国在非洲实行新殖民主义，但历史上贩卖非洲奴隶的是他们，殖民非洲的也是他们。在几千年的历史中，中国从来都没有掠夺过非洲。”以己度人，折射出的正是自己皮袍下的那个“小”。鞋子合不合适，只有脚知道。对于中国的对非合作，最有发言权的是非洲。

对于所谓“增加债务论”，非洲谚语说得很清楚：完全没有债务的人是穷人。“贷款不可怕，关键看拿了贷款去干什么，是去买牛羊扩大生产，还是买酒喝享一时之乐。中国给非洲的贷款对非洲来说非常重要，是用于发展的，将造福当代和下一代。”这是非洲人的回答。

对于所谓“新殖民主义论”，非洲人没有忘记历史。“非洲从未发生过被中国殖民的事情。相反，是中国站出来支持非洲解放运动。我们感谢中国在非洲大陆经济发展上的贡献，并且真诚地愿意与之交往。”这是非洲人的回答。

公道自在人心。到底谁才是真心帮助非洲，谁才是非洲最可信赖的伙伴，非洲人民心中有杆秤，自然会得出公正的结论。奉劝那些恶意诽谤的人，别以龌龊之心看待中非合作！

（作者为本报主任编辑）

《人民日报海外版》（2018 年 09 月 01 日第 03 版）

龙狮共舞黄金时代

华益声

中非合作论坛北京峰会于9月4日闭幕。中国国务委员兼外交部长王毅6日接受媒体采访时，两次提到“黄金”一词。这成为观察中非关系的一个重要切入点。

一是“中非友好黄金周”——中非领导人共举行峰会开幕式、领导人圆桌会议、企业家大会、双边会谈会见等100多场活动，持续时间超过一周，堪称“中非友好黄金周”。二是中非关系“黄金时代”——中非合作论坛共同主席国南非总统拉马福萨表示，“非中关系已进入黄金时代”。

“中非友好黄金周”、中非关系进入“黄金时代”，这两个让人印象深刻的概括和判断，前者是对最近一周多中非交往成果的盛赞，后者则是对中非关系当下所处历史阶段的最新表述。这两者都是中非交往密切程度前所未有的标志性体现。

第一，中非关系“黄金时代”，是携手打造更加紧密中非命运共同体的时代。习近平主席在峰会上提出“构建更加紧密的中非命运共同体”主张，明确提出“六位一体”内涵，得到非洲各国的高度赞同和一致响应。峰会发表的《关于构建更加紧密的中非命运共同体的北京宣言》，凝聚了中非双方对当前重大国际和地区问题的共识，向世界传递了中非携手并进的强烈信号。正如一位非洲国家领导人所说：“中国同非洲国家的合作，倡导的是互利共赢，这是一种公平的、智慧的、互相尊重的方式。”

第二，中非关系“黄金时代”，是中非共建“一带一路”的时代。北京峰会期间，“一带一路”话题备受关注。截至9月6日，中国已与非洲37国以及非盟成功签署共建“一带一路”政府间谅解备忘录。此外，峰会同意将中非合作论坛作为中非共建“一带一路”的主要平台。北京宣言中，中非一致同意将“一带一路”同联合国2030年可持续发展议程、非盟《2063年议程》和非洲各国发展战略紧密对接。中非共建“一带一路”将为非洲发展提供更多资源和手段，拓展更广阔的市场和空间，提供更多元化的发展前景。

第三，中非关系“黄金时代”，是中国梦与非洲梦相互激荡的时代。当前，中国正在为实现中华民族伟大复兴的中国梦而奋斗，非洲人民也致力于联合自强、发展振兴，双方都站在重要历史节点上。北京峰会上，中方提出的“八大行动”规划了中非共同发展的具体路径。中非战略对接、合作共赢具有示范意义。当前，新兴市场国家和发展中国家快速崛起，国际力量对比更趋均衡，中非合作作为南南合作典范，将加速这一进程发展。“黄金时代”的长远影响是，中非将在百年未有之大变局中，共同实现发展中国家地位和影响的提升。

相信，进入“黄金时代”的中非关系和中非合作，必将大有所为、前景广阔。北京峰会是中非加强团结合作、促进共同发展的历史丰碑。当前，中国非洲朋友圈越来越大，中非关系前所未有的友好，中非经贸发展前所未有的快。过去的岁月里，中非同心同向、守望相助，走出了一条特色鲜明的合作共赢之路。未来的岁月里，中国将同非洲各国继续团结一心、同舟共济、携手并进。

（作者为国际问题专家）

《人民日报海外版》（2018年09月08日第01版）

中欧合作『朋友圈』不断扩大

新时代中德关系的“智慧源泉”

俞　可

国家主席习近平5月24日与第11次访华的德国总理默克尔举行会晤。在会晤中，习近平强调，中德两国要做合作共赢的示范者、中欧关系的引领者、新型国际关系的推动者、超越意识形态差异的合作者。这应当是双方下阶段推进两国关系共同努力的方向。默克尔表示，德中关系已进入新时代，德国愿抓住中国深化开放带来的新机遇，扩大德中贸易投资合作，扩大人文交流。

正如习近平主席2014年在德国《法兰克福汇报》发表的署名文章中说，中德两国“数不尽的先贤哲人、深邃的思想哲理、丰富的文学艺术，是双方互学互鉴、交流合作取之不尽、用之不竭的智慧源泉”。马克思主义、“一带一路”倡议、“人类命运共同体”理念，正是这样的“智慧源泉”，它们将助推新时代中德关系行稳致远。

前不久，在纪念马克思诞辰200周年大会上，习近平发表重要讲话表示，我们纪念马克思，是为了向人类历史上最伟大的思想家致敬，也是为了宣示我们对马克思主义科学真理的坚定信念。作为马克思主义中国化的最新成果，习近平新时代中国特色社会主义思想正引领中国人民进行伟大斗争、建设伟大工程、推进伟大事业、实现伟大梦想。以马克思主义滋润新时代中德关系，将助力中德两国观察时代、解读时代、引领时代，进而深化全方位战略伙伴关系。

中国提出的“一带一路”倡议之所以能在全球应者云集，就是因为它根植于历史，承载着各国人民对文明交流的渴望、对和平安宁的期盼、对共同发展的追求以及对美好生活的向往。作为最早表态支持“一带一路”倡议的欧洲领导人之一，默克尔积极推动“容克计划”与“一带一路”倡议对接并强化“中欧互联互通平台”。以丝绸之路滋润新时代中德关系，将助力中德两国共建“一带一路”这条和平之路、繁荣之路、开放之路、创新之路、文明之路。

“人类命运共同体”理念继承、发展、创新了马克思关于“自由人联合体”与中华民族关于“天下观”“和文化”的思想精髓，充分彰显开放精神与包容情怀。2017年年初，习近平在世界经济论坛年会开幕式以及联合国日内瓦总部的演讲中，向世界系统阐述了这一理念。世界经济论坛主席施瓦布，这位生于德国的经济学家，对这一理念深表认同并把今年年会主题确定为“在分化的世界中打造共同命运”。以人类命运共同体滋润新时代中德关系，将助力中德两国秉持共商共建共享的全球治理观，进而携手“为世界谋大同”。

历史上，中德两国是东西方两大文明的杰出代表。新时代，中德关系必将在战略对接、文明互鉴中不断迈上新高度。

（作者为同济大学中德人文交流研究中心研究员、上海师范大学中德教育研究与协作中心总干事）

《人民日报海外版》（2018年05月25日第01版）

体味中欧关系的世界意义

贾秀东

近日，法国总理菲利普访华，很容易让人联想到新年伊始马克龙总统对中国的访问。事实上，不只法国领导人，今年上半年，英国首相特雷莎·梅、德国总理默克尔先后访华。欧洲三个主要国家的领导人在短时间内到访中国，发出了看重对华关系的积极信号。与此同时，欧盟委员会副主席卡泰宁刚刚来华出席第七次中欧经贸高层对话，中欧双方正在为即将于下月举行的第20次中欧领导人会晤做准备。从上述中欧高层互动中可以看出，双方有三点共识十分突出。

强调中欧关系的战略性。今年是中国—欧盟领导人会晤机制建立20周年，也是中欧建立全面战略伙伴关系15周年。中欧双方都视对方为自身发展的机遇而非威胁，都把对方置于各自外交政策的优先位置，都把对方作为加强互利合作、实现共同发展的重要合作伙伴。法国领导人表示，法中在多边事务中理念相通，两国高水平关系不仅有利于两国的发展繁荣，也有助于世界和平稳定。英国领导人表示，英方在许多全球性问题上同中方看法相近，重视中方在国际事务中重要作用，愿积极推进两国关系“黄金时代”，共同促进21世纪世界的和平与繁荣。德国领导人表示，中国是国际社会重要成员，是德国重要贸易伙伴，德中关系已进入新时代，在当前世界形势发生很大变化的背景下，德中两国要加强在国际事务中沟通协调。

突出平等互利、合作共赢。欧洲三个主要国家以及整个欧洲与中国都拥有广泛的共同利益。双方都愿意加强战略对接，深化互利合作，携手推进伙伴关系建设，实现双方关系新的更大发展。法方表示愿继续本着平等、互利、开放、平衡的原则，推动法中传统合作的大项目和中小企业的创新合作领域都取得实质性进展。英方称愿同中方加强贸易、投资、科技、环境、人文、互联网等领域务实合作。德方表示愿同中方加强经贸、科技等广泛领域合作，欢迎中国企业投资德国。三国及欧盟都对"一带一路"持积极态度，重视在"一带一路"框架下增进对华合作，认为这极具战略意义。

反对单边主义和贸易保护主义。近来，中欧加强高层往来与互动的背景十分独特，是在单边主义和贸易保护主义抬头、大国经贸关系出现紧张的情况下进行的。中国与欧洲三个主要国家以及作为整体的欧盟同是全球化的推动者与受益者，同为世贸组织重要成员，在坚持多边主义、支持全球化、反对单边主义和贸易保护主义方面有共同语言。中欧一致同意，当前形势下，欧中双方应共同反对贸易保护主义，承诺共同维护以世贸组织为核心、以规则为基础的多边贸易体制，完善全球经济治理体系。日前，习近平会见出席"全球首席执行官委员会"特别圆桌峰会外方代表并座谈时指出，新形势下，开放应该永不停歇、追求质量，合作应该团结互助、共迎挑战，共赢应该面向未来、携手并进。

2018 年正值中国改革开放 40 周年，中国将全面深化改革，形成全面开放新格局，欧洲则面临着如何化解多重危机并存的新挑战，这对中欧而言都是值得思考总结和深化合作的重要契机。当前，中欧是维护世界和平的"两大力量"，促进共同发展的"两大市场"，推动人类进步的"两大文明"，双方从推动多极化和全球化，到倡导多边主义和自由贸易，再到改善全球治理、促进世界良性互动方面，应该而且完全可以携起手来，在世界上树立起相互尊重、平等相待、合作共赢的典范。这是中欧关系的世界意义之所在。

（作者为中国国际问题研究院特聘研究员）

《人民日报海外版》（2018 年 06 月 28 日第 01 版）

开启更加美好辉煌的未来

何亚非

11月27日至29日，国家主席习近平对西班牙进行国事访问，12月4日至5日将对葡萄牙进行国事访问。这是中共十九大胜利召开后，习近平首次访问欧洲，也是中国国家主席时隔13年再次访西，时隔8年再次访葡，对中西、中葡关系发展具有承前启后、继往开来的历史意义，将为中西关系开启一个更加美好和辉煌的未来，也将为新时代中欧关系发展注入新的动力。

11月27日习近平在西班牙《阿贝赛报》发表题为“阔步迈进新时代，携手共创新辉煌”的署名文章中指出，当前形势下，继续深化中欧全面战略伙伴关系，符合双方共同利益。西班牙是欧盟重要国家，也是中方在欧盟内的好朋友和好伙伴。

就中国和西班牙关系来看，双方始终相互尊重、平等相待、互利合作，推动双边关系健康稳定发展。中欧处于全球产业链的不同位置，经贸合作势头强劲，相互贸易和投资日益扩大，给双方人民带来了实实在在的好处。最近在中国上海举办的中国国际进口博览会，欧洲商家云集。中国预计未来15年将进口24万亿美元的商品，中欧合作前景宽广，联系将更加紧密。

习近平主席2013年提出以“共商、共建、共享”原则建设“一带一路”的倡议，契合欧盟加强基础设施建设等发展战略目标，双边合作面更宽、更深入。就中国与西班牙来看，早在2000多年前，古老的陆上丝绸之路就将古都长安同西班牙的塔拉戈纳联系在一起。中国愿加强共建“一带一路”倡议同西班牙“亚洲发展战略”、地中海走廊建设对接，并积极拓展第三方市场合作，在更大范围内实现互利共赢。

中欧合作共赢。一是出口，中国老百姓对中高端产品和服务需求大幅增加，为欧洲增加对华出口提供了有利契机；二是旅游，欧洲拥有丰富的旅游资源，西班牙、法国、英国、意大利等都是世界闻名的外国游客接待国；三是相互投资，2016年中国对欧盟直接投资（FDI）达360亿欧元，占中国对外投资近1/4；四是金融合作，英国、法国、西班牙、意大利等都是亚投行创始成员国，在亚投行框架下合作前景看好。

“中欧+第三方合作”前景看好。以西班牙企业为例。西企业在大型基础设施建设方面有优势，全球前50名工程承包商中，西班牙企业占5席，ACS集团连续6年占榜首。西班牙可以充分利用基建项目品牌、管理及技术优势，寻求与中国在资金和生产能力上的对接与整合。尤其是西班牙对拉美法律政策和市场商情非常熟悉，管理经验系统化，“中西+拉美”合作前景宽广。

中欧文明交流互鉴。中国与欧洲高层交往，特别是备受关注的元首外交将为加强中欧文明交流与融合，探讨新形势下中欧全面合作提供强大动力。中欧文明交流所碰撞的火花和灵感，将为加强以规则为基础的全球治理、反对保护主义和单边主义、克服民粹主义的影响，带来启发。

习近平主席在2018年亚太经合组织工商领导人峰会上的主旨演讲中明确指出，以规则为基础加强全球治理是实现稳定发展的必要前提。规则应该由国际社会共同制定，而不是谁的胳膊粗、力气大谁就说了算。中国和欧洲都是国际社会的重要成员，有意愿、有经验、有力量与其他成员一起齐心协力，共同推进全球治理的改革和完善。

（作者为外交部前副部长，中国人民大学重阳金融研究院高级研究员、全球治理研究中心主任）

《人民日报海外版》（2018年11月28日第01版）

世界需要合作　合作才能共赢

贺新元

11 月 27 日至 29 日，国家主席习近平对西班牙进行国事访问。习近平在西班牙主要媒体发表署名文章《阔步迈进新时代，携手共创新辉煌》，会见了西班牙国王费利佩六世。习近平指出，中西关系正处在历史最好时期。对中西关系发展前景充满信心。

迎来合作共赢新时代。“志向远大方能进步，目光长远才能前行。”中西两国应该立于纷繁复杂的国际局势中把握规律、认清大势，既作出正确选择，又同解这些时代命题，共谋双方发展大计，携手谱写中西关系新篇章，开创属于两国人民的美好未来。

中欧是全球化的两大动力。中国始终是世界和平的建设者、全球发展的贡献者、国际秩序的维护者。中国已成为多边主义的最重要支柱和促进世界和平与发展不可或缺、值得信赖的重要力量。西班牙与中国在积极支持全球化和多边主义、维护开放型世界经济等方面拥有着非常广泛的共识，愿意在欧盟内发挥积极作用，推动欧中关系健康稳定发展。

合作中共享机遇、收获希望，共迎挑战中化危为机、互利共赢。要牢牢把握中西关系正确方向，提升两国全面战略伙伴关系水平，夯实双边关系政治基础；要充分发挥两国经济互补优势，做好双边关系发展顶层设计，用好各类合作机制，加强两国发展理念交流和战略对接；要深化两国务实合作，拉紧双边关系利益纽带，打造双边合作新的增长点；要扩大两国人文交流，厚植双边关系民意基础，为中西关系长远发展的民心相通提供根本保障；要密切两国国际合作，共同维护多边主义和自由贸易，做国际秩序的推动者和捍卫者，维护世界和平、稳定、繁荣。

当今世界，既充满机遇与希望，又充满危机与挑战。没有哪个国家愿意主动放弃机遇与希望，也没有哪个国家具备独自应对危机与挑战的能力。世界需要合作，合作才能共赢。

（作者为中国社会科学院习近平新时代中国特色社会主义思想研究中心研究员）

《人民日报海外版》（2018 年 11 月 29 日第 01 版）

为中欧关系发展注入新动力

宋鲁郑

习近平主席11月27日至29日对西班牙进行国事访问，12月4日至5日对葡萄牙进行国事访问。中共十九大之后，习近平主席首访欧洲，就来到了西班牙和葡萄牙。这也是中国国家主席时隔13年再次访西，时隔8年再次访葡，对中西、中葡关系发展具有承前启后、继往开来的历史意义，也为新时期中欧关系发展注入新的动力，为共建“一带一路”开辟新的空间。

良好的双边关系，源于互相尊重。西班牙、葡萄牙是欧盟重要国家，也是中方在欧盟内的好朋友和好伙伴。中西建交以来，双方始终相互尊重、平等相待、互利合作。45年间，两国保持高层交往势头，在涉及主权和领土完整的重大问题上始终相互理解、相互支持，为双边关系发展奠定了坚实政治基础。世人还记得，中国人民更记得，国际奥委会前主席、西班牙人萨马兰奇，竭力促成中国举办北京奥运会，最终实现双赢：古老的中国为世界贡献了一场无与伦比的盛会。中国和葡萄牙的友好往来源远流长、历久弥新，有着500多年交往史。自1979年建交以来，双方始终相互信任、彼此尊重、相互帮助，成为世界上不同社会制度、历史背景、幅员大小国家间合作共赢的典范。40年间，中葡关系一直保持平稳快速发展，走过了不平凡的历程。目前，中葡关系正处于历史最好时期。

不断深化的合作，源于互相信任。近年来，中方同欧洲一道，深化相互了解和信任，不断扩大务实合作的深度和广度，进一步丰富中欧全面战略伙伴关系内涵。从西葡两国来看，中国倡建的“亚投行”，得到了西班牙和葡萄牙的热烈响应，这两个国家以创始国身份加入了亚投行。对于“一带一路”，西班牙首相桑切斯明确表示：“‘一带一路’是具有历史意义的重要倡议，西班牙愿积极参与共建‘一带一路’。”葡萄牙总统德索萨表示，葡萄牙支持“一带一路”倡议，愿成为陆上丝绸之路和海上丝绸之路在欧洲的枢纽。“一带一路”创造的巨大的投资空间和难以估量的贸易机遇，可为欧洲的技术和产品提供市场。

加强第三方市场合作，利于实现共赢。中国与西班牙在联合声明中指出，双方认为双边及第三方市场的经贸和投资合作潜力巨大，愿推动中西企业在拉美、非洲、亚洲国家市场开展合作。双方认为，“一带一路”倡议是促进全球合作的重要方案，愿充分发挥这一互联互通平台的潜力，加强在第三方市场的交流与合作。对于中国和葡萄牙来说，中葡双方既以共建“一带一路”为契机，继续做大做强现有项目，用好中国国际进口博览会等平台，扩大双边贸易往来，在港口建设、汽车、新能源、金融等领域营造更多合作增长点，也在加强第三方市场合作方面潜力巨大，从而在更大范围实现互利共赢。

今年是中欧建立全面战略伙伴关系15周年。中国一贯坚定支持欧洲一体化，乐见一个团结、稳定、开放、繁荣的欧洲。中国和欧盟，在互联互通和基础设施建设方面合作，在推动“一带一路”倡议与欧洲基础设施建设计划、欧盟欧亚互联互通战略等对接方面，有着巨大合作空间。当前形势下，继续深化中欧全面战略伙伴关系，符合双方共同利益，利于世界和平与发展，利于改善全球治理。

（作者为复旦大学中国研究院研究员）

《人民日报海外版》（2018年12月06日第01版）

中芬合作助力构建新型国际关系

张 健

1月14日，北京，中国国家主席习近平同芬兰总统尼尼斯托举行会谈。两国元首一致同意，共同谱写中芬关系发展新篇章。习近平还同尼尼斯托共同出席了“2019中芬冬季运动年”启动仪式。应习近平邀请，尼尼斯托于1月13日至16日对中国进行国事访问，这是尼尼斯托自2013年以来以总统身份第二次访华。

2017年4月，习近平主席对芬兰进行了国事访问。访问期间，双方宣布建立中芬面向未来的新型合作伙伴关系。中芬之间频繁的高层互访是两国传统友好的表现，两国合作的持续深入也将进一步增强双方政治互信，推动中芬合作更为务实高效。

中芬两国相互尊重，平等相处，合作互利互惠。中芬关系是不同制度国家间关系的典范，虽然中芬两国在意识形态领域有所不同，但不妨碍双方正常务实合作，双方做到了坦诚沟通和相互理解。中芬关系还是西方发达国家与发展中国家合作的样板，两国处于不同的发展阶段，双方经济发展互补性强。芬兰更多看到与中国合作的机遇，这与一些国家冷战思维作祟，戴着有色眼镜看中国，视中国为威胁形成鲜明对比。可以说，中芬关系正是新型国际关系的代表，相互尊重、公平正义、合作共赢。

当前，中欧关系及国际形势正在发生一些变化。从中欧关系看，欧盟对华政策积极性有所下降。一是仿效美国建立投资审查机制，保护主义凸显；二是指责中国对欧盟“分而治之”；三是猜疑中国试图输出中国模式。从国际上来看，单边主义和霸权主义仍在涌动，世界发展正陷入越来越大的不确定性之中。这一趋势既不利于芬兰，也不利于中国，更不利于国际形势的稳定、可预期发展。芬兰是开放型经济体，需要一个稳定、包容的国际环境。在世界不确定性增强、保护主义抬头的情况下，中国主张开放，支持全球各国协作发展，这对芬兰来说弥足珍贵，中芬之间有了更多的共同语言和共同利益。这也是中芬双方日益看重彼此的一个重要背景。

从中芬双边关系看，双方经贸、科技、人文交流日益走向深入。在冬季运动、清洁能源、信息、人工智能以及林业、食品等诸多领域，中芬之间还有很大的潜力可挖。从中欧关系看，在英国脱欧的背景下，芬兰作为一个主张开放、寻求共赢的欧盟和欧元区成员国，在推动中欧化解分歧、深化合作方面将扮演更为重要的角色。

芬兰与美国、欧盟、俄罗斯及中国等世界主要力量都长期保持着良好的建设性关系，关注大国竞争及世界格局的变化。通过北欧国家、欧盟国家、欧元区国家、西方国家、北极理事会成员等一系列身份，芬兰可以发挥独特的作用，与中国一起，推动构建新型国际关系和人类命运共同体。

相信芬兰总统此次访华将取得圆满成功，推动中芬合作再上一层楼，为中欧合作注入新动力，也为世界和平、稳定与发展做出新贡献。

（作者为中国现代国际关系研究院欧洲所所长）

《人民日报海外版》（2019 年 01 月 15 日第 01 版）

大熊猫与驯鹿共赴冰雪之约

彭训文

1月14日，庄严的人民大会堂西大厅被冰雪元素装扮一新。在这里，国家主席习近平和新年来访的首位欧洲国家元首芬兰总统尼尼斯托，共同出席了一项特殊活动——“2019中芬冬季运动年”启动仪式。

说这个活动特殊，原因有二。首先，这是2017年习近平访问芬兰时两国元首敲定的活动。经过两年周密准备，双方在北京冬奥会筹办进入关键期时启动它，可谓正逢其时。其次，活动本身具有标志意义。选择芬兰作为冬奥会“北京周期”首个同中国开启冬季运动年的国家，既延续了两国体育交流合作传统，又是开启两国构建和推进面向未来的新型合作伙伴关系的一个生动实践。

中芬两国冬季运动合作潜力巨大，源于发展契合度高、互补性强。作为一个每年冬天长达5个月的北欧国家，芬兰冬季运动水平颇高。有一个说法，芬兰孩子在刚学走路时就开始学习滑雪、滑冰了。在冰球、冬季两项、越野滑雪、高台跳雪等冬季运动项目方面，芬兰选手更是屡获佳绩。同时，芬兰在冬季运动人才培养、产业运营等方面经验成熟。

由于起步晚和气候等因素，中国冰雪竞技呈现“冰强雪弱”局面，在普及上有“冰雪运动不出山海关”的说法。不过，中国政府近年来正以坚定的决心和行动，改变这种状况。在北京携手张家口成功申办2022年冬奥会后，习近平曾多次对办好北京冬奥会作重要指示，强调要坚持绿色办奥、共享办奥、开放办奥、廉洁办奥，确保把北京冬奥会办成一届精彩、非凡、卓越的奥运盛会。

其中的开放办奥理念，就是要借鉴包括芬兰在内的其他国家办赛经验，加强中外体育各方面交流。决心大，还在于严落实。为带动更多人参与冰雪运动，中国出台了《冰雪运动发展规划（2016—2025年）》《全国冰雪场地设施建设规划（2016—2022年）》等方案，大力推进冰雪运动“南展西扩”战略。据统计，2017年，全国有3750万人次参与滑雪、滑冰消费，目前有100多万名青少年经常参加滑冰运动，未来将实现“3亿人上冰雪”目标。

立足于双方发展实际，通过携手合作，中芬完全能够打造冬季运动合作典范。芬兰的人才培养、产业运营和管理经验，中国办好冬奥会、推动冰雪运动普及、发展冰雪旅游等方面的需求和资本投入优势，确保了双方在冬季运动合作方面能够做到取长补短、实现共赢。此次“中芬冬季运动年”，双方将围绕培训与训练、可持续性与平等、旅游、高水平运动等四大主题展开交流合作。芬兰政府将整合体育协会、公司、城市之力，为中国迈向冰雪运动强国助一臂之力。中国则得以在冬季运动竞技上向着“北京冬奥会全面参赛”目标迈出坚实一步，并在冬奥会等大型冬季赛事组织、冰雪装备制造，发展大众休闲型冬季运动、冰雪旅游等领域积累丰富的专业经验。因此，中芬可以在冬奥会“北京周期”以及后奥运时代持续加强合作，共同分享冰雪经济这块大蛋糕。

在寒冷冬季，中国的大熊猫、芬兰的驯鹿在各自土地上自由徜徉。这两种在冬季十分活跃的珍稀动物，也是对两国冰雪运动交流合作的一个美好比喻。大熊猫与驯鹿在这个冬季定下的冰雪之约，必将为中芬两国未来合作发展注入新活力、创造新机遇。

（作者为本报评论员）

《人民日报海外版》（2019年01月17日第01版）

中意合作　福在民众　利在亚欧

崔洪建

3月21日，习近平主席乘专机离开北京，对意大利、摩纳哥、法国进行国事访问。习主席访意，对双边关系发展具有承前启后、继往开来的历史意义。

中意合作见证了东西方文明交相辉映、相得益彰的过往，还将续写相互尊重、互学互鉴的新篇。马可·波罗是中国人耳熟能详的意大利人，“丝绸之国”则是罗马帝国对于遥远东方的想象。历史彰显出中意合作的厚重感，虽然两国远隔万里，但密切的联系从未中断。今天的中国处处生机蓬勃，意大利也充满活力，足球、美食和精美的设计成为两国人民跨越文化差异的共同爱好，发展、和平与蓝天白云也成为两国政府超越地域阻隔的共同追求。以历史为根，以文化为缘，中意合作正在新的基础上顺利推进。

中意合作经历了世事变迁、风云变幻的考验，正在迎来夯实互信、增进合作的新契机。在中意推进全面战略伙伴的15年中，双方始终尊重彼此核心利益，不断挖掘合作潜力。在时局如棋、风云际会的今天，中意之间的政治互信尤为珍贵，也是双边合作敢为人先的底气所在。作为西方发达经济体和欧盟重要成员国，意大利保持市场开放、促进经济发展的政策取向，不仅为自身赢得了机遇，也为所在地区做出了榜样。

中意合作不仅要在原有基础上深化，还将在“一带一路”合作中提升，开创新的合作格局。自中国提出“一带一路”倡议以来，意大利政府就表现出极高的参与热情。在已有13个欧盟国家正式参与“一带一路”合作、南欧国家已经从中获益的形势下，意大利加入合作可谓瓜熟蒂落，水到渠成。从发展战略对接到基础设施共建，从经贸投资互联到文化民心相通，“一带一路”合作既能帮助意方有力应对当前挑战，也能助益共赢理念深入人心。中意双方没有理由错失历史机遇。

中意合作功在双方，福在民众，利在亚欧，将中欧合作带入新境界，是对中欧关系的新贡献。欧盟正在寻求统一的对华政策立场，但这一立场应当建立在欧洲各国的共同福祉之上。只要中意政治互信不断加强，经贸合作务实推进，文明对话持续深入，就能创造出两国民众的最大福祉，也将成为中欧合作的新标杆。

黄河自青藏高原奔涌而下，逶迤苍莽大地，注入广阔的太平洋；台伯河在罗马穿城而过，流经茫茫岁月，汇入浩渺的地中海。中意合作也应作如是观：历史与未来因新的丝绸之路而重逢，文明与福祉因新的东西交汇而共荣。习近平主席此次访意，将赋予双边关系新的内涵，也将带动中欧合作迈入新的境界。

（作者为中国国际问题研究院欧洲研究所所长）

《人民日报海外版》（2019 年 03 月 22 日第 01 版）

提升中欧关系的全球性和战略性

王义桅

中国和欧洲，处在亚欧大陆东西两端，在世界上都有着重要分量。中国对欧外交，着眼点之一是提升中欧关系的全球性和战略性。4月8日，李克强总理抵达布鲁塞尔时表示，当前形势下，我们愿同欧方加强在国际事务中的协调合作，共同维护多边主义和自由贸易，提升中欧关系的全球性和战略性，为促进世界和平、稳定、繁荣做出贡献。

欧盟的价值，有全球性和战略性。在世界政治格局中，欧盟肩负多重使命。其一是维护世界多样性。欧盟是与生俱来的多极化和多边主义支持者，是中国合作和谈判的天然伙伴。其二是应对世界不确定性的挑战。欧盟作为当今世界一体化程度最高的国际组织，由一个个条约累积而成，是确定性和规范性力量，是同样作为世界确定性力量的中国的重要合作者。其三是推动世界发展的重要力量。中国和欧盟共同努力，能够为避免世界开历史倒车贡献关键力量。

欧盟的影响，超出欧盟本身。从欧洲范围来看，欧盟是欧洲繁荣与稳定的保证，是推动“欧洲认同”的重要载体。从全球范围来看，欧盟往往能发挥“28×3”的效应，即在国际社会的号召力是成员国数量的三倍。欧盟的软实力尤其体现在欧洲及其周边地区。

中方高度重视中欧关系。中国和欧洲是世界舞台上两大力量、两大市场。长期以来，欧盟保持中国第一大贸易伙伴、第一大技术来源地和重要外资来源地等地位，中国是欧盟第二大贸易伙伴。鉴于欧盟在国际影响力和涉华舆论上的独特地位，欧盟还是中国提升软实力和国际形象的重要借助力量。

中欧关系有稳定性、战略性和互惠性。去年，欧盟发布欧亚大陆互联互通战略政策文件，强调与中国合作、与“一带一路”对接，推动欧亚地区陆海联通。此次中欧领导人会晤期间，双方围绕加快中欧投资协定谈判（BIT）的时间表和路线图积极对表，共同推动中欧地理标志协定谈判取得显著进展，举行第四次中欧创新合作对话。这些努力，利于培育中欧合作的新抓手和新亮点。中国视欧洲为世界重要一极，始终坚定支持欧洲一体化进程，中方愿意看到一个团结、繁荣、一体化进程不断推进的欧洲。

中欧之间的共同利益远大于分歧。李克强总理访欧前在德国《商报》刊文指出，“16+1 合作”是跨区域的务实合作平台，与自由贸易和全球化的方向是一致的。中欧既是互利共赢的经贸合作伙伴，也是维护世界和平稳定的同行者。当前国际形势中不稳定不确定因素增多，保护主义、单边主义、逆全球化思潮抬头，中欧应当以全球视野、战略高度和理性思维，共同维护多边主义和自由贸易体制，共同建设开放型世界经济，共同应对人类社会发展面临的问题和挑战。

一句话，中欧应共同应对挑战，拓展互利合作，为不确定性日益突出的世界注入稳定性。

（作者为中国人民大学欧盟“让·莫内”讲席教授、重阳金融研究院高级研究员）

《人民日报海外版》（2019 年 04 月 10 日第 01 版）

这份联合声明对中欧双方都有利

丁 纯

4月9日，李克强总理同欧洲理事会主席图斯克、欧盟委员会主席容克共同主持第二十一次中国—欧盟领导人会晤。会晤后，双方一致同意发表联合声明。这充分表明：中欧领导人会晤取得了积极成果，形成了相当的共识，利于深化中欧和平、增长、改革、文明四大伙伴关系。此前一些外媒“谈不成”的预言不攻自破。

中欧联合声明，对于中欧双方都有利。李克强总理说，这份联合声明不是一般的表态性文件，而是明确了中欧下一阶段共同努力的方向，是一份内容丰富、成果丰硕的文件。图斯克说，达成联合声明，这是我们共同的胜利。容克说，我们对中国有信心，我们对中欧关系有信心。

关于这份联合声明的重要性，还可以从多个角度观察。

首先，承上启下。作为由李克强总理同图斯克、容克共同主持的第5次，也是本届欧洲理事会和欧盟委员会任内最后一次中欧领导人会晤，此次会晤后双方达成并发表联合声明，无疑具有承上启下的意涵和标识性价值。对欧盟来说，如何处理中欧关系，尤其是双边关系中的分歧，是个无法绕开的话题。是选择从战略高度出发，求同存异、务实对话磋商，还是选择互怼和对抗，事关中欧关系未来走势，事关中欧甚至世界人民福祉。此次经过“50多个小时卓越的谈判”达成的联合声明，为新一届欧盟机构留下了相对宽松的氛围和积极的中欧关系。这一联合声明也昭示了双方深化战略合作的强烈愿望和解决分歧的积极态度，值得赞许。

其次，务实具体。联合声明全面、具体、务实，具有前瞻性，堪称未来一段时间深化中欧关系和战略合作的任务图和时间表。此前习近平主席访欧为中欧关系发展明确定调，为中欧全面战略伙伴关系注入新的动力。此次联合声明具有一系列突出特点。其一，体现了中欧双方切实深化双边战略合作的强烈意愿和对相关问题的高度共识。其二，全面、具体、务实。声明涵盖中欧双边关系、全球挑战和治理、外交与安全政策等双边关系和国际事务等，列明了24项双边关注内容——从5G到人文交流，不一而足，全面阐述了各自立场和达成的共识。其三，对相关具体事项，列出了具体目标、时刻表、线路图和执行机制与架构，具有很强的可操作性。其四，声明还着眼于夯实和规划2020年以后的中欧合作关系。

最后，富有雄心。中欧双方求同存异，尤其是中方积极回应了欧盟方面的关切，展示了坚持对外开放、务实推进中欧全面战略伙伴关系的积极态度和雄心。对于欧盟近年来一直焦虑担忧和执着表达的关切，如中欧投资协定、实质性改善市场准入、政府采购、强制技术转移、地理标志协定、中国“一带一路”倡议和欧盟亚欧互联互通战略对接、人权问题等，声明中均体现了中方的积极回应和相关承诺。其中，有关中国积极准备加入世贸组织《政府采购协定》事项中，“中方愿以富有雄心的方式改进其出价”的表述尤其引人注目。这与前不久颁布的《外商投资法》一起，展现了中方不断扩大对外开放，高度重视中欧关系，坚持多边主义，支持欧盟团结发展的一贯立场和战略思维。

据悉，中欧联合声明正式通过后，会场上响起了长时间的掌声。这掌声为中欧关系响起，也为中欧未来响起。

（作者为复旦大学欧洲问题研究中心/中欧人文交流研究中心主任，欧盟“让·莫内”讲席教授）

《人民日报海外版》（2019年04月11日第01版）

搭起一座跨越亚欧的彩虹桥

李建兴

这几天，一份硬核联合声明引起国际社会广泛关注，那就是《第二十一次中国—欧盟领导人会晤联合声明》。联合声明一公布，一些原来认为中欧不可能达成共识的西方人士和外媒被打了脸。海内外媒体普遍认为，中欧发表联合声明传递了团结的信号，展示了共识。

中欧联合声明刚刚发表，当地时间 4 月 9 日晚上，国务院总理李克强抵达萨格勒布开始对克罗地亚进行正式访问，并将赴杜布罗夫尼克出席第八次中国—中东欧国家领导人（“16+1”）会晤。同日，李克强总理在克罗地亚《晨报》《晚报》等主流媒体发表题为“多彩的国度 广阔的前景”的署名文章。文章写道：“17 个多彩的国家在一起，颜色比彩虹还丰富。如果我们搭起一座跨越亚欧的彩虹之桥，我们未来合作的前景会有多么美好！”

彩虹之桥，连接着亚欧大陆东西两端的中国和欧洲。怎么看这座桥？怎么建这座桥？

首先，这是一座连接中国和中东欧 16 个国家的彩虹桥。首次中国—中东欧国家领导人会晤（“16+1”）2012 年 4 月在波兰华沙举行。此后，这一会晤先后于罗马尼亚布加勒斯特、塞尔维亚贝尔格莱德、中国苏州、拉脱维亚里加、匈牙利布达佩斯和保加利亚索非亚举行。中国—中东欧国家合作启动 7 年来，得到中东欧 16 国的广泛支持和积极参与。中东欧地区是连接亚欧大陆的重要纽带，中国与中东欧国家传统友谊深厚，合作历史悠久。通过这座彩虹桥，中国—中东欧国家合作已构建起全方位、多领域、深层次的合作格局。

其次，这是一座增进中欧团结、共识的彩虹桥。当前国际形势下，中欧作为维护世界和平、繁荣与发展的两大重要力量，应携手合作，扩大共同利益。近期，中欧之间积极信号不断。3 月 18 日，中国外交部部长王毅在布鲁塞尔提出中欧十大共识，欧方表示一致赞同。3 月 21 日至 26 日，习近平主席应邀对意大利、摩纳哥、法国进行国事访问，引领中国同意大利、摩纳哥、法国关系迈上新的征程，推动共建“一带一路”在亚欧大陆开辟新的空间，为中欧全面战略伙伴关系注入新的动力。4 月 8 日至 12 日，李克强总理赴布鲁塞尔举行第二十一次中国—欧盟领导人会晤、赴克罗地亚举行第八次中国—中东欧国家领导人会晤并正式访问克罗地亚。中欧之间的合作远大于竞争，共识远多于分歧。要把凝聚共识的彩虹桥建设得更好，中欧双方应该扎实推进务实合作，取得更多实实在在的成果，更好惠及双方人民。

最后，这是一座“一带一路”倡议与欧亚互联互通战略对接的彩虹桥。3 月下旬，中意签署共建“一带一路”合作谅解备忘录，为亚欧互联互通建设、为拓展“一带一路”全球合作增添新的动力。一段时间以来，中法双方统筹推进共建“一带一路”和第三方市场合作，取得积极进展。中、法、德及欧盟领导人在巴黎会晤时也就共建“一带一路”进行了富有建设性的讨论，各方都显示了积极姿态。第二十一次中国—欧盟领导人会晤时，双方达成共识，将继续推动“一带一路”倡议和欧盟欧亚互联互通战略对接。目前，中东欧 16 国全部参与“一带一路”建设。通过这座彩虹桥，欧洲对“一带一路”热情渐涨。中欧双方应共同发力，把“一带一路”建设成为和平之路、繁荣之路、开放之路、绿色之路、创新之路、文明之路。

久久不见久久见，久久见过还想见。中欧近期的一系列外交互动，给中欧搭起一座跨越亚欧的彩虹桥。这是一座通向构建新型国际关系、构建人类命运共同体的彩虹桥。

（作者为本报副总编辑）

《人民日报海外版》（2019 年 04 月 12 日第 01 版）

『一带一路』：从『大写意』到『工笔画』

世界是平的，世界是通的

李 舫

有这样两“条”史诗般的商路：一条在陆路，商队翻过崇山峻岭，穿越于戈壁沙漠，声声驼铃回荡遥无涯际的漫长旅程；一条在海洋，商船出征碧海蓝天，颠簸于惊涛骇浪，点点白帆点缀波涛汹涌的无垠海面。

这两“条”商路，一端连接着欧亚大陆东端的古中国，另一端连接着欧亚大陆西端的古罗马——两个强大的国度，串起了整个世界。踏着这千年商路，不同种族、不同肤色、不同语言、不同信仰、不同文化、不同理念的人们往来穿梭，把盏言欢。

19世纪末，德国地质学家费迪南·冯·李希霍芬将这蛛网一般密布的道路命名为“丝绸之路”。

几千年来，丝绸之路打破了族与族、国与国的界限，将人类四大古代文明——古代埃及文明、古代巴比伦文明、古代印度文明、古代中国文明串联在一起，商路连接了市场，连起了心灵，联结了文明。

几千年后，古老的道路成长为“一带一路”伟大倡议。这一倡议不仅成为连接人类文明的纽带，更成为推动构建人类命运共同体的重要实践平台，成为凝聚各方共识，规划合作愿景，扩大对外开放，加强同各国沟通、协商、合作，造福全人类的世界发展动力的孵化器。

山积而高，泽积而长。“一带一路”倡议提出5年来，中国与沿线国家贸易总额超过4万亿美元，投资累计超过600亿美元。中国与43个沿线国家实现空中直航，中欧班列开行了7500多列，建立了75个境外经贸合作区，为当地创造了20余万个就业岗位。事实证明，“一带一路”倡议顺应了全球化的时代需求，为沿线各国人民带来了实实在在的福祉。

特别是在当前充满不确定因素的国际形势下，“一带一路”为各国实现共同发展繁荣开辟了新的路径，展现出强劲生命力和广阔前景。

几千余年前，正是在丝绸之路上，西汉张骞两次从陆路出使西域，中国船队在海上远达印度和斯里兰卡；唐代对外通使交好的国家达70多个，来自各国的使臣、商人、留学生云集长安；15世纪初，航海家郑和七下西洋，到达东南亚诸多国家，远抵非洲东海岸肯尼亚，留下了中国同沿途各国人民友好交往的佳话。

几千余年后，正是在丝绸之路上，世界其他文明与中华文明交流互鉴。源自中国本土的儒学，早已走向世界，成为人类文明的一部分。佛教传入中国后，同儒家文化和道家文化融合发展，形成了具有中国特色的佛教文化和理论。中国的造纸术、火药、印刷术、指南针四大发明带动了整个世界的革故鼎新，直接推动了欧洲的文艺复兴。中国哲学、文学、医药、丝绸、瓷器、茶叶等传入西方，渗入西方民众日常生活之中。

在这种意义上，中国不仅仅是一个国家或是民族国家，它更是一种文明，一种独特而深邃的文明。中华文明曾长期处于世界领先地位，是世界主流文化之一，对包括西方文化在内的其他地区文化曾产生过重要影响，排他性最小，包容性又最强，为整个世界克服困难、生生不息提供了强大精神支撑。

《易经》有云：“往来不穷谓之通……推而行之谓之通。”文明的断裂带，常常是文明的融合带。在21世纪的第二个十年，中国再次将全球的目光吸引到这条具有非凡历史意义的道路上。随着“一带一路”建设的不断推进，东西方经济、贸易、文化、教育……正在进行一次大规模的交流、交融、交锋。

美国学者弗里德曼说，世界是平的。其实，在今天的现代化、全球化背景下，世界不仅是平的，而且是通的。

（作者为本报高级编辑）

《人民日报海外版》（2018年5月19日第01版）

“一带一路”缘何如此受欢迎?

金 鑫

近日，无论是在阿联酋媒体发表题为“携手前行，共创未来”的署名文章，还是在塞内加尔媒体发表题为“中国和塞内加尔团结一致”的署名文章，习近平主席都多次提到一个关键词：“一带一路”。

“一带一路”同样是中阿联合声明中的重要合作领域。阿方对“一带一路”倡议表示欢迎和支持，愿积极参与“一带一路”项目建设，继续支持并参加“一带一路”国际合作高峰论坛等相关重要活动。双方强调愿深化在共建“一带一路”倡议框架下的合作，建立可持续的贸易投资伙伴关系，以实现双方的共同利益。

今年是“一带一路”倡议提出五周年。五年来，“一带一路”受到包括阿拉伯国家、非洲国家在内的许多国家高度认同。事实上，已经有80多个国家和国际组织同中国签署了合作协议。“一带一路”缘何如此受欢迎？因为共建“一带一路”倡议源于中国，但机会和成果属于世界。

当前，贸易保护主义、孤立主义、民粹主义等一些思潮正在泛起，开放型世界经济和多边贸易体系受到巨大冲击。在此背景下，中国倡导的“一带一路”建设，体现了一个负责任大国的国际担当，具有多方面的世界意义和时代价值。

第一，从世界经济走势看，世界经济进入“平庸增长期”，“一带一路”可以带动欧亚非大陆新一轮生产力革命，推动世界经济发展。当前，经济全球化与逆全球化两种现象同时存在，为推动本国经济复苏，一些国家趋于内顾，实行贸易保护主义，国际贸易摩擦明显增多。“一带一路”沿线很多国家，多年来被一些发达国家政府和跨国企业忽视和冷落，它们视“一带一路”为摆脱贫困、实现发展的历史性机遇。随着中国倡导的基础设施项目和产业投资向这些发展中国家延伸，这些国家和民众将从中受益，“一带一路”将有助于实现欧亚非大陆一体化和共同发展，推动全球基础设施现代化，为建设可持续的全球经济打下坚实基础。

第二，从国际机制角度看，全球治理存在严重赤字，“一带一路”是中国为改善全球治理提供的可行方案。当前，经济“弱全球化”、区域合作碎片化、气候变化、移民问题、打击恐怖主义等方面的全球性问题治理日益紧迫，一些国家国内问题国际化，现有国际机制难以适应，应对乏力，国际体制变革艰难推进，动力衰减。中国通过“一带一路”扛起推动新型全球化的大旗，成为自由贸易的推动者、国际规则的维护者。作为世界第二大经济体、最大的工业品出口国、120 多国最大贸易伙伴，中国通过“一带一路”为推动新型全球化和全球治理转型注入新动力。

第三，从参与主体看，“一带一路”具有开放性，有助于推动不同地区和国家之间协调联动发展。与传统的自由贸易区、关税同盟等合作机制不同，“一带一路”具有包容性。在国际层面，联合国开发计划署、联合国工业发展组织、联合国人类住区规划署、国际民航组织、国际海事组织、世界卫生组织等均从各自功能定位出发，积极寻找与“一带一路”的契合点，联合国大会和安理会均将“一带一路”写入相关决议和发展议程。在区域层面，亚太经合组织、欧亚经济联盟、上海合作组织、东盟、欧盟等都将其互联互通蓝图和投资计划与“一带一路”进行对接。在国别层面，哈萨克斯坦“光明之路”、蒙古国“草原之路”、越南“两廊一圈”发展计划、印尼“全球海洋支点”构想、土耳其“中间走廊”倡议等与“一带一路”倡议高度契合。

总之，“一带一路”建设有“三好”：一是对中国自己有好处。“一带一路”是中国深度融入世界的新努力。二是对沿线国家有好处。沿线很多国家发展相对落后，基础设施建设比较差，工业化水平比较低，“一带一路”是带动其发展的新举措。三是对整个世界有好处。以前国外总有人说，中国只知道闷声发展，对国际事务的参与度和贡献率不够大。“一带一路”就是中国回应国际社会的期待，提出的重要国际公共产品理念，并且不遗余力地在进行实践。

“一带一路”的价值和魅力将不断彰显。

（作者为中共中央对外联络部当代世界研究中心主任、“一带一路”智库合作联盟秘书长）

《人民日报海外版》（2018年07月21日第01版）

“一带一路”五年成事了

王义桅

今年，“一带一路”5岁了。5年来，“一带一路”成绩超出预想，前景十分光明。

5年来，全球100多个国家和国际组织积极响应支持“一带一路”倡议，80多个国家和国际组织已同中国签署合作协议，一大批重大合作项目落地或开工。此外，亚投行成员已有80多个，“蓝色经济通道”“冰上丝绸之路”“空中丝绸之路”“数字丝绸之路”……应运而生。

“一带一路”受欢迎，不只是因为中国创意好、口碑棒、落点实，更因为它确实有用，让相关国家在受尊重中获益。各国争先恐后想抓住“一带一路”机遇，搭上中国发展的快车和便车，甚至笑着“抱怨”邻国项目“比我们更多”。不同类型国家，欢迎“一带一路”，原因各有不同。

——内陆国家：“一带一路”帮助其寻找海洋，融入全球价值链。如，中国—中南半岛经济走廊激活泛亚铁路，推动老挝从陆锁国变成陆联国。

——欠发达国家：过去有文明自豪感，现在借助“一带一路”实现发展梦。如阿富汗、尼泊尔。今年，“一带一路”延伸至西非的塞内加尔，助推西非地区承接中国产业转移，融入全球产业链。

——岛屿国家：通过港口改造升级、新港口的蛇口模式建设，提升岛屿国家竞争力。如斯里兰卡的科伦坡、汉班托塔港。

——近年出现变局的国家：羡慕并效仿中国走符合自身国情发展道路。突尼斯、乌克兰、埃及痛定思痛，积极响应“发展是解决一切问题的总钥匙”，切实认同以点带面、从线到片，逐步形成区域合作大格局的理念。

——洲际、陆海联通的地区支点国家：土耳其是欧亚非连接桥梁，希腊比雷埃夫斯港是中欧陆海快线节点，蒙内铁路正向东非延伸打造东非“长三角”，纳米比亚的鲸湾港则在打造西南非洲的“深圳”，阿联酋、新加坡、巴拿马的互联互通节点效应进一步凸显。

——地区有潜力国家：中东欧国家在“16+1”合作框架下提升了在欧洲地位；孟加拉、柬埔寨受制于基础设施，如今帕德玛大桥、西哈努克港极大推动两国经济增长。

还有不少发达国家，它们在企业家推动下，呼吁参与相关项目，以吸引中国投资，开发第三方市场，不少积极表态，愿意参与。最新表态的是澳大利亚。

“一带一路”从“概念股”到“绩优股”，吸引力何在？

——你行，我也行。“一带一路”吸引力本质是中国吸引力。要致富，先修路；道路通，百业兴。这些理念越来越在“一带一路”国家落地生根。蒙内铁路通车一年，拉动肯尼亚经济1.5%增长，被誉为东非繁荣之路。

——包容性全球化。美战略家康纳《超级版图》一书提出，未来40年基础设施投入将超过人类过去4000年。“一带一路”推动陆上、海上、天上、网上四位一体联通，正在引导热钱流向实体经济，消除全球金融危机之源，让全球化惠及更广泛民众。

——“共商、共建、共享”的原则开创新型合作模式。“一带一路”吸引力不仅在于方向对，方式对也很关键，照顾到所在国家，照顾已有利益攸关方关切，吸引发达国家参与；着眼于硬联通，也重视软联通。

五年成大事，“一带一路”为啥能？因为，它确实真好，不是假好。

（作者为中国人民大学重阳金融研究院高级研究员、察哈尔学会“一带一路”研究中心主任）

《人民日报海外版》（2018年08月11日第01版）

画好共建“一带一路”“工笔画”

王　文

2013年秋天，中国提出共建“一带一路”倡议以来，引起越来越多国家热烈响应。5年后的8月27日，推进“一带一路”建设工作5周年座谈会在北京召开。会上，习近平总书记发表了重要讲话，为推进“一带一路”建设工作提供了根本遵循。

成绩的取得来之不易。过去5年，“一带一路”建设的推进，面临世界经济下行压力增大、逆全球化思潮泛起、单边主义保护主义不断抬头、贫富悬殊加剧等诸多逆境和压力。然而，短短5年的夯基垒台、立柱架梁，共建“一带一路”正在向落地生根、持久发展的阶段迈进，成为中国与世界开放合作的重大创举。

5年来，共建“一带一路”成为完善全球治理体系变革的创举。与零和博弈思维不同，“一带一路”倡议坚持对话协商、共建共享、合作共赢、交流互鉴，同沿线国家谋求合作的最大公约数，推动各国加强政治互信、经济互融、人文互通。“一带一路”由中国首倡，坚持共商共建共享，改写了国际关系演变的惯有轨迹，书写了国家互动的新逻辑与合作蓝图。

5年来，共建“一带一路”成为造福沿线国家的发展创举。长期以来，全球化的发展动力一直源于西方，非西方国家处在边缘位置。5年来，“一带一路”倡议，呼应了广大发展中国家加快工业化城镇化、实现经济独立和民族振兴的需要，满足了各国特别是广大发展中国家对促和平、谋发展的愿望，得到了广泛支持。这一倡议，成为人类社会大发展大变革大调整时期的重要引擎。

5年来，共建“一带一路”成为彰显中国智慧的思想创举。中国日益走近世界舞台中央的重要内容之一，就是为世界提供新思想、新方案。共建“一带一路”，正是中国参与全球开放合作、改善全球经济治理体系、促进全球共同发展繁荣、推动构建人类命运共同体的中国方案。“一带一路”倡议用短短5年时间，证明中国有能力推动构建人类命运共同体，有能力为解决全球困惑提供原创性的思想和方案。

新事物发展不会一帆风顺。5年来，共建“一带一路”遇到一些舆论质疑甚至抹黑，“新殖民主义”“撒钱当冤大头”“债权帝国主义”“地缘扩张说”“过剩产能输出论”“中国版马歇尔计划”等论调甚嚣尘上。这些论调反映了一些人的偏见、短视甚至敌视，却也从某个角度折射出“一带一路”的全球影响力。

凡是过去，皆为序章。习近平在讲话中指出，过去几年共建“一带一路”完成了总体布局，绘就了一幅“大写意”，今后要聚焦重点、精雕细刻，共同绘制好精谨细腻的“工笔画”。

大道终致远，海阔纳百川。今天，“一带一路”建设把参与各国人民紧密联系在了一起。面向未来，中国将一步一个脚印推进实施、一点一滴抓出成果，推动共建“一带一路”走深走实，让“一带一路”结出更多硕果，更好造福沿线国家人民。

（作者为中国人民大学重阳金融研究院执行院长）

《人民日报海外版》（2018年08月28日第01版）

一份值得世界关注的研究报告

贾晋京

第二届“一带一路”国际合作高峰论坛召开在即。在“一带一路”倡议提出近6年的历史方位上，“世界为什么需要‘一带一路’”这个问题仍备受关注，答案也越来越清晰，共识越来越多。

近期，一份来自世界银行的研究报告利用地理信息系统（GIS）研究了“一带一路”相关区域人口超过10万的城市——共涉及71个经济体的1964个城市，得到结论认为，“一带一路”国际合作将使全球贸易运输时间平均减少1.2%到2.5%，从而使贸易总成本降低1.1%至2.2%，而对于“一带一路”沿线经济体来说，运输时间减少幅度为1.7%至3.2%，贸易成本降低幅度为1.5%至2.8%。受益最明显的中国—中亚—西亚经济走廊，贸易成本降低可达10.2%。报告认为，单就2019年而言，“一带一路”合作使得全球经济增速预期至少提高0.1个百分点。

该报告还指出，上述结果仅为基于道路连通情况所做的计算，如果考虑到贸易便利化、管理水平提高等其他因素，“一带一路”带来的效益会更加显著。

这份报告可以看作对“一带一路”带来贸易成效的一份评估，实际上只涉及“贸易畅通”和一部分“设施联通”，但已经颇为可观。报告揭示出一个当今世界变化趋势：“一带一路”国际合作正在使贸易成本不断降低，而这在当今时代背景下具有重要意义。

近年来主要西方国家出现了保护主义抬头、贸易政策方向性剧变趋势，导致“二战”后曾长期作为国际贸易体制基础的多边主义和自由贸易原则受到巨大冲击，其显著后果是贸易成本持续上升导致国际贸易总量增长停滞甚至倒退，全球化浪潮出现“逆流”。

当今世界，新兴市场与发展中国家经济总量占比过半并继续提高，经济发展态势“东升西降”。在此背景下，国际经济中的“上层建筑”如规则体系、金融渠道、组织架构等却仍在按照以北大西洋两岸为中心市场的模式运行，这就导致全球经济中最具活力的市场——新兴市场与发展中国家相互之间经济联系不畅，并且往往必须“绕道”依赖发达国家的经济环节来相互沟通，典型的例子就是两个发展中国家之间通常要借助美元和西方金融机构才能相互贸易。这就使得“高成本世界”成为某种常态。

“一带一路”合作把当今世界最具增长潜力的区域连接起来，成为一个不断延伸的大市场，仅就“减少绕道”这一条，已经可以为沿线国家和地区带来可观的经济成本降低。何况“一带一路”沿线国家和地区多数属于所谓的“价值洼地”，即由于同国际市场对接不畅而产业估值普遍偏低的地区，一旦使之连入包括中国这个世界最大市场之一的国际市场，必将释放区域性的低成本优势，在提高自身收益的情况下，带来国际市场整体成本降低。

世界历史上，经济运行成本较低往往与物价稳定、经济繁荣相联系，而经济运行成本较高则与通货膨胀、经济低迷相联系。在逆全球化、贸易保护主义抬头的情况下，“一带一路”国际合作正在通过打造低成本经济带为世界未来提供新的选项。

（作者为中国人民大学重阳金融研究院院长助理）

《人民日报海外版》（2019 年 4 月 18 日第 02 版）

文化纽带　多边共享

王一彪

人类社会每一次跃进，人类文明每一次升华，无不伴随着文化的历史性进步。

5年前，习近平主席创造性地提出“一带一路”重大倡议，已得到越来越多国家的响应和认同。这正是因为“一带一路”倡议既顺应了各国加快发展的时代要求和人民愿望，又具有深厚的历史渊源和人文基础。5年来，“一带一路”框架下的人文交流与文明互鉴，不仅给“一带一路”建设带来了一抹亮色，也加深了“一带一路”沿线各国人民的沟通与友谊。

在历史的“回响”中汲取智慧。两个月前，全球首部“一带一路”纪录影片《共同命运》在威尼斯电影节亮相。在这部由中美英电影人共同创作的作品里，其中一个故事的主人公是西班牙的手工造纸传承人桑托斯，他退休之后专程来到中国学艺。他说，造纸术通过古丝绸之路传到欧洲，在他的家乡昆卡已传承400多年，现在他自己又在中国师傅那里学习，不但学到了技术，还收获了友谊。桑托斯的话生动地表明，“一带一路”是贸易之路、文化之路、友谊之路，是沿线国家共同的历史记忆。曾深入考证明代郑和历史的著名作家丹增也指出，郑和七下西洋，遍历亚非30余国，主要航线40余条，“从没有掠夺他人一分财富，从没有占领别国一寸土地，从没有伤害一个无辜百姓”，中国人的海上丝路畅通无阻，所到之处都受到当地民众发自内心的最高礼遇。这些浸透着厚重历史的故事、文字都说明，中国自古以来就珍爱和平、崇尚合作、寻求共赢。今天，在“一带一路”建设实践中，我们的商贸往来将比历史上更加频繁，我们的友好交流将比历史上更加便利，我们的文化创作也更应当自觉继承丝路精神的文化根脉，焕发出比历史上更灿烂的文化光彩。

在时代的“共鸣”中激发正声。和平与发展是时代的主题，当今世界人类命运越来越紧密地联系在一起。古今中外，富有远见的思想家、文学家、艺术家，无不为了和平与发展而思考、创作、歌咏和呼号。《战争与和平》《西线无战事》《永别了，武器》……在人类文明的历史长河中，和平与发展这人类的希望，“像是一颗永恒的星，乌云掩不住它的光芒”。经过对人类历史、当下与未来的深邃思考，习近平主席提出“人类命运共同体”理念，激发起国际社会有识之士的共鸣，并被写入联合国大会决议。正如潘基文先生所说：“人类命运共同体的理念鼓舞人心，能改善国际治理体系，让各国更好地应对目前面临的困难和挑战。”当今世界正迎来大发展大变革大调整时期，也有一些国家单边主义、保护主义老调重弹。究竟是合作共赢符合全球利益，还是“零和思维”代表世界潮流？各国文化界人士应自觉承担起正本清源、守正创新的文化使命，用精彩的创作、深入的交流，敲响凝神聚气的定音鼓，汇聚激浊扬清的正能量。

在世界的“合唱”中推动文化创新。前不久，人民日报海外版邀请“一带一路”沿线国家青年，共同录制了一部纪念“一带一路”5周年的音乐视频——《我想给世界修一条路》。的确，“一带一路”不仅仅是中国的，更是世界的；不仅仅是属于现在的，更是属于未来的。正如英国哲学家罗素所说：“参差多态，乃幸福之源。”我们的文化创作，就应该有这样的包容意识、多元格局、世界情怀。人们欣喜地看到，不仅仅在中国，在世界许多国家和地区，有关“一带一路”的文学作品、学术交流、图片展览、艺术表演和文化交流受到越来越多的欢迎。我们相信，只要始终坚持与时俱进、革故鼎新，坚持文明互鉴、文化共享，推出更多催人奋进、撼人心魄的多语种文化作品，组织更多创新多元、精彩纷呈的跨地域文化活动，“一带一路”建设的故事将更加真实可感，“人类命运共同体”的理念也将日益深入人心。

在反映民众“呼唤”中沟通民心。文化如同一条纽带，将不同国家、不同地域、不同民族、不同信仰的人紧密相连。民心相通，是“一带一路”建设的重要内涵，而文化正是促进民心相通的重要桥梁。一位正在北京大学念书的埃塞俄比亚女孩汉娜·格塔丘和同学们一起给习近平主席写过一封信，信中有关教育文化促进民心相通的愿望表达就很有代表性。信中这样写道——因为中国已成为数百万外国青年的家园，他们相互合作并与中国人民一道改变世界。在这样的环境下，无数类似的微观层面的交流将推进宏观层面的全球发展。通过互联互通，我们将实现“一带一路”的宏伟蓝图。通过人文交流，我们将挖掘“一带一路”的潜能，并在“一带一路”上结交到可贵的朋友。

（作者为本报评论员）

《人民日报海外版》（2018 年 10 月 31 日第 01 版）

“一带一路”春正浓

贾秀东

今年4月，中国将迎来第二届“一带一路”国际合作高峰论坛。两年前首届“一带一路”国际合作高峰论坛在北京成功召开，当时29个国家的领导人以及140多个国家和80多个国际组织的嘉宾与会，凸显“一带一路”广泛而积极的国际影响。截至2018年年底，首届“一带一路”国际合作高峰论坛269项成果已完成或转为常态化工作，10项正在推进，落实率达96.4%。目前，已有150多个国家和国际组织同中方签署了共建“一带一路”合作文件。习近平主席首倡的“一带一路”已经成为中国向世界提供的最大并且广受欢迎的国际公共产品，成为国际合作的重要平台，显示出旺盛的生命力和广阔的发展前景。

这首先是因为“一带一路”倡议契合时代主题，顺应时代潮流。发展是第一要务，这对中国是真理，对别的国家也是如此。“一带一路”倡议本质上是一个经济合作倡议，更是一个国际发展合作的框架。这一倡议最核心的理念是要通过基础设施和各领域互联互通，加强沿线国家经济合作，促进各国共同发展。基础设施和互联互通方面的短板，是“一带一路”沿线国家普遍面临的问题。“一带一路”倡议聚焦发展进程，契合各国发展需求。中国将会以基础设施等重大项目建设和产能合作为重点，继续解决好金融支撑、投资环境、风险管控、安全保障等关键问题，以高质量高标准高水平推动共建“一带一路”，更好造福各国人民。

“一带一路”倡议之所以被众多的国家接纳，一个重要因素在于这个倡议的突出特征，即互利共赢。作为新的国际发展合作平台，“一带一路”既着眼于中国的发展，推动中国走向世界，满足中国进一步改革开放的需要，又着眼于世界经济联动发展，将中国发展机遇同沿线各国分享，欢迎各方搭乘中国发展的“便车”“快车”。“一带一路”倡议具有包容性和灵活性，每个国家都可以从中找到符合本国发展需要，同中国甚至第三方实现合作共赢的项目。在“一带一路”建设中，中方始终坚持合作共赢原则，兼顾各方利益和关切，注重发展战略对接，寻求合作的最大公约数，充分发挥各方的优势和潜力。

“一带一路”倡议之所以在国际上能够聚起很旺的人气，更因为这是一个始终在阳光下运作的倡议。“一带一路”拥有自己的“黄金法则”：共商、共建、共享，合作各方是平等的，合作范围是开放的，合作成果是共享的。中国不打地缘政治博弈的小算盘，不把“一带一路”倡议当成地缘政治工具，不搞封闭排他的小圈子。中国不搞暗箱操作，从不强加于人，也从未施加任何所谓的“不可接受的条件”，而是坚持公开透明，平等协商。“一带一路”合作框架下的项目都符合国际法和国际关系基本准则，也符合国际通行的商业逻辑和运作模式。

任何新事物的发展都不会一帆风顺，但只要符合时代需要，就会充满生命力。自“一带一路”倡议提出并落地以来，国际社会经历了一个从好奇、疑惑到理解、支持的过程。时间和实践见证了“一带一路”的生命力，这种生命力不会因视而不见或暂时的羁绊而削弱。春天是生命力旺盛的季节，“一带一路”追求的正是百花齐放的大利，而不是一枝独秀的小利。我们相信，在“一带一路”倡议下会有更多的合作项目落地生根并开花结果，给世界增添“百花齐放春满园”的活力，为沿线各国经济社会发展注入强劲动力。

（作者为中国国际问题研究院特聘研究员）

《人民日报海外版》（2019 年 02 月 14 日第 01 版）

点亮未来世界发展的星空

罗来军

自习近平主席2013年提出共建“一带一路”倡议以来，已有150多个国家和国际组织同中方签署了共建“一带一路”合作文件，“一带一路”倡议及其遵循的构建人类命运共同体理念被写入联合国决议。5年多来，“一带一路”大合唱奏出了和谐共赢的交响乐。“一带一路”蕴含前所未有的机遇，为世界所期待。

为发达国家和发展中国家合作构架桥梁。发达国家和发展中国家在政治、经济、文化、历史、风俗等方面差异较大，二者之间的政治互信、经济融合、文化包容并不容易。“一带一路”沿线国家以发展中国家为主，但“一带一路”合作面向全世界，积极欢迎发达国家加入其中。正如白俄罗斯前副总理阿纳托利·托济克指出的那样：这一倡议着眼的不是欧亚大陆，而是整个地球。在风险和不确定性日益增强的国际格局中，“一带一路”已成为发达国家和发展中国家之间合作的重要桥梁，转分歧为互信，变隔阂为包容，化冲突为合作。

为发展中国家的转型发展提供机遇。英国剑桥大学资深研究员马丁·雅克指出：“一带一路”伟大倡议想要解决的是自1945年以来的全球核心问题——占世界人口85%的发展中国家的转型问题。“一带一路”沿线国家总体上仍处于工业化进程中，转型发展任务重。基础设施建设，贸易与投资便利化，摆脱贫困，推进平衡、包容、普惠、可持续发展等对解决落后地区的发展问题和转型问题具有巨大帮助。第七十二届联合国大会主席莱恰克讲得好：“一带一路”倡议不仅涉及发展中国家的项目融资、交通改善和南南合作，还有可持续发展目标和多边主义的承诺。

为全球经济增长提供新引擎。全球经济增长面临多重困难，一是遭遇全球投资下降、贸易增长放缓的世界经济周期背景；二是逆全球化、保护主义、单边主义、民粹主义思潮涌动；三是一些国家国内发展出现困难。“一带一路”生逢其时，成为全球经济发展驱动器。“一带一路”合作平台将亚洲、欧洲、非洲、美洲等的国家联通起来，通过投资和贸易便利化，以及国际产能和装备制造合作的加强，实现全球资本、科技、人才的更好去处，使得昔日的丝绸之路繁荣重新焕发。对于“一带一路”倡议为当今世界增加的确定性和希望，国际货币基金组织总裁拉加德指出：“一带一路”建设进入新时代，更意味着世界共同发展事业进入新时代。

为构建人类命运共同体搭建平台。千年以来，古丝绸之路上演了一个个文明交流互鉴、人类共同进步的故事。“丝绸之路也提醒着我们，孤立的文化无法兴旺发达，不同文明之间相互影响、相互滋养，越包容越强大。”联合国教科文组织前总干事博科娃如是说。“一带一路”倡议致力于各国及其人民之间建立信念、信任和信心，共同建设合作共赢、和谐共存、命运与共的人类命运共同体。“一带一路”框架下的项目流行着一句真诚的话：“让我们为了全世界人民的美好生活互相帮助！”

世界银行前行长金墉说：“‘一带一路’倡议根植于古代丝绸之路的历史土壤，点亮的是未来世界发展的星空。”

（作者为中国人民大学长江经济带研究院院长、中国方案研究院执行院长）

《人民日报海外版》（2019 年 02 月 15 日第 01 版）

望海楼：“一带一路”为何如此生机勃勃？

鄢一龙

3月22日，正在意大利进行国事访问的国家主席习近平在罗马同意大利总统马塔雷拉举行会谈，重点谈到“一带一路”等话题。

习近平主席说，双方要打造合作亮点，携手共建“一带一路”，加强发展战略对接和务实合作规划。马塔雷拉总统表示，意大利支持习近平主席倡导的共建“一带一路”倡议，相信这将有利于欧亚大陆互联互通和共同发展，使古老的丝绸之路在当代焕发新的活力。“一带一路”也是一条文化交流之路。这是意大利领导人欢迎共建“一带一路”倡议的最新表态。

“一带一路”建设推进5年多来，始终生机勃勃，成就举世瞩目，赢得国际社会普遍赞誉，朋友圈不断扩大。包括意大利在内，越来越多的西方发达国家对共建“一带一路”倡议表现出积极态度。

对新事物的认识需要一个过程，需要不戴有色眼镜。西方社会一些人热衷于用传统地缘政治思维来解读“一带一路”，认为是在推进地缘政治扩张。这是对“一带一路”倡议的误读。事实上，“一带一路”是一个给世界特别是相关国家带来新的发展机遇的伟大倡议。

从维度上看，“一带一路”从点、线、面、势等方面带动相关国家发展。点上集聚，通过产业布局、园区建设、港口建设等增强当地经济发展的集聚效应。线上畅通，推进大规模的基础设施建设，推进铁路、公路、水路、空路、管路、信息高速路的互联互通，缩短不同发展节点的经济距离。面上联通，通过政策沟通、资金融通、贸易畅通，降低跨国经济活动的成本，促进货物流、人员流、信息流、资金流跨境流动。型上成势，将散落的“珍珠”串联起来，形成共同发展之势，横跨欧亚的六大经济走廊构成“一带一路”的骨架。

从发展模式上看，“一带一路”是新型的共同发展模式，从不均衡的经济全球化转向更均衡的经济全球化。“一带一路”倡议实施以来，一大批重大合作项目落地生根，弥补了发展中国家的关键投资缺口，推动了经济增长，是雪中送炭，而不是所谓的“债务陷阱”。通过帮助相关国家建设基础设施、发展产业、开展技术培训等，提升了所在国的内生发展能力；通过完善全球产业链、供应链，使得相关国家能够更好地参与全球分工。

从合作方式上看，“一带一路”是新型国际协作模式，从战略竞争到战略协作。“一带一路”倡议与多个国家实现了战略对接，例如俄罗斯等国的“欧亚经济联盟”、欧盟的“容克计划”、印尼的“全球海洋支点”构想等。“一带一路”与这些国家的倡议不但没有形成冲突，反而构成了互补，为这些国家实现其倡议注入了新动力。

从交往模式上看，“一带一路”是新型国际交往模式，从不平等的政治秩序转向平等的政治秩序，提供中国方案而不输出中国模式。“一带一路”倡议虽由中国提出，但由各国共商共建共享。结伴而不结盟，不断做大朋友圈，不搞排他小圈子。

从务实行动上看，“一带一路”是新的实践，也体现了新的地缘发展思维。传统地缘政治思维是国强而必霸，相互拆台，彼此“争夺蛋糕”，制人而不制于人，酿成了20世纪的两次世界大战。新的地缘发展思维则是国强而好仁，相互搭台补台，共同“做大蛋糕”，利人而后利己，必将推动21世纪的全球繁荣。

“一带一路”是人类在21世纪初提出的最宏伟的地缘发展倡议，是构建人类命运共同体的生动实践，是崛起的中国送给世界的最好礼物，也是最大的中国机遇。如果看不到这些，就难免错失时代机遇。

（作者为清华大学公共管理学院副教授、清华大学国情研究院副院长）

《人民日报海外版》（2019年03月23日第02版）

欧洲缘何对“一带一路”热情渐高?

贾晋京

继习近平主席3月下旬对意大利、摩纳哥和法国成功进行国事访问之后，4月8日至12日，李克强总理将赴欧举行第二十一次中国—欧盟领导人会晤、第八次中国—中东欧国家领导人会晤并正式访问克罗地亚。习近平主席和李克强总理今年首次出访均选择了欧洲，体现了中国外交对欧洲方向的高度重视。

习近平主席访欧期间，意大利成为首个签署“一带一路”谅解备忘录的七国集团(G7)成员，法国总统马克龙则表示主张加强欧盟互联互通战略同“一带一路”倡议对接。第二届“一带一路”国际合作高峰论坛前夕，亚欧大陆的西端正以前所未有的热情面向东方，面向“一带一路”。

当今世界正处于百年未有之大变局，对欧洲来说，大变局来得同样猛烈。当下，欧洲正在面临三方面巨大重组：

一是“跨大西洋关系”重组。“二战”后“北约”框架下的“跨大西洋联盟”续存已超过70年，该区域的经济总量一度占全球70%以上，如今已下滑至约40%。随着近两年美国转向贸易保护主义，在汽车、钢铁等多个重要领域频频向欧盟发难，“跨大西洋”经贸关系走向不明，甚至在军事上和货币上，欧盟也开始探索自主化方案。

二是欧盟体系重组。英国“脱欧”带来的后果之一是将使伦敦这个欧洲—美国之间的美元流通枢纽离开欧盟，欧洲的金融运行体系面临调整。当前，欧洲一体化进程的蓝图来自2011年12月的《欧元区元首声明》，该声明把欧元区“分三步”走向财政一体化作为“宪法级”要求，并在发表后得到强力贯彻。英国“脱欧”之后，欧盟将面临体系重组。

三是世界经济格局重组。国际货币基金组织（IMF）的“官方外汇储备币种构成”数据显示，截至2018年四季度末，全球官方外汇储备中美元占比为61.69%，欧元为20.69%，人民币为1.89%。相比10年前的“旧常态”，美元从67%左右的水平降至约62%，欧元从26%左右的水平降至约21%，而人民币则是从无到有、占比超过澳元的1.62%和加元的1.84%。人民币占比的增长，说明世界上有大量资产正在转为人民币计价，这背后是国际投资者对未来的预期。在此背景下，越来越多欧洲国家选择参与“一带一路”。

在此之前，中东欧国家几乎同步作出了面向“一带一路”的选择。2012年4月，中国—中东欧国家“16+1合作”正式启动，2017年，中东欧16国全部纳入“一带一路”倡议框架中，“16+1合作”已走向“成熟期”。

历史上，意大利是海上丝绸之路的西端，马可·波罗、利玛窦等文明交流先驱书写了中西交流史辉煌篇章。包括法国、克罗地亚在内的地中海地区，都有着深厚的丝绸之路交往史。当今整个欧洲重新开始面向东方，既是人类文明史的延续，也是世界发展大势的必然。

当今，中欧贸易规模持续扩大、双向投资稳定增长、经贸合作领域不断拓宽，正在为世界历史新方位中的共同未来打下深远基础。

（作者为中国人民大学重阳金融研究院院长助理）

《人民日报海外版》（2019年04月08日第01版）

“汉娜们”觉得中国对非洲是真好

杨俊峰

8月28日，习近平主席给参加“一带一路”青年创意与遗产论坛的青年代表回信。在信中，习主席说，中非青年是中非友好的未来。

给习主席写信的这位非洲女孩叫汉娜·格塔丘，是一位埃塞俄比亚姑娘。今年5月，我在第二届“一带一路”青年创意与遗产论坛上认识了她。那个时候，汉娜提议参会的几十个国家青年代表一起，给中国领袖写信。这些青年认真地思考，向习近平主席汇报了自己参加论坛的感悟，并就“一带一路”建设、中非合作、中非青年交流等提出了看法和建议。

2017年，首届“一带一路”青年创意与遗产论坛举行。在对该论坛的追踪报道中，我和许多外国青年代表成了朋友。他们还有他们国家对中国发自内心的友好，给我留下了深刻印象。

这其中，有他们对中国的礼敬和尊重。汉娜说，她喜欢山清水秀的中国，喜欢生活便利的中国，喜欢文化博大精深的中国，喜欢一个坦诚负责的中国。她在写给习主席的信中说，当中国人和非洲人做生意的时候，他们平等地谈判，他们愿意承担各自责任，珍惜彼此的贸易伙伴关系，他们追求双赢。她最大的心愿，是把中国的成功经验带回祖国。在她眼中，中国不仅真诚友好，还代表着未来和希望。

这其中，有一个大洲对中国的信任和期待。在“一带一路”青年创意与遗产论坛上，有位非洲代表曾这样跟我说：“当埃博拉病毒肆虐非洲时，中国站出来帮助我们；当我们深受战争困扰时，中国站出来支持我们；当我们遭遇泥石流、罹难者无数时，中国伸出手来援助我们。”他最后说，中国是在非洲认真做实事的国家。公道自在人心。这不仅是一位非洲代表的想法，也是在非洲大陆上生活的千千万万人的共同心声。

这其中，还有一个倡议给世界带来的辉煌前景。在首届“一带一路”青年创意与遗产论坛上，叙利亚代表海思安告诉我一句有名的谚语：“去求知吧，哪怕远在中国。”今年是“一带一路”倡议提出5周年。5年时间，“一带一路”在世界上赢得了广泛赞誉。这5年，中国同数十个国家开展合作，互利共赢理念远播全球；这5年，中国与各国联合兴建交通设施，非洲人坐上便捷干净的火车，中老铁路全线开工，印尼雅万高铁加紧推进，中泰铁路蓄势待发；这5年，中国同“一带一路”相关国家的货物贸易额累计超过5万亿美元，对外直接投资超过600亿美元，为当地创造20多万个就业岗位，中国对外投资成为拉动全球对外直接投资增长的重要引擎……在此过程中，人类命运共同体理念深入人心。

国之交在于民相亲，民相亲在于心相通。青年是民心相通的关键。青年是朝阳，是各个国家和民族未来的希望。青年还是种子，未来会成长为参天大树，成为沟通人类文明的使者。要让中国与各国友谊地久天长，首先应该赢得各国青年的心。青年之间的交流就像播种，在友谊的田野上，我们总能收获新的希望。

念念不忘，必有回响。或许正因如此，“完全没有想到习主席会回信”的汉娜，收到了习主席的问候。

（作者为本报编辑）

《人民日报海外版》（2018年08月31日第01版）

“一带一路”在中日交往中升温

苏晓晖

第二届“一带一路”国际合作高峰论坛即将在北京举行。近期，不少国家对“一带一路”的关注和参与不断升温。4月14日，在第五次中日经济高层对话上，日方表示将派遣高级别代表团来华参加中国举办的第二届“一带一路”国际合作高峰论坛，致力于拓展相关合作。

日本对“一带一路”的立场，是中日关系的重要风向标。可喜的是，日本对“一带一路”的态度，从最初的严重质疑和顾虑转为当前的相对客观积极。2017年5月，日本自民党干事长二阶俊博率团出席首届“一带一路”国际合作高峰论坛时表示，期待“一带一路”倡议获得更大发展。此后，日本首相安倍晋三多次表示，“期待‘一带一路’为地区和世界的繁荣、稳定做出积极贡献”。2018年5月李克强总理访日期间，双方同意设立“一带一路”官民协议会。2018年10月，安倍访华期间提出，“一带一路”是具有潜力的构想，日方愿同中方在广泛领域加强合作，包括共同开拓第三方市场。

“一带一路”在中日交往中升温，日本企业已经尝到了“一带一路”的“甜头”。互联互通带来的便利让越来越多的日企主动“携手”中欧班列。中欧班列给日企带来的效率提升有目共睹——海陆联运从日本东京港到德国杜伊斯堡，运输周期由之前的40天缩短至28天；从横滨到杜伊斯堡只需22天，较传统海运时间节省约15天。

“一带一路”在中日交往中升温，两国共建“一带一路”找到重要切入点——第三方市场合作。西方媒体曾多番炒作，中日围绕泰国等东南亚国家的基础设施项目展开激烈竞争。事实上，中日两国企业在泰国东部经济走廊（EEC）项目合作上已经取得了进展。对于中日来说，深化第三方市场合作，能有效结合彼此优势，取长补短、分工协作，避免恶性竞争。2018 年安倍访华期间，首届中日第三方市场合作论坛是重要配套活动之一。

“一带一路”在中日交往中升温，得益于两国关系持续改善发展。近年来，中日关系转暖。今年是新中国成立 70 周年，日本也即将进入“令和时代”，两国关系站在新的历史起点，面临向更高阶段发展的历史机遇。面对百年未有之大变局，中日两国加强协调合作的重要性和必要性不断增强。作为世界两大重要经济体，中日共建“一带一路”将巩固两国维护多边主义和自由贸易体制的共识，有效推进经济全球化和区域一体化，服务构建开放型世界经济。与此同时，共建“一带一路”，推动中日务实合作提质升级，做大共同利益“蛋糕”，利于保障两国关系始终在正确轨道上运行。

可以预见，共建“一带一路”必将惠及中日，造福世界。

（作者为中国国际问题研究院国际战略研究所副所长）

《人民日报海外版》（2019 年 04 月 16 日第 01 版）

看丝路向拉美延伸

易　凡

应中国国家主席习近平邀请，智利总统皮涅拉将于4月24日至28日对中国进行国事访问并出席第二届“一带一路”国际合作高峰论坛。智利是最早与中国签署共建“一带一路”合作谅解备忘录的拉美国家之一。

拉美是海上丝绸之路的自然延伸，该地区的积极参与使“一带一路”合作版图更加完整。位于南美大陆太平洋彼岸的智利，无疑为此增添了一抹引人注目的亮色。两年前的5月，作为拉美地区重要代表，时任智利总统巴切莱特即出席首届“一带一路”国际合作高峰论坛，并表示这一倡议不仅可以帮助各国之间实现互联互通，也有助于推动建立公平、包容、和平的世界。

在“一带一路”向拉美延伸的重要节点，总能看到智利敢为人先的积极身影。智利积极呼应“丝路”精神，在政策沟通、设施联通、贸易畅通、资金融通和民心相通等方面走在前列，也在与中国的合作中不断受益。2018年1月，中拉论坛第二届部长级会议在智利首都圣地亚哥举行。与会国一致通过《关于“一带一路”倡议的特别声明》，向世界发出中拉共建“一带一路”的明确信号。目前，就共建“一带一路”，乌拉圭、巴拿马、多米尼加等拉美国家也纷纷与中国签署合作谅解备忘录。

近年来，中智务实合作不断提质升级。中国已多年保持智利全球第一大贸易伙伴、第一大出口目的地和第一大进口来源国的地位。智利也是第一个与中国完成自贸协定升级的拉美国家，这也成为迄今为止我国对外签署的货物贸易开放水平最高的自贸协定。同时，两国贸易结构不断优化，更多元的智利产品出口中国。智利的葡萄酒、车厘子、三文鱼等受到越来越多中国消费者的青睐。不久前，数百辆中国产的电动大巴运抵圣地亚哥。中国制造的高质量、舒适性和环保优势得到智利政府和民众的一致好评。

中智合作基础扎实，成果丰硕，造福双方人民。展望未来，共建“一带一路”依然大有可为。

政治引领是保障。去年 11 月，习近平主席和智利总统皮涅拉在 APEC 期间会晤时均表示要继续推动共建“一带一路”合作，确定重点项目和领域，争取早期收获。这一政治共识为双方下一步合作奠定了坚实基础。

经贸新政添助力。去年以来，中国政府宣布了一系列进一步深化改革和扩大开放的举措。智利政府则提出了“2018—2022 能源之路”等倡议，并表示将努力推动包括中智海底光缆项目在内的基础设施领域合作。随着 3 月 1 日两国间升级版自贸协定正式实施，双边贸易中的零关税产品占比提升至 98%，中智贸易潜力得到进一步释放，务实合作将迎来新一轮蓬勃发展。

再搭平台唱大戏。4 月 25 日至 27 日，中国将举办第二届“一带一路”国际合作高峰论坛。此次论坛将为国际合作共建“一带一路”搭建重要平台，相信智利必将以更加积极的姿态投身这一合作大潮，在共建“一带一路”倡议向拉美延伸的过程中发挥重要作用，利用其作为拉美“太平洋联盟”创始成员国的独特优势，助推“一带一路”倡议更好对接地区发展需求。

共建“一带一路”，中拉大有可为，中智大有可为。

（作者为国际问题观察员）

《人民日报海外版》（2019 年 04 月 22 日 第 01 版）

欢迎各国人民搭乘中国发展的『快车』『便车』

中国发展自己，也造福世界

苏晓晖

2018年是中国改革开放40周年。中国的发展成就是在开放条件下取得的，未来经济高质量发展也是以开放为基础和前提的。

6月28日，国务院新闻办公室发表《中国与世界贸易组织》白皮书，全面介绍中国履行加入世贸组织承诺的实践，阐释中国参与多边贸易体制建设的原则立场和政策主张，阐明中国推进更高水平对外开放的愿景与行动，展现对外开放的决心。

这是中国就这一问题首次发表白皮书。

站在新时代的历史起点上，中国开放的大门只会越开越大。党的十九大报告明确指出，中国坚持对外开放的基本国策，坚持打开国门搞建设。今年4月，习近平主席在博鳌亚洲论坛2018年年会开幕式上发表主旨演讲，阐释中国扩大对外开放的政策走向和重大举措，包括大幅度放宽市场准入，创造更有吸引力的投资环境，加强知识产权保护，主动扩大进口。今年11月，中国将举办首届中国国际进口博览会，作为中方主动开放市场的重大政策宣示和行动。今年也是中国特色自由贸易港建设起步之年。

维护世界多边贸易体制信心十足。中国将以世贸组织为核心的多边贸易体制视为国际贸易的基石和推动全球贸易发展、建设开放型世界经济的中流砥柱。当今世界，经济全球化是不可逆转的时代潮流。贸易保护主义是饮鸩止渴，贸易战行为对全世界自由贸易、多边贸易体制和全球产业链都极具破坏性，是过时的、落伍的、低效的。中国以实际行动支持多边贸易体制。今年6月举行的上合峰会发表《青岛宣言》，强调世界贸易组织是讨论国际贸易议题、制定多边贸易规则的重要平台，支持共同构建开放型世界经济，不断巩固开放、包容、透明、非歧视、以规则为基础的多边贸易体制，维护世贸组织规则的权威性和有效性，反对国际贸易关系的碎片化和任何形式的贸易保护主义。

为世界经济增长继续做出贡献。中国加入世贸组织，既发展自己，也造福世界，为世界经济注入动力和活力。中国主动提供公共产品，通过积极推动共建“一带一路”分享机会和利益。作为世贸组织成员，中国坚决反对个别主要发达成员单边、短视、以自身利益为优先的贸易政策，而是致力于推动全球经济治理朝着平等公正、合作共赢的方向发展。

当前，经济全球化遭遇逆流，世贸组织和多边贸易体制面临挑战。在此背景下，中国发布白皮书，宣示开放合作共赢理念，再次为引领世界经济发展发挥负责任大国担当。

（作者为中国国际问题研究院国际战略研究所副所长）

《人民日报海外版》（2018年06月29日第01版）

入世十七年　中国贡献大

任　重

6月28日，国务院新闻办公室发表《中国与世界贸易组织》白皮书。中国向世人再一次宣示自己对外开放的决心。

2001年中国加入世界贸易组织，是中国深度参与经济全球化的里程碑，标志着中国改革开放进入历史新阶段。中国加入世贸组织既发展了自己，也造福了世界。加入世贸组织17年来，中国对世界做出重要贡献。这体现在多个方面。

首先，中国拉动世界经济复苏和增长。加入世贸组织后，中国改革开放和经济发展进入加速期，中国的发展有力促进了世界经济发展。数据最有说服力，2016年，按照汇率法计算，中国国内生产总值占世界的比重达到14.8%，较2001年提高10.7个百分点。自2002年以来，中国对世界经济增长的平均贡献率接近30%，是拉动世界经济复苏和增长的重要引擎。

其次，中国对外贸易发展惠及全球。面对国际金融危机等前所未有的困难和挑战，中国采取有效措施积极应对，努力促进对外贸易回稳向好。世贸组织数据显示，2017年，中国在全球货物贸易进口和出口总额中所占比重分别达到10.2%和12.8%，是120多个国家和地区的主要贸易伙伴。2001—2017年，中国服务贸易进口从393亿美元增至4676亿美元，年均增长16.7%，占全球服务贸易进口总额的比重接近10%。

再次，双向投资造福世界各国。中国积极吸引外国机构和个人来华投资兴业，外商直接投资规模从1992年起连续26年居发展中国家首位。加入世贸组织后，外商直接投资规模从2001年的468.8亿美元增加到2017年的1363.2亿美元，年均增长6.9%。外商投资企业在提升中国经济增长质量和效益的同时，分享中国经济发展红利。中国对外投资合作持续健康规范发展，对外直接投资年度流量全球排名从加入世贸组织之初的第26位上升至2017年的第3位。中国对外投资合作加快了东道国当地技术进步步伐，促进其经济发展和民生改善，创造了大量就业机会。

最后，中国为全球提供公共产品。面对世界经济发展困境，中国提出共建“一带一路”倡议。“一带一路”倡议源于中国，但机会和成果属于世界，对于促进各个国家和地区之间深化合作和共同发展，维护和发展开放型世界经济，推动开放、包容、普惠、平衡、共赢的经济全球化，推动构建人类命运共同体发挥着重要作用。此外，中国国际进口博览会是中国发起的、多个国际组织和100多个国家参与的国际博览会，是推动全球包容互惠发展的国际公共产品。首届中国国际进口博览会将于2018年11月举行。未来15年，中国预计将进口24万亿美元商品。中国国际进口博览会将为各国出口提供新机遇，为各国共享中国发展红利搭建新平台，为世界经济增长注入新动力。

事实证明，中国坚定不移奉行互利共赢的对外开放战略，遵循世贸组织自由贸易理念，在对外开放中展现大国担当。从加入世贸组织到共建“一带一路”，中国开放胸襟、拥抱世界，为促进世界经济贸易发展、增加全球民众福祉做出了重大贡献，成为世界经济的主要稳定器和动力源。

（作者为国际问题观察员）

《人民日报海外版》（2018年07月04日第01版）

非凡四十年　中国贡献多

张　红

日前，习近平主席在金砖国家工商论坛上的讲话中谈道：“今年是中国改革开放40周年。艰难困苦，玉汝于成。40年来，中国走过了不平凡的历程，成功开辟了中国特色社会主义道路。中国人民立足国情，放眼世界，既从悠久的中华文明中汲取智慧，又博采东西方各国之长，不断走向世界、融入世界，在实现自身发展的同时，为人类和平与发展的崇高事业做出了重要贡献。”

历史，总是在一些特殊年份给人们以汲取智慧、继续前行的力量。2018年，注定成为一个将被载入史册的年份。这一年，深受困扰的世界一起把目光转向了世界的东方。这一年，改变中国也影响世界的中国改革开放，迎来了40周年。

40年上下求索，40年披荆斩棘。中国人民享受到了满满的暖暖的获得感。生活从短缺走向充裕、从贫困走向小康，现行联合国标准下的7亿多贫困人口成功脱贫。中国人民用40年的实践告诉世界：发展的潜力要通过改革来释放，进步的动力要通过开放来提升。

40年砥砺奋进，40年锐意进取。中华民族看到了真真切切的伟大复兴中国梦。中国已经成为世界第二大经济体、第一大工业国、第一大货物贸易国、第一大外汇储备国。近代以来久经磨难的中华民族，实现了从站起来、富起来到强起来的历史性飞跃。中国人民用40年的实践告诉世界：中国特色社会主义具有空前强大的生命力，中华民族复兴将带给世界更多惊喜。

40年敞开胸襟，40年拥抱世界。越来越多国家认可了长长宽宽的人类进步路。从封闭半封闭到全方位开放，从“引进来”到“走出去”，从加入世界贸易组织到倡议建设“一带一路”，中国连续多年对世界经济增长贡献率超过30%，成为世界经济增长的主要稳定器和动力源。在逆全球化的迷雾中，中国坚定维护多边贸易规则和自主扩大开放的承诺，成为世界经济的“定心丸”。中国用40年的实践告诉世界：中国愿将自身发展同世界共同发展融为一体，构建人类命运共同体，实现共赢共享。

历史是勇敢者创造的。40年前，中国虽心怀忐忑，却毅然决然跳入世界市场的汪洋大海中。呛过水，遇到过旋涡，经历过风浪，但在游泳中学会了游泳。曾经，中国只能站在现行全球治理体系的门口，鼓足勇气轻敲大门；如今，中国展现大国担当，成为国际秩序的坚定捍卫者。

幸福是奋斗出来的。人类社会虽已走过万水千山，仍需不断跋山涉水。今年是中国改革开放40周年，中方在这个具有历史性意义的年份推进新一轮改革开放，宣布并开始实施了一系列开放举措，未来还将向中国人民和世界交出全面深化改革、扩大开放的更好成绩单。

大道之行，天下为公。为人民谋幸福，为民族谋复兴，为世界谋大同——新时代，中国再出发，将继续以宽广的胸怀、勇敢的担当，不断为人类进步贡献中国智慧、中国方案和中国力量。

（作者为本报主任编辑）

《人民日报海外版》（2018年07月31日第01版）

未来十年　中国为世界提供更大机遇

华益文

10年有多长？在人类历史长河中，这只是弹指一挥间。但在过去10年，世人目睹中国成为世界第二大经济体、第一制造业大国、第一贸易大国。

当今世界正面临百年未有之大变局，今后10年会发生什么？习近平主席在日前举行的金砖国家工商论坛上发表重要讲话指出，未来10年，将是世界经济新旧动能转换的关键10年，是国际格局和力量对比加速演变的10年，是全球治理体系深刻重塑的10年。

这一重要论断是对未来世界发展变化及其趋势的把脉。对于包括中国在内的广大新兴市场国家和发展中国家而言，这个世界既充满机遇，也存在挑战。这一时期更是最终决定中国国家命运和中国人民长远命运的关键时段。

审时谋势、鉴往知来。抓住未来10年，中国需要重点做好几件事。

第一，矢志推进改革开放。改革开放是决定当代中国命运的关键一招，是推动当代中国发展的活力之源，是实现中华民族伟大复兴的必由之路，是未来应对复杂国际局势演变的定海神针。改革开放不仅深刻改变中国，也深刻影响世界，更是促进中国与世界良性互动的最大因素。面对前行路上的诸多困难和挑战，面对发展中的深层次矛盾和问题，面对外界对中国崛起的猜疑甚至牵制，中国仍需要凭借一股子闯劲、韧劲、拼劲，全面深化改革，继续大开放。

第二，牢牢掌握发展“命门”。科技是第一生产力。从某种意义上说，科技实力决定着世界政治经济力量对比的变化，也决定着各国各民族的前途命运。实际上，人类历史上每一次工业革命，每一波全球化浪潮，说到底都是以科技革命作为先导和基础的。习近平指出，人工智能、大数据、量子信息、生物技术等新一轮科技革命和产业变革正在积聚力量，催生大量新产业、新业态、新模式，给全球发展和人类生产生活带来翻天覆地的变化。要实现建成社会主义现代化强国的伟大目标，实现中华民族伟大复兴的中国梦，实现在战略竞争中处于不败之地、不被讹诈要挟，必须具有强大的科技实力和创新能力。与此同时，创新不能关起门来创新，要聚四海之气、借八方之力，在开放中创新。

第三，搞好对外战略统筹。中国处于近代以来最好的发展时期，世界处于百年未有之大变局，两者同步交织、相互激荡。这一时期，中国正处于“成长中的烦恼”。从国内讲，人民对美好生活的需要日益增长，但发展还不平衡不充分；从国际讲，中国综合国力和对外影响力、塑造力及感召力日益提升，但外部对我战略疑虑、防范和牵制也在同步增加。中国成为推动多极化和全球化的积极力量，但地缘政治博弈日趋复杂，大国竞争上升、协调难度加大，国际规则之争加剧，世界上“反全球化”、民粹主义、孤立主义、保护主义此起彼伏，全球治理呈现无序与碎片化倾向。鉴于此，中国要适应自己角色的变化，既要满怀战略自信，又要坚持战略谨慎，还要有战略耐心，既不缩手缩脚，也不战略冒进。

未来如何，取决于今天的选择。有理由相信，未来10年，中国的发展将会上一个大台阶，同时也会为世界的发展提供更大的机遇，中国与世界的良性互动将开启一个新的局面。

（作者为国际问题专家）

《人民日报海外版》（2018年08月01日第01版）

中国扶贫　世界可鉴

正　楷

《习近平扶贫论述摘编》一书，近日由中央文献出版社出版，在全国发行。党的十八大以来，习近平总书记站在全面建成小康社会、实现中华民族伟大复兴中国梦的战略高度，把脱贫攻坚摆到治国理政突出位置，提出一系列新思想新观点，作出一系列新决策新部署，推动中国减贫事业取得巨大成就，对世界减贫进程做出了重大贡献。

中国的减贫经验可以为其他发展中国家提供有益借鉴。

今年6月2日下午，老挝人民革命党中央总书记、国家主席本扬率老挝党政高层代表团，赶赴中国湖南湘西花垣县十八洞村。他此行的目的是，重走习近平总书记5年前走过的路线。

5年前的深秋，习近平在十八洞村首次提出“精准扶贫”思想。5年后的初夏，本扬在十八洞村，目睹了中国贫困偏远地区的扶贫成效，“我们要认真学习借鉴中方‘精准扶贫’的做法和经验，争取到2020年摆脱国家欠发达状态”。

从一个生产大队的党支部书记，到一个泱泱大国的最高领导人，习近平有着深厚扶贫情结，始终牵挂着贫困群众，关心和思考着扶贫工作。用他自己的话说：“40多年来，我先后在中国县、市、省、中央工作，扶贫始终是我工作的一个重要内容，我花的精力最多。”目前，他已走遍全国14个集中连片特困地区。

习近平的扶贫情结，是中国扶贫事业的缩影。“善为国者，遇民如父母之爱子，兄之爱弟，闻其饥寒为之哀，见其劳苦为之悲。”新中国成立前，中国共产党领导广大农民“打土豪、分田地”。现在，领导广大农民“脱贫困、奔小康”。改革开放以来，中国7亿多人口脱贫，当之无愧是世界上减贫人口最多的国家，也是世界上率先完成联合国千年发展目标的国家。

这个成就，足以载入人类社会发展史册，也足以向世界证明中国共产党领导和中国特色社会主义制度的优越性。中共十八大以来，截至2017年年末，全国农村贫困人口从2012年年末的9899万人减少至3046万人，累计减少6853万人（这一数字超过法国人口总量），减贫幅度达到70%。年均脱贫人数1370万人，是1994年至2010年间年均减贫人数的两倍多。世界银行行长金墉说，中国扶贫开发经验值得其他中等收入国家借鉴。

反贫困是古今中外治国理政的一件大事。中国不只“为人民谋幸福，为民族谋复兴”，也“为世界谋大同”。中国在致力于自身消除贫困的同时，始终积极开展南南合作，力所能及向其他发展中国家提供不附加任何政治条件的援助，支持和帮助广大发展中国家特别是最不发达国家消除贫困。

“到2020年现行标准下农村贫困人口全部脱贫、贫困县全部摘帽，是我们党立下的军令状。”习近平代表中国共产党立下庄严政治承诺。

中国扶贫开发工作已进入啃硬骨头、攻城拔寨的冲刺期。中国特色社会主义制度具有集中力量办大事的优越性，能够确保到2020年我国现行标准下农村贫困人口实现脱贫，贫困县全部摘帽，解决区域性整体贫困，做到脱真贫、真脱贫。作为世界第一大政党，中国共产党言出必行。

（作者为本报编辑）

《人民日报海外版》（2018年08月16日第01版）

中国搭台　世界合唱

邱海峰

目标，上海！

这段时间，一艘艘满载着优质商品的船舶，正从世界各地加速向上海驶来，驶向首届中国国际进口博览会。

作为全球第一个以进口为主题的国家级展会，中国国际进口博览会是国际贸易发展史上的一大创举，在世界经贸领域绝无仅有。

创新，新在展会主题专注于进口。展会吸引了超过2800家企业参展，全部来自境外。超过15万人的采购商，则有相当大比例是中国国内企业。二者将在进口博览会这一平台上实现有效对接。举办如此不一般的盛会，突出展现了中国主动向世界开放市场、欢迎各国参与和分享中国发展新机遇的姿态，不仅有利于中国经济高质量发展，也将为全球经济发展提供支撑。

创新，新在集合了全世界的好东西。在首届进口博览会上，国际最尖端、最前沿、最具代表性的产品及服务趋势将集中亮相，这既有利于改善供给结构，给中国企业引进先进技术、重要设备提供机会，也将能引导企业走创新驱动发展之路。中国的消费者也在期待着“买买买”，更方便快捷地挑选到质优、价低、多样的进口产品，满足更加美好生活需要。

创新，新在搭建了通向中国市场的高速路。中国有近14亿人口的大市场、世界上最大规模的中等收入群体，消费升级的态势越发明显，预计未来15年将进口24万亿美元商品。如何进入这一巨大的市场？进口博览会为各国企业探索进入中国市场、展现自己优势产业优质产品提供了良机。正因如此，来自世界各地的企业才争先恐后、纷纷组团奔赴上海之约，力争呈现最好的那个自己。

开放的中国，欢迎全世界搭乘中国发展“快车”，共享中国机遇。围绕进口博览会，中国有关部门已在主要口岸设置专门礼遇通道，简化参展手续，支持保税展示交易，免除非洲最不发达国家参展费用等。同时，中国还持续下调汽车、部分日用消费品等进口关税。这些实实在在的措施为参展企业进入中国市场、分享中国发展新机遇带来了巨大便利。

对全球经贸而言，进口博览会给世界各国吃下了“定心丸”。当前，贸易保护主义、单边主义抬头，经济全球化遭遇挫折，美国在全球范围内挑起贸易摩擦，这给世界经济发展带来了诸多不确定性和威胁。在这样的背景下，首届进口博览会的举办，充分表明了中国反对贸易保护主义的一贯立场，向全世界展现了中国坚定不移扩大开放的决心和信心；为各国扩大对华出口提供了契机，也为各国彼此之间开展国际贸易、分享合作商机搭建了平台，有利于推动全球范围内进出口贸易，特别是新兴经济体和发展中国家之间贸易的增长。

进口博览会不是中国的独唱，而是各个国家的大合唱。精彩即将绽放，让我们共同期待！

（作者为本报评论员）

《人民日报海外版》（2018 年 10 月 10 日第 01 版）

推动开放合作　实现共同发展

叶辅靖

中国国际进口博览会是迄今为止世界上第一个以进口为主题的国家级展会，是国际贸易发展史上一大创举。在11月5日首届中国国际进口博览会开幕式上，国家主席习近平发表题为“共建创新包容的开放型世界经济”的主旨演讲指出，面对世界经济格局的深刻变化，各国都应该拿出更大勇气，积极推动开放合作，实现共同发展。

经济全球化是不可逆转的历史大势。经济全球化符合生产力发展的客观规律，符合多数国家的根本利益，符合人类开放融合的历史方向，是不可逆转的大趋势大潮流。然而，经济全球化不会一帆风顺，而是在曲折中发展、呈螺旋式上升，在一些时期可能出现反复甚至倒退。当前，世界经济仍未走出弱增长的调整期，新旧动能尚未有效转换，不确定性不稳定性因素依然很多，下行风险明显加大，经济全球化面临复杂严峻的国际环境。特别是全球发展失衡加剧，保护主义和单边主义抬头，开放与保护、多边主义与单边主义激烈较量，国际经贸规则深刻调整趋势已现，传统经济全球化遭遇平台期和瓶颈期，速度可能放缓，动力可能调整，规则可能改变，亟须在理念、模式和合作机制等方面推进创新，朝着更加开放、包容、普惠、平衡、共赢的方向健康发展。

世界经济发展要求深化开放合作。“冷战”结束以来，随着信息技术革命飞速发展和多边经贸体制形成，各国联系日益紧密，形成了“你中有我，我中有你”的格局，有力推动了世界经济繁荣发展。当前，全球经济面临发展动能不足、普惠程度不够等问题，根本原因在于传统的跨国公司主导的经济全球化模式已经不适应全球化深入发展的需要。当今世界正在经历新一轮大发展大变革大调整。各国既应坚持创新合作，共享先进创新成果，共同推动新一轮科技革命和产业变革，有效提升全球经济发展质量；更应在不断提升自身开放水平基础上，旗帜鲜明地反对保护主义和单边主义，共同加强宏观经济政策特别是“边境后”政策协调，加快构建更加公正、合理、透明的国际经贸规则体系，为世界各国公平分享发展成果创造制度保障。

中国更高水平开放为世界发展和人类进步创造时代机遇。当前，中国已经深度参与全球经济分工合作，既是全球知名的“世界工厂”，更是全球最具潜力的巨大市场，还是全球创新合作的重要参与方。中国进一步推动更高水平开放，将自身的市场潜力优势、产业集群优势和集成创新能力优势有效融入世界经济的发展大格局，积极推动高端生产要素在全球范围内优化配置和自由流动，将有效促进全球经济向着更高层次的供求平衡跃升，为全球经济强劲、可持续、平衡和包容增长注入中长期动力。中国在继续坚定维护多边贸易体制的同时，支持对WTO进行必要改革，坚持以“一带一路”建设为重点，推动国际合作模式创新，推动全球经济治理体系向着更加公正合理、包容普惠的方向发展，将为构建人类命运共同体做出更大贡献，使各国人民更好地共享经济全球化和世界经济发展成果。

（作者为国家发展改革委对外经济研究所所长、研究员）

《人民日报海外版》（2018年11月16日第02版）

中国经济是一片大海

贾晋京

首届中国国际进口博览会以“新时代，共享未来”为主题，共有172个国家、地区和国际组织参会，3600多家企业参展，规模盛大。在开幕式上，国家主席习近平在主题演讲中指出，中国是世界第二大经济体，有13亿多人口的大市场，有960多万平方公里的国土，中国经济是一片大海，而不是一个小池塘。

中国机遇，世界分享。中国经济是一片大海，有风平浪静，亦有惊涛巨浪，有挑战，亦有机遇。新时代，世界经济的主角不是某个国家，也不是某几个国家，而是紧密相连的世界各国。正如习近平主席指出的：“中国国际进口博览会不是中国的独唱，而是各国的大合唱。”中国提出的“共享发展”，意味着将发展机遇同世界分享，摆脱由个别国家垄断的局面。也只有世界各国享有平等发展机遇，世界经济才能朝着可持续的方向发展。几十年的高速发展让世界看到了中国市场的巨大潜力，也让世界各国看到了“中国方案”的价值。随着“一带一路”的推进，中国同沿线国家的经贸往来日益紧密，越来越多的国家认同中国以发展为导向的模式与“共商共建共享”的理念。如今的中国不仅仅是世界经济体系的参与者，更是全球共同开放的重要推动者和世界经济增长的强大引擎。中国将继续推进共建“一带一路”，“为全球提供开放合作的国际平台”。

敢于创新、勇于变革，突破世界经济发展瓶颈。大海一般广阔的中国市场为创新提供了丰富的资源，让创新的巨大潜力得以释放。创新不是一句单薄的口号，更关乎国计民生、国际关系。创新是第一生产力，只有创新驱动的发展才是具有可持续性的发展。10年前的国际金融危机对世界各国经济造成了不同程度的冲击，世界经济中仍存在着许多的不稳定因素。在这样的背景下，世界各国更应抓住新一轮科技革命和产业变革为世界经济发展带来的新机遇，坚持创新引领，加快新旧动能转换；共同推动科技创新、培育新的增长点，加强在数字经济、人工智能、纳米技术等前沿领域的合作，共同打造新技术、新产业、新业态、新模式，共享创新成果。

扩大开放，共建开放型世界经济。“开放带来进步，封闭必然落后。”综观国际贸易史，我们不难发现这一规律，若削减壁垒，扩大开放，国际经贸的发展定是欣欣向荣；若高筑壁垒，以邻为壑，国际经贸的发展将陷入停滞。在当前保护主义、单边主义势力抬头的国际环境下，世界各国更应携起手来共同推动经济的互联互通，构建公正、合理、透明的国际经贸规则体系，建设开放型世界经济。改革开放40年来，中国的经济成就都是在开放条件下取得的，未来中国经济实现高质量发展也离不开进一步的对外开放。中国作为世界各国拓展商机的活力大市场，将继续坚定不移奉行互利共赢的开放战略，推动形成陆海内外联动、东西双向互济的开放格局。正如习近平主席提出的，中国将在激发进口潜力、持续放宽市场准入、营造国际一流营商环境、打造对外开放新高地和推动多边和双边合作深入发展等五大方面进一步扩大开放。在经济全球化日益深入的今天，中国将会进一步推动更高水平的对外开放，为共建开放型世界经济与构建人类命运共同体做出贡献。

（作者为中国人民大学重阳金融研究院院长助理）

《人民日报海外版》（2018年11月07日第01版）

高水平开放　世界的机遇

华益文

12月12日，国家主席习近平会见出席“2018从都国际论坛”外方嘉宾，着重介绍了中国40年改革开放成就和新一轮高水平对外开放重要举措，深入阐述中国同世界关系，并强调指出，“中国的发展是世界的机遇”。

40年来，中国在改革开放中取得自身的发展壮大，在改革开放中实现了与各国的合作共赢。正如习近平所说，改革开放这场中国的第二次革命，不仅深刻改变了中国，也深刻影响了世界。很多见证了中国40年改革开放之路的国际人士都会说，当初低估了改革开放给中国带来的变化、对世界产生的影响。中国的发展为世界做出的贡献是多方面的。

促进了世界经济增长。中国经济成为世界经济增长的主要动力，中国市场成为世界消费增长的关键力量，中国进口贸易成为世界经济再平衡的重要力量。特别是在世界经济陷入低迷，中国经济的稳定与增长成为全球经济发展的动力之源、稳定之锚。

增进了世界和平与安全。近14亿人口的中国长期保持稳定，本身就是对世界和平事业的重大贡献。中国致力于政治解决国际和地区热点问题，努力发挥弥合分歧、劝和促谈的建设性作用。中国坚定支持并积极参与联合国维和行动，成为联合国安理会常任理事国中派出维和人员最多的国家。

打造了国际合作平台和机制。中国积极支持国际合作，构建全球伙伴关系网络，推动国家发展战略对接，成立中非、中阿、中拉合作论坛，筹建亚洲基础设施投资银行，特别是提出的“一带一路”倡议已成为当今世界规模最大的国际合作平台和最受欢迎的国际公共产品。

推动了国际格局的积极演变。中国积极参与亚太经合组织、二十国集团、金砖国家、上合组织等国际地区机制，越来越积极地参与全球治理，推动国际秩序朝着更加公正、合理的方向发展，引导经济全球化朝着更加开放、包容、普惠、平衡、共赢的方向发展。

贡献了世界和平发展新理念。面对“世界怎么了、我们怎么办”的时代之问，中国始终顺应潮流，积极探索。从作出和平与发展是当今世界两大主题的重大论断，到系统提出推动构建新型国际关系、推动构建人类命运共同体的重要思想，中国的着眼点是同各国实现合作共赢、共同发展。

40年来的历程表明，发展是第一要务，改革带来生机与活力，开放带来发展与进步。中国越发展，世界和平与发展的力量就越壮大，国际合作与共赢的空间就越广阔。只有坚持开放包容、合作共赢，各国发展的道路才能越走越宽。

时序更替，梦想前行。40年前，中国凝望时代的步伐，走上改革开放之路。40年间，中国紧紧追赶着时代的步伐，并开始向引领时代跨越，对世界的影响力、感召力、塑造力不断增强。展望下一个40年，中国改革开放的初心未改。正如习近平所指出，中国的改革开放谱写了辉煌的历史篇章，下一个40年也必将有让世界刮目相看的新成就。

（作者为国际问题专家）

《人民日报海外版》（2018年12月14日第01版）

中国发展给世界带来机遇

张　红

“中国的发展离不开世界，世界的繁荣也需要中国。”12月18日，在庆祝改革开放40周年大会上，习近平总书记指出。

中国是经济全球化的受益者。40年前，中国改革开放，积极融入世界；40年来，中国到大海中经风雨、见世面，“在游泳中学会了游泳”；40年后，中国人民在富起来、强起来的征程上迈出了决定性的步伐。

中国成就，震撼世界。中国用几十年时间走完了发达国家几百年走过的工业化历程。在中国人民手中，不可能成为可能。如今，中国是世界第二大经济体、制造业第一大国、货物贸易第一大国、商品消费第二大国、外资流入第二大国，中国外汇储备连续多年位居世界第一。

40年来取得的成就不是天上掉下来的。中国人民很清楚，中国是一个有着13亿多人口的大国,想发展就要靠自己苦干实干,不能寄希望于别人的恩赐，世界上也没有谁有这样的能力。“世界曾以为它将改变中国。然而中国取得了如此壮观的成功，它已经改变了世界。”美国《纽约时报》的感慨意味深长。

中国成就，造福世界。中国已经成为世界繁荣的重要贡献者。对于世界而言，体量巨大的中国经济发展本身就是重大贡献。40年来，中国经济年均增长9.5%。中国国内生产总值占世界生产总值的比重由改革开放之初的1.8%上升到15.2%，多年来对世界经济增长贡献率超过30%。中国日益成为世界经济增长的强劲动力源和稳定之锚。生机勃勃的中国为世界带来实实在在的机遇。危机中，中国担当总能令人眼前一亮。20年前，亚洲金融危机，中国承诺人民币不贬值，为缓解金融危机做出重要贡献。10 年前，面对席卷全球的金融危机，中国再次成为世界的“定心丸”。

没有中国，世界减贫事业不可想象。“我们不应忘记，过去 10 年，中国是为全球减贫做出最大贡献的国家。”联合国秘书长古特雷斯说。40 年来，中国贫困人口累计减少 7.4 亿人，占同期全球减贫人口总数的 70% 以上。

中国成就，启迪世界。鲁迅先生说过：“什么是路？就是从没路的地方践踏出来的，从只有荆棘的地方开辟出来的。”在中国这样一个有着 5000 多年文明史、13 亿多人口的大国推进改革发展，没有可以奉为金科玉律的教科书。中国的改革开放之路，是中国人民用自己的双手与汗水，披荆斩棘开辟出来的。中国 40 年来的实践让世界看到了另一种可能，为广大发展中国家走向现代化提供了成功经验、展现了光明前景。

历史车轮滚滚向前，时代潮流浩浩荡荡。方向决定前途，道路决定命运。面临百年未有之变局，中国努力贡献自己的方案与力量：积极推动建设开放型世界经济，构建人类命运共同体，促进全球治理体系变革，共建“一带一路”……这其中，有“天下为公”的中国情怀，更有顺势而为的中国智慧。

正如习近平总书记曾经说过的，历史将证明，实现中国梦给世界带来的是机遇不是威胁，是和平不是动荡，是进步不是倒退。拿破仑说过，中国是一头沉睡的狮子，当这头睡狮醒来时，世界都会为之颤抖。中国这头狮子已经醒了，但这是一只和平的、可亲的、文明的狮子。

（作者为本报评论员）

《人民日报海外版》（2018 年 12 月 25 日第 01 版）

中国仍是全球投资热土

王　珂

中共十九大报告要求，凡是在中国境内注册的企业，都要一视同仁、平等对待。保护外商投资合法权益，中国一直在努力。不仅说到做到，还要上升到法律高度。今年全国两会的一大热门话题就是审议外商投资法草案。这部草案，从“外商投资法”这个名称，到6章41条的每个条款，都备受海内外关注。

之所以受关注，一大原因是，它将成为中国在外商投资领域新的基础性法律。1978年12月，邓小平同志就明确提出制定外国人投资法。此后，“外资三法”为外商投资企业在中国发展创造了良好法治环境。为推动新一轮高水平对外开放，营造国际一流营商环境，适应新时代改革开放的需要，迫切需要制定一部新的外商投资基础性法律取代“外资三法”。这部新法律重点是确立外商投资准入、促进、保护、管理等方面的基本制度框架和规则，建立起新时代中国外商投资法律制度的“四梁八柱”。

另一大原因是，外商投资法草案看点十足。“对外商投资实行准入前国民待遇加负面清单管理制度”等条文最受瞩目。2013年，中国首份外商投资准入负面清单在上海自贸试验区发布。经过先行先试，自贸试验区负面清单管理模式2016年在全国推广。外商投资法草案将这项制度创新以法律形式固定下来。值得注意的是，外商投资负面清单自面世以来连续“瘦身”：去年发布的版本中，限制措施比前年版本缩减近1/4，在金融、交通、汽车、船舶制造等22个领域放宽了外资准入限制，为外商投资拓展更多新空间。

外商投资法草案突出“促进”和“保护”，事前放宽准入，事中事后强调服务和保护。草案中，一视同仁、公平竞争的原则得到清晰体现，内外资企业得到一致公平对待。国家保障外商投资企业依法平等参与标准制定工作、国家保护外国投资者和外商投资企业的知识产权、国家建立健全外商投资服务体系……这些实打实、有针对性的举措，有力展示了中国引资决心，必将进一步增强外商来华落户的信心。

放眼全球，中国仍是投资热土。联合国贸发会议最新发布的《全球投资趋势监测报告》显示，去年全球外国直接投资继续下滑，跌至国际金融危机后最低水平。而中国去年实际使用外资8856亿元，创历史新高。更可贵的是，中国利用外资水平不断提升，去年制造业利用外资同比增长超2成，其中高技术制造业利用外资同比增长35.1%。中国交上的这份引资成绩单，离不开持续优化的投资环境。世界银行发布的《2019营商环境报告》显示，去年中国营商环境较前一年大幅提升了32位。

中国机遇的内涵变得更加丰富。曾有一些声音担心，中国的劳动力、土地等传统优势弱化了，会引发“外资撤离潮”。事实证明，一些低端制造业的外资转移了，但更多高端新产业的外资进来了。中国拥有近14亿人口的广阔市场，拥有世界上规模最大并在稳步扩容的中等收入群体，巨大的市场机遇、投资机遇、绿色机遇、对外合作机遇，对外资散发着独特魅力。

改革开放40年给我们的重要启示就是：开放带来进步，封闭必然落后。展望未来，在更加健全和完善的法治保障下，中国投资环境一定会越来越好，外资企业在华发展机会一定将越来越多。

（作者为本报评论员）

《人民日报海外版》（2019年03月12日第01版）

永远做发展中国家的可靠朋友

贾秀东

9月13日至16日，委内瑞拉总统马杜罗应邀访华。委内瑞拉是中国的全面战略伙伴和重要经贸合作伙伴。目前，委内瑞拉国内面临一些困难，中国既不会去干涉其内政，也不会忘记老朋友，更不会对处于困境中的老朋友视而不见。在这种特殊背景下，中方接待马杜罗访华，有利于巩固双方政治互信、促进双边务实合作、推动两国关系取得更大发展，对委内瑞拉恢复稳定发展也是有助益的。这从一个侧面反映了中国外交正确的义利观，折射出中国与广大发展中国家的交往之道。

作为发展中国家的一员，中国深深体会到，发展才是硬道理。中国多年的快速稳定发展有目共睹，同时国内改革已进入攻坚期和深水区，国际上也遭遇各种挑战。很多发展中国家正在苦寻稳定、增长之道，需要解决的问题都十分艰巨。中国与广大发展中国家在和平、发展、稳定的问题上拥有广泛的共同利益，相似的立场。中国历来将发展中国家作为中国外交的基础，高度重视与发展中国家的关系，积极倡导和支持南南合作。

实践证明，加强同广大发展中国家的团结合作，始终是中国外交长期、坚定的战略选择。今年，中国在这方面迈出了新的步伐。从新年伊始的中拉论坛第二届部长级会议，到年中的中阿合作论坛第八届部长级会议，再到秋初的中非合作论坛北京峰会，还有即将于11月举行的中国—东盟战略伙伴关系15周年纪念峰会，这一系列外交活动实现了中国对发展中国家集体对话机制重大活动的全覆盖。此外，中方主办的博鳌亚洲论坛年会、上合组织青岛峰会等重大主场外交，也是发展中国家担纲“主角”。用王毅国务委员的话说，今年可谓中国外交的“南南合作年”。今年见证了发展中国家团结合作的强劲势头，见证了中国矢志不渝推进南南合作的坚定意志。广大发展中国家对此是欢迎的，满意的，并且有着更多期待。

当然，不是所有国家或政治势力都乐见于此。一些西方舆论质疑甚至诋毁中国与广大发展中国家的团结合作，有的还给中国扣上“新殖民主义”“修正主义国家”“新帝国主义强国”等帽子，指责中国奉行“掠食性经济政策”，为发展中国家制造“债务陷阱”等。这些论调偏离事实，充满偏见、傲慢，甚至是别有用心的。事实上，中国与其他发展中国家的合作是有原则的，讲究平等相待、互利共赢、灵活务实、开放包容，注重可持续发展。即使这些合作存在这样那样的问题和困难，各方也完全可以充分考虑不同利益诉求，照顾彼此舒适度，做到集思广益，凝聚共识，推进共同利益。一些国家与其对南南合作指手画脚，不如放下身段，脚踏实地为南南合作做些实事，这对世界和平稳定发展、对所有国家都有好处。

当前，中国与发展中国家的关系正处于提质增速的新阶段。永远做发展中国家的可靠朋友和真诚伙伴，精耕细作与发展中国家的合作，是中国外交战略的不二选择。特别是在一些发展中国家面临和平赤字、发展赤字、治理赤字之际，中国作为最大发展中国家不可能袖手旁观。习近平主席指出：“中国要深化同发展中国家团结合作，推动形成携手共进、共同发展的新局面。”下一步，中国将会在战略沟通协作、共建“一带一路”、构建人类命运共同体和新型国际关系等方面下功夫，与发展中国家一道打造更为广阔的合作共赢、共同发展的空间。

（作者为中国国际问题研究院特聘研究员）

《人民日报海外版》（2018 年 09 月 15 日第 01 版）

中国做对了什么？
中国共产党为什么能？

时代是思想之母，实践是理论之源

海　声

中共十八大以来，中国取得历史性成就、发生历史性变革。而这一切原因何在，吸引着全世界有识之士来一探究竟。

中国做对了什么？中国共产党为什么能？世界的目光不约而同落在了习近平新时代中国特色社会主义思想之上。《习近平谈治国理政》(第一、二卷)、《摆脱贫困》等著作译成多国文字畅销海外，外国政要学者纷纷试图从中一窥中国发展的秘密。

的确，习近平新时代中国特色社会主义思想是中国实现历史性变革的根本指针，也是中国未来走好新时代长征路的主心骨、定盘星。理解中国的当下与未来，离不开新思想；而要理解新思想，必须理解中国改革开放40年来的实践。实践是检验真理的唯一标准。科学理论正是从对时代课题的回答中走来，新思想正是从改革开放的火热实践中走来。

1982年，29岁的习近平来到河北正定，白天下乡调研，晚上研读县志。在正定工作的1000多个日夜，他的足迹遍及全县25个公社、221个大队。他脑中总想一件事：让乡亲们吃饱肚子。1988年，他刚来到全国18个集中连片贫困地区之一的福建宁德，就下乡搞调研，进村入户，访贫问苦，宁德地区124个乡镇，他去过123个。“弱鸟”怎样先飞？他殚精竭虑。如何解决温饱、摆脱贫困是中国一直以来面对的重大问题，也是习近平不断在实践中上下求索的重大课题。他曾说：“40多年来，我先后在中国县、市、省、中央工作，扶贫始终是我工作的一个重要内容，我花的精力最多。”正是在人民的创造与奋斗中，在不懈的实践与思考中，“精准扶贫”“精准脱贫”的思想浮出历史的地表。

2005年，当时在浙江工作的习近平来到安吉余村调研。在20世纪90年代，余村依靠炸山开矿和建水泥厂，一度成为安吉的首富村。然而，虽然老百姓的口袋鼓了起来，生态环境破坏、矿难事故频发的问题却也逐渐显露出来。当地痛定思痛，将高污染企业陆续关停，开始向绿色发展转型。习近平听说余村的故事之后非常高兴，与村民们分享起了自己长期以来对生态环境问题的思考，并创造性地提出了“绿水青山就是金山银山”的重大论断，成为今天中国生态文明建设的重要理念。早在1984年3月9日印发的《中共正定县委一九八四年工作大纲》中，就提到“合理利用自然资源、保持良好的生态环境”。33年后的2017年，中共十九大报告中写道：“建设生态文明是中华民族永续发展的千年大计”。

2012年，习近平担任总书记后，中央提出“八项规定”，党风政风为之一新。同样，对共产党自身建设规律的深刻思考，也贯穿在习近平的从政生涯之中。1983年，担任正定县委书记后不久，习近平就针对干部作风问题提议出台了“六项规定”。1991年，经过调研，刚到福州任职的习近平决定把改变干部作风作为打开工作局面的突破口，提倡“马上就办”的精神。在从政生涯中对管党治党一以贯之的理论思考和政治主张，逐渐演化出了今天习近平关于全面从严治党的重要思想。

类似这样的故事，还有很多很多。正是对这些时代课题的思考与探索，凝铸成了科学的理论体系。这些闪光的思想，与改革开放的实践相生相成、共进同行，从群众的实践经验中汲取智慧，经过总结、推广之后再回到群众中去。科学的理论，从来不是无源之水、无本之木。实践，认识，再实践，再认识，这种辩证唯物论的知行统一观，正是习近平新时代中国特色社会主义思想深厚磅礴力量的源泉。

伟大时代呼唤伟大理论，伟大时代孕育伟大理论。习近平新时代中国特色社会主义思想，是在新的时代背景和实践条件下创立并不断发展的。在新思想的指引下，站在新的历史方位，中国特色社会主义必将展现更加强大、更有说服力的真理力量，中国也必将给世界带来新的精彩与期待。

《人民日报海外版》（2018 年 09 月 14 日第 01 版）

唯有中国才能创造这样的奇迹

李　舫

2008年5月12日14时28分。

历史已永远记住这个时刻，一场强震撼动中国，数万生命瞬间陨落，数百万人失去家园。

一时间，群星暗淡，举国神伤。

10年光阴转瞬即逝，曾经的地震废墟上，一座座高楼拔地而起，一个个新城浴火重生。

10年前的满目疮痍，如今已是凤凰涅槃。

历史学家布罗代尔曾说，转瞬即逝的“事件”不过是深层震荡中翻起的浪花，只对历史进程起微小作用。但是，当特大地震以超越人类的巨力重新改写山川河流布局，我们怎能对此视而不见？灾难，是对一个国家的力量和民族的韧性的考验，更是对这个国家执政党的考验。

时间回到六年前，2012年年底，世界各大媒体像往年一样，发布了当年的十大国际新闻。与“新一代政治家领导中国”一起上榜的，还有叙利亚僵局、阿拉伯之春、欧元区危机、反美抗议浪潮……当时的人们隐隐感受到，以习近平同志为核心的新一届中央领导集体登台亮相之时，世界并不安宁，道路并不平坦，挑战频频发生，危机处处潜伏。

当时的中国，经济正面临着增长速度换挡期、结构调整阵痛期、前期刺激政策消化期，三期叠加，各种深层次矛盾和问题不断涌现，各类风险和挑战不断增多，各种思潮和舆论斗争纷繁复杂，中国共产党使命如山。

六年过去了，事实证明，以习近平同志为核心的党中央带领全国人民跨越了历史的难关，经历了时代的考验。

2015 年，习近平总书记谈到减贫与发展时感慨地说：“25 年前，我在中国福建省宁德地区工作，我记住了中国古人的一句话：‘善为国者，遇民如父母之爱子，兄之爱弟，闻其饥寒为之哀，见其劳苦为之悲。’至今，这句话依然在我心中。”爱民如子，视民如伤。正是中国共产党人这样的情怀，才有了汶川的重生与崛起。透过汶川奇迹，我们清晰地看到，作为执政党的中国共产党始终把百姓安危冷暖放在心上，为人民带来持续安全感、获得感、幸福感，是引领中国乘风破浪、勇往直前的中流砥柱。

汶川重生，不是一个简单的经济问题，而是一个严肃的政治课题。在万众一心、众志成城抗争天灾的史诗般壮举中，新生的汶川，再次用事实证明了社会主义制度集中力量办大事的优越性，让全世界都看到了一个众志成城、攻坚克难的和谐中国，看到了一个任何灾难和危机都打不垮的坚强中国，看到了不仅在物质上快速发展、更在精神上快速成长的伟大中国。

事实证明，唯有中国才能创造这样的奇迹。

从山崩地裂到新城崛起，从满目疮痍到生机盎然，10 年间，劫后重生的汶川迈入崭新时代。中国力量创造的奇迹让整个世界为之惊叹，美国《时代》杂志发表文章说，地震唤醒中国，中国感动世界，“也改变了世界对中国的认识”。一名美国学者感慨，对比汶川地震和美国“卡特里娜”飓风灾害，中国的反应速度、社会动员能力远超美国。实地采访汶川灾后重建的美国《国际先驱论坛报》记者霍华德·弗伦奇则感叹，中国政府强大的执行力让汶川奇迹“以一种让新奥尔良嫉妒的速度发生”。

中国共产党的初心与担当，是创造汶川奇迹的原动力。“我很牵挂这个地方，10 年了，这里的变化我也很欣慰。”习近平总书记的这句话，是与他“以人民为中心”“始终和人民在一起”的坚定信念紧密相连的。正是因为有了这样的信念，才有了断壁残垣变成美好家园，才有了无尽废墟变为绿树青山，才有了彻骨悲恸变为绽放笑脸，才有了与精准扶贫、科学重建、新发展理念息息相关的伟大巨变。

汶川10年，浴血重生。这10年，积聚的是情感，汇聚的是经验，凝聚的是力量。而这正是中华民族在灾难中奋进的奥秘所在，是胜利一定属于英雄的中国人民的奥秘所在。

（作者为本报高级编辑）

《人民日报海外版》（2018年05月12日第01版）

对外开放是中国基本国策

胡鞍钢

今年是中国改革开放40周年。40年来，中国始终坚持对外开放的基本国策，坚持独立自主参与经济全球化，统筹国内国际两个大局，充分利用两个资源、两个市场，走上强国之路。

对外开放，让中国成为贸易大国。40年前，中国还只是世界排名第29位的货物贸易小国。40年来，以美元计算，中国对外贸易额年均增长14.5%。当前，中国已经成为世界第一大贸易国、世界240多个国家和地区的贸易伙伴，中国还是其中120多个国家和地区第一大贸易伙伴。

对外开放，让中国成为吸引外资大国。40年来，中国吸引外商直接投资额年均增长15.2%，目前是世界第二大外商直接投资国、第二大对外直接投资国、第二大国际发明专利（PCT）国，还是世界最大的国际旅游出境国（2017年突破1.3亿人次）、出国留学人员国（2017年突破60万人）。

对外开放，让中国对世界做出重大贡献。40年来，中国成功实现从封闭半封闭到全方位开放的伟大变革。中国在对外开放中展现大国担当，从引进来到走出去，从加入世界贸易组织到共建“一带一路”，为应对亚洲金融危机和国际金融危机做出重大贡献，连续多年对世界经济增长贡献率超过30%，成为世界经济增长的主要稳定器和动力源，促进了人类和平与发展的崇高事业。

对外开放是富民之路、强国之路。只有坚定不移对外开放，坚持打开国门搞建设，才能建立开放型经济新体制，形成全面开放新格局，推动国内高质量发展、助力全面深化改革，提高劳动生产率、增强国际竞争力，发挥国内消费潜力、增强消费者福利。

对外开放是包容之路、共赢之路。只有坚持对外开放，奉行互利共赢，才能推动建设开放型世界经济，更大范围地参与经济全球化，更好地促进全球与地区的贸易和投资自由化、便利化，更好地促进世界科技的合作和分享、文化文明的互鉴和共存、各国人民的交往和友好。

经济全球化是不可逆转的时代潮流。习近平总书记在中共十九大报告中强调，中国坚持对外开放的基本国策，坚持打开国门搞建设。他多次强调，中国开放的大门不会关闭，只会越开越大！

开放还是封闭，前进还是后退，人类面临着新的重大抉择。人类社会发展的历史告诉我们，开放带来进步，封闭必然落后。世界已经成为你中有我、我中有你的地球村，各国经济社会发展日益相互联系、相互影响，推进互联互通、加快融合发展成为促进共同繁荣发展的必然选择。

中国开放，是世界机遇。面对经济全球化带来的机遇和挑战，正确的选择是，充分利用一切机遇，合作应对一切挑战，引导好经济全球化走向。中国将继续坚持对外开放基本国策，坚定不移地推进经济全球化、贸易投资自由化，为中国发展创造天时地利，更为世界创造更大的发展机遇。

预计未来五年，中国货物进口额累计超过10万亿美元，对外投资超过1万亿美元，出境旅游人数超过7亿人次，出国留学人员超过350万人，提交PCT国际专利申请量超过30万件。中国发展，世界受益；中国扩大开放，助力世界繁荣。

（作者为清华大学国情研究院院长）

《人民日报海外版》（2018年05月15日第01版）

中国以更加开放的姿态拥抱世界

樊文春

历史潮流，浩浩荡荡。当今世界，开放融通的大潮奔涌向前，势不可当。人类社会的成长史，形象地向我们说明，开放带来进步，封闭必然落后。

开放，是时代之势，也是发展之需，更是世界之盼。开放，是中华民族悠远的历史禀赋，也是与生俱来的胸怀。

中国40年改革开放实践证明，中国发展离不开世界，世界发展也需要中国。改革开放，创造了中国奇迹。中华民族实现伟大复兴，需要继续全面深化改革，全面扩大开放。习近平总书记多次强调："我要明确告诉大家，中国开放的大门不会关闭，只会越开越大！"

世界已经成为你中有我、我中有你的地球村。零和博弈思维、反全球化行为，越来越没有市场，推进互联互通是世界共同繁荣的必然选择。中国开放，为全世界带来机遇，中国要以更加开放的姿态拥抱世界，走近舞台中央，欢迎世界各国搭乘中国发展的"顺风车"，构建新型国际关系，推动构建人类命运共同体，共同应对摆在人类面前的和平赤字、发展赤字和治理赤字的严峻挑战，贡献中国智慧和中国力量。这是中国的使命，也是中国共产党为人类社会进步做贡献的担当。

和羹之美，在于合异。发展是全人类的共同诉求。中华民族伟大复兴，是中国人民千百年来追求的梦想，也是中国共产党人接续努力奋斗的目标。中国决不会以牺牲别国利益为代价来发展自己，中国发展不对任何国家构成威胁，中国永远不称霸、永远不搞扩张。中国致力于构建新型国际关系，推动构建人类命运共同体，各国平等相待、和平共处。

没有共产党，就没有新中国，没有改革开放，也不会有中华民族的伟大复兴。中国共产党带领13亿多中国人民走出了一条中国特色社会主义道路，这条路给世界上那些既希望加快发展又希望保持自身独立性的国家和民族提供了全新选择。中国和平崛起，更大范围地参与经济全球化，积极推进开放，努力利用一切机遇为人类社会进步做贡献。

世界多极化、经济全球化、社会信息化、文化多样化不断深入发展，人类社会进入一个大发展大变革大调整的时代。世界各国之间你中有我，我中有你，联系从来没有像今天这么紧密，相互依赖从来没有像今天这么强烈。各国之间，命运相连，义利与共，应该共享共荣，共进共退，成为命运共同体。

大道之行，天下为公。中华民族伟大复兴的接力棒交到以习近平同志为核心的党中央的手中，这是人民的信任、时代的重托。改革开放是决定实现“两个一百年”奋斗目标、实现中华民族伟大复兴的关键一招。梦想不因为现实复杂而不前行，历史总是要前进的，历史从不等待一切犹豫者、观望者、懈怠者、软弱者。在习近平新时代中国特色社会主义思想指引下，中国扩大开放，与历史潮流同步伐，与时代脉搏共命运，与世界同行，与各国为友，必将为人类社会做出更大的贡献。

（作者为全国宣传干部学院干部）

《人民日报海外版》（2018年05月17日第01版）

中国经济讲出新的精彩故事

贾晋京

6.6%，这是2018年中国国内生产总值的增速答案。如果把6.6%看作2018年中国经济这个大故事的“标题”，那么应当如何概括其剧情呢？

从增量角度看，中国2018年国内生产总值90.03万亿元，比2017年的82.08万亿元增加了约7.95万亿元，之前两个年份的增加额分别为7.72万亿元、5.45万亿元。显然，中国经济规模每年的增加量并没有下降，增速下降属于基数变大带来的效应。宏观数据是不同行业加总的结果，如果拿起“放大镜”看，不同行业增速各不相同。

分产业看，第一产业比上年增长3.5%，在中国经济中占比为7.19%；第二产业增长5.8%，占比40.65%；第三产业增长7.6%，占比52.16%。第三产业自2013年增加值占比首次超过第二产业以来，份额一直呈扩大态势，增速强劲。这说明，随着中国人口城镇化的持续推进，人民对美好生活需要不断升级，大量人口向城市居民转型，带来巨大的第三产业需求。第三产业中体现消费升级趋势的动能表现突出：2018年，社会消费品零售总额超过38万亿元，比上年增长9.0%。中国新经济的“代表”之一——网购继续大步向前，去年全国网上零售额超过9万亿元，比上年增长23.9%，占社会消费品零售额已达18.4%。

2018年规模以上工业增加值比上年实际增长6.2%，不及经济整体增速。分门别类看，可以明显看出其中的优化升级趋势。按第二产业的三大门类看，采矿业增加值增长2.3%，制造业增长6.5%，电力、热力、燃气及水生产和供应业增长9.9%。显然，原材料行业增速较低，其中也有政策主动取舍的因素；制造业仍位于合理区间；与人民生活水平提高直接相关的公用事业则处在高速增长中。

再把制造业细分来看：高技术制造业、战略性新兴产业和装备制造业增加值分别比上年增长11.7%、8.9%和8.1%，增速分别比规模以上工业快5.5、2.7和1.9个百分点。新兴工业产品产量快速增长，铁路客车、微波终端机、新能源汽车、生物基化学纤维、智能电视、锂离子电池和集成电路分别增长183.0%、104.5%、40.1%、23.5%、18.7%、12.9%和9.7%。另外，平板玻璃、纺织和焦炭行业的增速则为2.1%、1.0%和0.8%。可以看到，“新动能强劲、旧动能出清”趋势非常显著。

结合国际市场，更易看清中国宏观经济的全景。2018年中国贸易总量首次超过30万亿元，创历史新高。其中，出口增长7.1%，进口增长12.9%，“中国需求”明显呈上升势头。中国对主要贸易伙伴进出口全面增长，对欧盟、美国和东盟进出口分别增长7.9%、5.7%和11.2%；对“一带一路”沿线国家合计进出口增长13.3%，高出货物进出口总额增速3.6个百分点。可见，中国进出口格局在全球贸易版图上正在实现结构优化。

世界经济史上，不少国家讲述过人口城镇化带来经济结构转型升级的故事，但较少国家讲述过新动能带来经济结构优化升级的故事。而2018年中国经济数据所讲述的，是占人类1/5人口的经济体，同时处在人口高速城镇化带来经济结构转型和新动能带来经济结构优化两个过程中，整个国家的面貌快速发展变化的大故事。处在新旧动能转换过程中的中国经济，仍然交出了难能可贵的答卷。

（作者为中国人民大学重阳金融研究院院长助理）

《人民日报海外版》（2019年01月22日第01版）

40年来，不可能成为可能

张广昭

习近平总书记在庆祝改革开放40周年大会上铿锵有力地指出："40年来取得的成就不是天上掉下来的，更不是别人恩赐施舍的，而是全党全国各族人民用勤劳、智慧、勇气干出来的！……在中国人民手中，不可能成为可能。"

梦在心中，路在脚下。从源自先秦时期的"小康"到改革开放初期的"中国式现代化"，表达的都是中国人民的美好愿景。改革开放40年来，在中国共产党的领导下，中国人民用辛勤和汗水，使千年梦想逐渐变成现实，把许多人以为的不可能变成了可能，让世界为之惊叹。

40年来，中国在"人间正道"上创造了世界经济奇迹。一直以来，所谓的"西方经济科学"笃信，除却亚当·斯密式的自由市场经济体，并无任何其他经济体可创造繁荣增长。但是，中国没有盲目跟从西方经验，亦步亦趋，而是坚持从中国实践出发，实事求是，坚持"摸着石头过河"和"顶层设计"相结合，坚定走中国特色社会主义道路这条"人间正道"，使国内生产总值从改革开放初期的3679亿元增长到2018年的逾90万亿元。现在，中国稳居世界第二大经济体，是制造业第一大国、货物贸易第一大国、商品消费第二大国、外资流入第二大国，具有世界上最大的中等收入群体，并由高增长阶段向高质量发展阶段转化。当前，中国使市场在资源配置中起决定性作用和更好发挥政府的作用，彰显更足动力。

40年来，中国在社会主义道路上谱写了人类反贫困史的奇迹。不少西方学者认为，社会主义阻滞生产发展和积极性，必将导致物资短缺、民生困顿。

然而恰恰相反，中国充分发挥社会主义制度优势、共产党人的价值观，坚持集中力量办大事，坚持以人民为中心，奋力脱贫攻坚、增进人民福祉。从最高领导人的深入基层、率先垂范，到普通党员干部的扎根一线、苦干实干；从东部帮扶西部，到沿海援建边疆，无不诠释着这份崇高价值观和制度优势。40 年来，我国人均可支配收入由 171 元增加到 2.6 万元，贫困人口累计减少 7.4 亿人，贫困发生率下降 94.4%，恩格尔系数降低到 28.4%，谱写了人类反贫困史上的辉煌篇章，回答了“谁来养活中国人”的历史之问。

40 年来，中国在西方的质疑唱衰中实现了“有效治理”。一些对社会主义存有刻板印象的西方人，一直认为社会主义中国无法摆脱苏联式治理溃败的命运，“中国崩溃论”“中国衰亡论”等不绝于耳。然而，中国在组织化制度化程度很高的执政党带领下，在发展中着力保障和改善民生，建成了世界上最大的社会保障体系，社会大局保持长期稳定，成为世界上最有安全感的国家之一。与世界之乱形成鲜明对比，拥有近14亿人口的中国社会治理有序，人民获得感、幸福感、安全感很高。

40 年来，中国共产党经受住了执政腐蚀、市场侵蚀的考验。人们一度怀疑尝过执政味道的中国共产党一定会变质，特别是改革开放时期商品经济的逐利性等都会腐化党。但是，这 40 年，特别是中共十八大以来，以习近平同志为核心的党中央革故鼎新，坚持全面从严治党，反腐败斗争取得压倒性胜利，党内政治生态和政治文化为之一新，打破了“腐败是现代化润滑剂”的假设，实现了经济发展和政治清明的相辅相成、相得益彰，中国共产党的韧性和免疫力愈加强大。

在未来，在中国人民手中，更多的不可能，将成为可能。

（作者为全国宣传干部学院干部）

《人民日报海外版》（2019 年 01 月 29 日第 01 版）

两个“划时代”的“三中全会”

正 楷

1月23日，中共中央总书记、国家主席、中央军委主席、中央全面深化改革委员会主任习近平，主持召开中央全面深化改革委员会第六次会议并发表重要讲话。会上，他提到两个“划时代”的“三中全会”——十一届三中全会和十八届三中全会。

“划时代”一词，有着极强的分量感、厚重感，标志着这两个“三中全会”在中共历史上的重要地位。

十一届三中全会是划时代的，因为它开启了新时期。习近平说，党的十一届三中全会是划时代的，开启了改革开放和社会主义现代化建设历史新时期。党的十一届三中全会是在党和国家面临何去何从的重大历史关头召开的。1978年12月18日，在中华民族历史上，在中国共产党历史上，在中华人民共和国历史上，都是载入史册的重要日子。这一天，我们党召开十一届三中全会，实现新中国成立以来党的历史上具有深远意义的伟大转折，开启了改革开放和社会主义现代化的伟大征程。

十八届三中全会是划时代的，因为它开启了新时代。习近平说，党的十八届三中全会也是划时代的，开启了全面深化改革、系统整体设计推进改革的新时代，开创了我国改革开放的全新局面。改革开放以来，几乎历次三中全会都研究讨论深化改革问题。这些三中全会提出的改革目标，大多是针对具体领域的。而党的十八届三中全会提出了全面深化改革的总目标，在总目标统领下明确了经济体制、政治体制、文化体制、社会体制、生态文明体制和党的建设制度深化改革的分目标。

两个“划时代”的“三中全会”，一脉相承。从十一届三中全会到十八届三中全会，从开启改革开放到提出全面深化改革，这是时代的进阶、实践的递进、历史的必然。时代发展到一定阶段，应对我国发展面临的一系列矛盾和挑战，零敲碎打调整不行，碎片化修补也不行，必须进行全面的系统的改革和改进。唯有如此，才能在国家治理体系和治理能力现代化上形成总体效应、取得总体效果。提出全面深化改革，是改革进程本身向前拓展提出的客观要求，也是我们党对改革认识的深化和系统化。

一分部署，九分落实。从某种意义上讲，目标的完成比目标的提出更重要。十一届三中全会的目标，我们用成就做出了回应。40年来，中国人民依靠自己的智慧和勤劳的双手，在风雨中砥砺前行，实现了从站起来、富起来到强起来的历史飞跃，开启了中华民族伟大复兴的光辉历程。十八届三中全会作出的决定，是我们党在新的时代条件下的总部署、总动员。十八届三中全会以来的5年多，成绩斐然。这5年多，改革集中推进，改革全面深入，改革成果显著，改革积累经验。截至2018年年底，十八届三中全会提出的336项重大改革举措中已出台实施方案的超过95%，1932个改革方案推出，中国用行动宣示了在新时代将改革开放进行到底的坚定决心。这5年多，是全面深化改革夯基垒台、积厚成势、攻坚克难、砥砺奋进的关键时期。这5年多，中国以前所未有的决心和力度推进全面深化改革，迎风破浪、大刀阔斧、上下联动、蹄疾步稳，谱写了改革新篇章。

十八届三中全会提出“到2020年，在重要领域和关键环节改革上取得决定性成果”的目标，剩下的时间很紧。当下，我们要继续打硬仗，啃硬骨头，确保干一件成一件，为全面完成党的十八届三中全会部署的改革任务打下决定性基础。唯有如此，“划时代”的定位才更有分量，更加厚重。

（作者为本报评论员）

《人民日报海外版》（2019年01月24日第01版）

6%—6.5%，含金量够足！

白天亮

6%—6.5%，中国将2019年GDP增速预期设定在此区间。

GDP增速预期，通常被视作判断经济形势的头号指标。此前3年，《政府工作报告》披露的预期目标，分别是6.5%—7%（2016年）、6.5%左右（2017年）和6.5%（2018年）。

在外部环境更加复杂严峻、经济下行压力加大的背景下，预期目标的下调难免引发海内外的猜测和担心。然而，如果综合考量中国经济所处的阶段以及所追求的高质量发展目标，就会发现，“6%—6.5%”是一个稳健务实的区间，更是一个颇具含金量的目标。

速度并不低——

去年，中国GDP同比增长6.6%，对全球经济增长贡献率接近30%，稳居世界前五大经济体之首，同期美国、日本、欧元区的经济增速均不到3%。每次中国下调GDP增速目标，境外总会出现中国经济“减速”甚至“失速”的悲观论调。实际上，即便今年增速放缓，可以预期的是，6%以上的速度仍会是主要经济体中较快的之一。中国毫无疑问仍将是推动世界经济增长的“主引擎”。

尊重规律——

当经济总盘子达到一定规模，增速回落是正常规律。“二战”后那些成功追赶型经济体几乎都经历了这一过程，中国也已进入速度换挡期。体量更大时，增速调低，增量未必减。2018年，中国经济总量首次突破90万亿元，一年增量相当于澳大利亚经济总量。2019 年即便以 6% 的下限计算，仍将贡献极其可观的增量。

就业底线守得住，又预留了防风险、调结构的空间——

稳增长首要的是保就业。2019 年，中国确定了“城镇新增就业 1100 万人以上，城镇调查失业率 5.5% 左右，城镇登记失业率 4.5% 以内”的就业目标。统筹考虑中国当前经济运行对就业的承载能力、结构优化对就业弹性的促进，6% 以上的增速可以兜住“稳就业”。

更重要的是，迈向高质量发展的中国，追求的早已不是某个让外界惊叹的数字，而是经济结构的优化、经济质量的提升。在保持合理增速的同时，把更多力量投入转型升级、提高速度背后的含金量，已成为社会共识。

明白这些，或许可以放下“速度包袱”、抛开“数字幻觉”，全面理性地评析中国经济形势。

“稳”的基调没变。今年 1 月份，中国的居民消费、进出口、信贷投放等各项指标相继迎来“开门红”。同期，就业稳定、物价温和、居民收入增加、国际收支改善，不难看出，中国经济依然在平稳的轨道上运行。

“进”的因素在增加。三大攻坚战不断取得新收获，经济肌体更健康了；新产业新业态占比扩大、增势强劲，后劲更足了；市场兴旺消费升级，内需动力更强了。还有每天超过 1 亿件快递在穿梭、日均 5.8 万户市场主体新注册、接连创出新高的电影票房和出境游人数……一连串数据更加鲜活地勾勒出活力满满的中国。

置身这样的中国，恐怕没有什么人会被所谓的“崩溃论”“滞胀论”吓住，而是对“经济长期向好趋势没有也不会改变”这一判断更有信心。

（作者为本报高级编辑）

《人民日报海外版》（2019 年 03 月 06 日第 02 版）

壮阔征程需要领航力量

孙 懿

1月7日，中共中央政治局常务委员会召开会议，听取全国人大常委会、国务院、全国政协、最高法、最高检党组工作汇报，听取中央书记处工作报告。

18天后的1月25日，中共中央政治局召开会议，审议了这些工作汇报和工作报告。

事实上，从2015年起，这样的汇报和报告，以及对汇报和报告的审议，每年1月都有一次，已经成为落实党中央集中统一领导、加强党的全面领导的重要抓手。这样的制度安排充分体现了党对一切工作的领导。

在庆祝改革开放40周年大会上，习近平总书记系统总结改革开放40年积累的宝贵经验，其中第一条就是“必须坚持党对一切工作的领导，不断加强和改善党的领导”。党的十九大报告旗帜鲜明地把“坚持党对一切工作的领导”作为14条基本方略的第一条,并在新时代党的建设总要求中明确提出“坚持和加强党的全面领导”。

为什么要坚持党对一切工作的领导？这是由近代以来中国的历史和实践逻辑所决定的，是党和国家的根本所在、命脉所在，是全国各族人民的利益所系、幸福所系。

从历史角度来看，中国共产党的领导地位是历史的选择，是人民的重托。在中国共产党成立之前，无数仁人志士为救亡图存进行了许多尝试和努力，但是都以失败告终。中国共产党在中华民族蒙受苦难、探求光明之时应运而生，在革命、建设、改革的伟大征程中，披荆斩棘、艰苦卓绝，团结带领人民实现了从站起来、富起来到强起来的伟大飞跃。历史已经证明，什么时候坚持和加强党的全面领导，党和国家的事业就会大踏步前进；反之，就会受到严重损伤。

从实践需要来看，坚持党对一切工作的领导，是实现中华民族伟大复兴中国梦的根本保证。今天，中华民族比历史上任何时期都更接近伟大复兴的目标，与此同时，各种机遇和挑战也前所未有地摆在我们面前。在当代中国，能够动员和组织起每一个“追梦人”，将这个梦想变为现实的，只有中国共产党。应对和战胜前进道路上的各种风险挑战，关键在党；实现中华民族伟大复兴，关键在坚持和加强党的全面领导。

坚持和加强党的全面领导，要落实到工作中。党政军民学，东西南北中，党是领导一切的。无论是哪个领域、哪个方面、哪个环节弱化了，都可能出现短板效应，从而削弱党的领导。只有党充分发挥整体的、全面的领导作用，才能协调各个领域，统筹总揽各个方面，各种活力才更能竞相迸发。

关键靠党，就必须从严治党。中国共产党要长期执好政，就要积极应对各种重大挑战、抵御重大风险、克服重大阻力、解决重大矛盾，这就要求党要把全面领导与从严治党紧密结合起来，不断提高把方向、谋大局、定政策、促改革的能力和定力。“中国共产党是世界上最大的政党。大就要有大的样子。”要实现党对一切工作的领导，就必须既提高党的执政本领，又推动全面从严治党向纵深发展。

壮阔的征程需要领航的力量。只要我们继续毫不动摇地坚持和加强党的全面领导，毫不动摇地坚决维护以习近平同志为核心的党中央权威和集中统一领导，“中国号”巨轮就一定能乘风破浪、行稳致远，驶向胜利的彼岸。

（作者为本报评论员）

《人民日报海外版》（2019年01月28日第01版）

“四个一”背后的千年大计

正 楷

3月5日下午，中共中央总书记、国家主席、中央军委主席习近平在参加他所在的十三届全国人大二次会议内蒙古代表团审议时，概括出中国共产党关于生态文明建设的思想的“四个一”。

具体而言，这“四个一”是：在“五位一体”总体布局中生态文明建设是其中一位，在新时代坚持和发展中国特色社会主义基本方略中坚持人与自然和谐共处是其中一条基本方略，在新发展理念中绿色是其中一大理念，在三大攻坚战中污染防治是其中一大攻坚战。

这“四个一”体现了以习近平同志为核心的党中央对生态文明建设规律的把握，体现了生态文明建设在新时代党和国家事业发展中的地位，体现了党对建设生态文明的部署和要求。其背后有着怎样的历史纵深和现实考量？

“四个一”背后，有千年大计。中共十九大报告指出，建设生态文明是中华民族永续发展的千年大计。生态兴则文明兴，生态衰则文明衰。生态环境衰退特别是严重的土地荒漠化，曾导致古代埃及、古代巴比伦衰落。20世纪80年代初，中国就把保护环境作为基本国策。多年来，中国大力推进生态环境保护，取得了显著成绩。但是，从目前情况看，资源约束趋紧、环境污染严重、生态系统退化的形势依然十分严峻。习近平总书记以“关乎民族未来”的高度看待生态文明建设。他明确指出，生态环境保护是功在当代、利在千秋的事业。在这个问题上，我们没有别的选择。如果现在不抓紧，将来解决起来难度会更高、代价会更大、后果会更严重。

“四个一”背后，有人民福祉。环境就是民生，青山就是美丽，蓝天也是幸福。人民日益增长的美好生活需要中，天然包括对优美生态环境的需要，广大人民群众热切期盼加快提高生态环境质量。生态环境特别是大气、水、土壤污染严重，已成为全面建成小康社会的突出短板。人心是最大的政治，解决人民最关心、最直接、最现实的利益问题是执政党的使命所在。中共十八大以来，中国共产党积极回应人民群众所想、所盼、所急，大力推进生态文明建设，像保护眼睛一样保护生态环境，像对待生命一样对待生态环境。

“四个一”背后，有坚定行动。中共十八大以来，以习近平同志为核心的党中央把生态文明建设作为统筹推进“五位一体”总体布局和协调推进“四个全面”战略布局的重要内容，开展一系列根本性、开创性、长远性工作，提出一系列新理念新思想新战略，生态文明理念日益深入人心，污染治理力度之大、制度出台频度之密、监管执法尺度之严、环境质量改善速度之快前所未有，推动生态环境保护发生历史性、转折性、全局性变化。

“四个一”背后，有领袖目光。习近平总书记对生态环境工作历来看得很重。在正定、厦门、宁德、福建、浙江、上海等地工作期间，他都把这项工作作为一项重大工作来抓。中共十八大以来，他分别就严重破坏生态环境事件以及长江经济带“共抓大保护、不搞大开发”作出指示、批示，要求严肃查处，扭住不放，一抓到底，不彻底解决绝不松手，确保绿水青山常在、各类自然生态系统安全稳定。

生态文明建设，功成不必在我，功成必定有我。当前，总体上看，中国生态环境质量持续好转，出现了稳中向好趋势，但成效并不稳固，稍有松懈就有可能出现反复，犹如逆水行舟，不进则退。我们应该牢牢把握“四个一”对推进生态文明建设的重大指导意义，咬定青山不放松，风雨无阻向前行，为建设天蓝、地绿、水清的美丽中国筑牢根基。

（作者为本报评论员）

《人民日报海外版》（2019 年 03 月 07 日第 01 版）

中国减贫奇迹怎样炼成

周绍杰

习近平总书记在庆祝改革开放40周年大会上的讲话中指出，40年来，“我国贫困人口累计减少7.4亿人，贫困发生率下降94.4个百分点，谱写了人类反贫困史上的辉煌篇章”。他说：“忍饥挨饿、缺吃少穿、生活困顿这些几千年来困扰我国人民的问题总体上一去不复返了！”可以说，仅用40年时间，中国就创造了中华民族历史上、世界发展史上的减贫奇迹。

中国减贫奇迹是怎样炼成的？

首先，1978年以来，中国坚持以经济建设为中心。随着经济发展，中国城镇化水平从1978年的17.9%上升到2017年的58.5%，城镇人口规模增加6.4亿，同期贫困人口规模减少7.4亿。这一增一减的合力，极大降低了农村贫困发生率。中国率先在世界发展中大国终结绝对贫困，即国际贫困线的贫困发生率小于3%。

其次，中国坚持以人民为中心的发展思想。40年间，教育和卫生领域的快速发展，为中国的长远发展储备了人力资本红利。如从教育领域看，1977年恢复高考时全国共录取27万人，而2017年高考录取761万人。高等教育毛入学率从1990年的3.4%提高至2017年的45.7%，中国已经建成世界上规模最大的高等教育体系。中国劳动年龄人口平均受教育年限从1981年小于5年到2017年的10.5年，提高了5年以上。从卫生领域来看，人均预期寿命从1981年的67.8岁上升到2017年的76.7岁，提高了近10岁。

最后，中国持续地实施减贫措施。减贫事业在中国是典型的接力赛，一棒接着一棒跑下来。中国 1980 年开始设立扶贫专项基金，1986 年成立国务院扶贫开发领导小组。1994 年实施“八七扶贫攻坚计划”，从救济性扶贫向开发性扶贫转变。2007 年中国扶贫战略进行第二次重大调整，从区域扶贫开发战略转向社会保障扶贫与开发性扶贫相结合，转向重点扶持贫困村。2013 年又进行第三次重大调整，向精准扶贫、精准脱贫转变。中国精准减贫方略受到联合国秘书长古特雷斯高度评价。

中国创造“减贫奇迹”，根本原因是中国共产党的领导。改革开放 40 年的实践启示我们：中国共产党领导是中国特色社会主义最本质的特征，是中国特色社会主义制度的最大优势。正是因为始终坚持党的集中统一领导，我们才能实现伟大历史转折、开启改革开放新时期和中华民族伟大复兴新征程，才能成功应对一系列重大风险挑战、克服无数艰难险阻。

2019 年是新中国成立 70 周年，是全面建成小康社会、实现第一个百年奋斗目标的关键之年。到 2020 年，中国将全面建成小康社会。中共十九大对中国发展提出了更高的奋斗目标，形成了从全面建成小康社会到基本实现现代化，再到全面建成社会主义现代化强国的战略安排，吹响了实现中华民族伟大复兴中国梦的号角。

（作者为清华大学国情研究院副教授）

《人民日报海外版》（2019 年 01 月 08 日第 01 版）

中国科技创新何以屡获佳绩

潘旭涛

每年年初，中国科技界都会迎来一件盛事。

1月8日，国家科学技术奖励大会在人民大会堂举行。笔者在现场感受到，今年大会的气氛尤为热烈，掌声一波接着一波。掌声的力度代表的是创新的高度。

近年来，中国在国际上创造佳绩的领域越来越多。在2018年科学技术奖获奖项目中，量子反常霍尔效应的实验发现，被国际凝聚态物理界公认为近年来最重要的发现之一；石墨烯表界面效应研究上的突破，为解决能源转化与存储、污染物高效治理等提供了新思路……国家自然科学奖的119份海外函审意见中，94%的海外专家认为中国相关领域的基础研究成果具有较大科学价值。中国科技创新再创佳绩，经验很值得总结。

第一，发挥社会主义制度优越性，集中力量办大事。

过去，中国搞“两弹一星”等靠的是这一法宝，如今，推进创新跨越也靠这一法宝。中国进一步加强统筹协调，大力开展协同创新，集中力量办大事，抓重大、抓尖端、抓基本，从而形成推进自主创新的强大合力。对一些方向明确、影响全局、看得比较准的，实施重大专项和重大工程，组织全社会力量来推动。

在集中力量办大事过程中，中国注重全面研判世界科技创新和产业变革大势，既重视不掉队问题，也从国情出发确定跟进和突破策略，按照主动跟进、精心选择、有所为有所不为的方针，明确科技创新主攻方向和突破口。

为加速赶超国际先进水平，中国采取了“非对称”战略，更好发挥自己的优势，在关键领域、“卡脖子”的地方下大功夫。这就形成了在科技布局上既注重全面也讲究重点突破的特点，形成聚焦重点任务配置资源、集成攻关的体制。

第二,坚持以提升创新能力为主线,把其作为科技事业发展的根本和关键。

中国正在实施创新驱动发展战略，推进以科技创新为核心的全面创新。中共十八大提出实施创新驱动发展战略，强调科技创新是提高社会生产力和综合国力的战略支撑，将其摆在国家发展全局的核心位置。

在提高创新能力过程中，中国不断夯实自主创新的物质技术基础，加快建设以国家实验室为引领的创新基础平台。国家实验室已成为主要发达国家抢占科技创新制高点的重要载体，中国也以国家目标和战略需求为导向，瞄准国际科技前沿,布局了一批体量大、学科交叉融合、综合集成的国家实验室,优化配置人财物资源，形成协同创新新格局。

第三，坚持人才为本，充分调动人才的积极性、主动性、创造性，出成果和出人才并举、科学研究和人才培养相结合。

中国科技队伍规模是世界上最大的，但是创新型科技人才结构性不足矛盾突出。为此，近年来，中国不断改革和完善人才发展机制。

中国用好用活人才,建立更为灵活的人才管理机制,完善评价这个指挥棒,打通人才流动、使用、发挥作用中的体制机制障碍,统筹加强高层次创新人才、青年科技人才、实用技术人才等方面人才队伍建设，最大限度支持和帮助科技人员创新创业。

中国深化教育改革，推进素质教育，创新教育方法，提高人才培养质量，努力形成有利于创新人才成长的育人环境。中国人口多，教育上去了，人才就会像井喷一样涌现出来，这是中国重要的竞争力。

创新关系国家和民族未来。新时代推动科技创新的举措会更多、力度会更强。在未来，中国科技创新将继续捷报频传。

（作者为本报评论员）

《人民日报海外版》（2019 年 01 月 09 日第 01 版）

坚持走中国特色强军之路

张军社

时代是出卷人。中国社会主义现代化建设的战略任务之一是，坚持富国和强军相统一，建设同中国国际地位相称、同国家安全和发展利益相适应的巩固国防和强大军队。改革开放40年来，中国在此方面卓有成效。

成绩有目共睹。在庆祝改革开放40周年大会上的讲话中，中共中央总书记、国家主席、中央军委主席习近平指出，40年来，我们始终坚持党对军队的绝对领导，不断推进国防和军队现代化，推进人民军队实现革命性重塑，武器装备取得历史性突破，治军方式发生根本性转变，革命化现代化正规化水平显著提高，人民军队维护国家主权、安全、发展利益的能力显著增强，成为保卫人民幸福生活、保卫祖国和世界和平牢不可破的强大力量！

力量是一种保障。为了维护国家主权、安全、发展利益，为了维护世界和平稳定，为了给实现中华民族伟大复兴提供坚强后盾，中国需要建设一支听党指挥、能打胜仗、作风优良的人民军队，努力建设世界一流军队。这就要求，必须全面贯彻新时代党的强军思想，坚持党对军队的绝对领导，把握世界新军事革命发展大势，坚持走中国特色强军之路，全面深化国防和军队改革，推进政治建军、改革强军、科技兴军、依法治军。

改革强军在加速。尤其党的十八大以来，面对错综复杂的国内外形势，党中央、中央军委和习主席审时度势、统揽全局，带领全军锐意进取、攻坚克难，国防和军队现代化取得许多标志性、开创性、历史性重大成就。2015年年底拉开大幕的新一轮国防和军队改革，是我军历史上力度、深度、广度空前的整体性、革命性变革。三年来，新一轮国防和军队改革取得重大成就。

改革力度堪称空前。领导指挥体制改革立起了军队新体制的“四梁八柱”。施行多年的七大军区停止行使指挥权，五大战区开始运转。调整组建15个军委机关部门，成立陆军领导机构、火箭军、战略支援部队。全面启动军队规模结构和力量编成改革。陆军占全军总员额比例首次下降到50%以下，18个集团军调整组建为13个，“大陆军”体制被打破。与之相对应的是，战略预警、远海防卫、远程打击、战略投送、信息支援等新型作战力量得到充实加强，等等。

新体制日益发挥作用。2018年11月中旬，中央军委召开政策制度改革工作会议，部署推进军事政策制度改革。这意味着，军队改革向全面胜利的目标迈出决定性步伐。今天，人民军队变得更加高效——建立起军委管总、战区主战、军种主建的领导指挥新体制，既有利于军委实施高效指挥，也有利于提高部队建设效益。人民军队变得更适应未来作战——健全了军委联合作战指挥机构，组建了战区联合作战指挥机构，建起了平战一体、常态运行、专司主营、精干高效的联合作战指挥新体系，同时建立新的联勤保障体制，补上了人民军队联合作战指挥体制上的一块短板。

枕戈待旦是责任。当今世界正面临百年未有之大变局，各种可以预料和难以预料的风险挑战增多。人民军队不仅要正确认识和把握我国安全和发展大势，更要坚决完成党和人民赋予的使命任务。

（作者为海军研究院研究员）

《人民日报海外版》（2019年01月10日第01版）

梦想、创新、实干：伟大事业三部曲

韩维正

2月20日下午，习近平总书记在北京人民大会堂会见探月工程嫦娥四号任务参研参试人员代表，共同庆祝嫦娥四号任务圆满成功。

对于中国来说，嫦娥四号任务意义非凡，它不仅是一项科技成就，也是一种宝贵经验。一方面，嫦娥四号任务实现了人类航天器首次在月球背面巡视探测，率先在月背刻上了中国足迹；另一方面，它也是探索建立新型举国体制的又一生动实践，对激励全党全军全国各族人民奋斗新时代、开启新征程具有重要示范意义。

习近平总书记指出，伟大事业都始于梦想，伟大事业都基于创新，伟大事业都成于实干。这三句话点出了事物发展的规律，伟大事业从发端到成功，必然要经历梦想—创新—实干的“三部曲”。嫦娥四号这个“小”任务之所以成功，是因为遵循了这个“三部曲”；中华民族伟大复兴这个“大”目标要想实现，也必然会体现这个“三部曲”。

梦想是激发活力的源泉。中华民族是勇于追梦的民族，中国人民是具有伟大梦想精神的人民。在几千年历史长河中，中国人民始终心怀梦想、不懈追求，女娲补天、夸父追日、精卫填海、愚公移山等我国古代神话深刻反映了中国人民勇于追求和实现梦想的执着精神。从北斗环绕到嫦娥奔月，从神舟起航到天舟穿梭，中华民族的航天梦，承载的是中国人民“敢上九天揽月”的豪情壮志，积蓄的是从站起来、富起来到强起来的磅礴伟力。“我们都在努力奔跑，我们都是追梦人。”中华民族的伟大复兴，必将在各行各业追梦人的自强不息中变为现实。

创新决定未来。创新是民族进步之魂，科技是国家强盛之基。建设世界科技强国，不是一片坦途，唯有创新才能抢占先机。这次嫦娥四号任务坚持自主创新、协同创新、开放创新，实现了多项突破，填补系列国际国内空白，充分体现了自主创新要敢下先手棋、善打主动仗的精神。站在新的历史起点上，要实现“两个一百年”奋斗目标，我们比以往任何时期都更要用好创新这个有力杠杆。实现中华民族伟大复兴的中国梦，我们比以往任何时期都离不开创新这个第一动力的助推。

新时代是奋斗者的时代。伟大梦想不是等得来、喊得来的，而是拼出来、干出来的。“道虽迩，不行不至；事虽小，不为不成。”中国人民从来都明白，世界上没有坐享其成的好事，要幸福就要奋斗。中国航天事业的发展不是巧合，中国航天成绩的取得不是偶然。中国探月每一次突破、每一步跨越，都凝结了上百家单位、几万名科技工作者、解放军指战员的心血和智慧。新时代是在奋斗中成就伟业、造就人才的时代。凡有志之士，都应勇立潮头、锐意进取，以实干创造新业绩，在推进伟大事业中实现人生价值，不断为实现中华民族伟大复兴的中国梦奠定更为坚实的基础、做出新的更大的贡献。

山再高，往上攀，总能登顶；路再长，走下去，定能到达。太空探索永无止境，伟大事业任重道远。在建成社会主义现代化强国、实现中华民族伟大复兴的征途上，每一个行业、每一个人都要心怀梦想、奋勇拼搏，一步一个脚印，一棒接着一棒，在奋力奔跑和接续奋斗中成就梦想。

（作者为本报评论员）

《人民日报海外版》（2019 年 02 月 23 日第 01 版）

将改革开放进行到底

改革开放永无止境

俞　可

总有某些时间节点，令人回眸，催人奋进。今年，是改革开放40周年。习近平总书记强调，把改革开放的旗帜举得更高更稳。改革开放这面旗帜之所以伟大，在于改革开放是一次伟大觉醒，一次伟大转折，一次伟大革命。

改革开放是一次伟大觉醒。习近平指出，改革开放是我们党的历史上一次伟大觉醒。改革开放是坚持和发展中国特色社会主义的必由之路。行动突围的前提是思想破冰，《实践是检验真理的唯一标准》激起思想解放热潮在神州大地涌动。中国特色社会主义成为改革开放以来党的全部理论和实践的主题。40年翻天覆地的变化，尤其党的十八大以来，党和国家事业取得的历史性成就，发生的历史性变革，雄辩地证明，只有改革开放这次伟大觉醒才能发展中国、发展社会主义、发展马克思主义。解放思想永无止境，改革开放也永无止境。

改革开放是一次伟大转折。习近平指出，1978年12月，党的十一届三中全会作出把党和国家工作中心转移到经济建设上来、实行改革开放的历史性决策，动员全党全国各族人民为社会主义现代化建设进行新的长征。这是新中国成立以来我们党和国家历史上具有深远意义的伟大转折。40年来，中国共产党带领中国人民开创了“前无古人的崭新事业”，推动中华民族实现了从站起来到富起来再到强起来的伟大飞跃。中国的面貌焕然一新，世界的格局为之一变。改革开放不啻为在时代转折点上决定当代中国命运乃至世界命运的关键抉择。

改革开放是一次伟大革命。习近平指出，改革开放是我们党在新的时代条件下带领人民进行的新的伟大革命。改革开放所铺就的中国特色社会主义道路犹如灯塔，其光明影响整个世界；所锻造的中国特色社会主义理论犹如火炬，其光芒照亮巍巍中华；所铸就的中国特色社会主义制度犹如利剑，斩断束缚思想的桎梏、砍倒遏制发展的藩篱、劈开阻隔流动的壁垒；所孕育的中国特色社会主义文化犹如乐章，其旋律激荡泱泱神州。改革开放历程是全方位的。经济建设、政治建设、文化建设、社会建设、生态文明建设“五位一体”的全面推进彰显了改革开放的系统性、整体性、协同性，进而勾勒了全方位、多层次、宽领域的改革开放大棋局和开放、包容、普惠、平衡、共赢的全球发展大趋势。改革开放的革命性更体现于在统筹社会革命和自我革命“两个伟大革命”中不断走向胜利。

改革开放40年，最好的纪念，就是把改革开放这面旗帜举得更高更稳，以下一个40年让世界刮目相看的新成就，持续诠释“我们时代的伟大故事”。

（作者为同济大学中德人文交流研究中心研究员、上海师范大学中德教育研究与协作中心总干事）

《人民日报海外版》（2018年12月17日第01版）

值得记住的三个“伟大飞跃”

张　城

习近平总书记在庆祝改革开放40周年大会上强调：“改革开放是党和人民大踏步赶上时代的重要法宝，是坚持和发展中国特色社会主义的必由之路，是决定当代中国命运的关键一招，也是决定实现‘两个一百年’奋斗目标、实现中华民族伟大复兴的关键一招。”40年的实践已充分证明，只有改革开放，才能发展中国、发展社会主义、发展马克思主义。40年春风化雨、春华秋实，改革开放极大改变了中国的面貌、中华民族的面貌、中国人民的面貌、中国共产党的面貌。

中华民族迎来了从站起来、富起来到强起来的伟大飞跃！孕育于黄河之滨的中华民族，在5000多年漫长历史进程中，形成了多元一体的中华民族共同体，创造了源远流长的中华文明，塑造了极富生命力的中华民族精神，为人类做出了卓越贡献，成为世界上伟大的民族。但历史到了近代，中华民族频遭侵略，内忧外患日益深重。毛泽东同志曾言：“中华民族绝不是一群绵羊，而是富于民族自尊心与人类正义心的伟大民族。”正因有这样的民族自尊心，中华民族虽历尽磨难，但深知多难兴邦，玉汝于成。面对十年内乱的严重困难，中华民族没有低头退缩，而是不屈不挠，发扬自强不息的伟大民族精神，使党和国家从危难中重新奋起，使中华民族以崭新姿态屹立于世界东方！

中国特色社会主义迎来了从创立、发展到完善的伟大飞跃！中国特色社会主义是改革开放以来党的全部理论和实践的主题，是党和人民历尽千辛万苦、付出巨大代价取得的根本成就。在一个有着5000多年文明史、13亿多人口的大国推进改革发展，中国的发展道路不可能也不会有现成的“母版、模板、再版、翻版”，没有可奉为金科玉律的教科书，也不允许有颐指气使的教师爷。改革开放初期，邓小平同志鲜明提出“走自己的道路，建设有中国特色的社会主义”。但前进的道路并非一帆风顺，伴随东欧剧变，社会主义遭遇严重挫折，西方所谓“历史终结论”一时甚嚣尘上。面对世界风云变幻，我们始终初心不变，坚持并发展了中国特色社会主义。正如习近平总书记所言：“我们要建设的是中国特色社会主义，而不是其他什么主义。历史没有终结，也不可能被终结。”中国特色社会主义道路是当代中国大踏步赶上时代、引领时代发展的康庄大道，必须毫不动摇走下去。

中国人民迎来了从温饱不足到小康富裕的伟大飞跃！落后就要挨打，贫穷就要挨饿。在近代以来漫长的历史进程中，中国人民历尽屈辱，饱经磨难，忍饥挨饿，发出了多少呐喊，作出了多少牺牲，付出了多少努力。但只要身处旧社会，人民永远得不到解放。只有建立新中国，换了人间，完成中华民族有史以来最为广泛而深刻的社会变革，人民翻身做主人，才能“唤起工农千百万，同心干”。面对改革开放释放的巨大能量与活力，中国人民发扬勤劳勇敢、自强不息的精神，大胆地试、勇敢地闯、踏实地干。从实行家庭联产承包、乡镇企业异军突起、取消农业税牧业税和特产税到农村承包地“三权”分置、打赢脱贫攻坚战、实施乡村振兴战略，中国始终坚持以人民为中心，让更多改革开放的发展成果惠及民生，不断实现人民对美好生活的向往。

伟大的飞跃，离不开伟大的党。中国共产党是敢于斗争、敢于胜利的伟大政党。改革开放40年的实践启示我们：中国共产党领导是中国特色社会主义最本质的特征，是中国特色社会主义制度的最大优势。而今迈步从头越，我们必须坚持党的领导，高举中国特色社会主义伟大旗帜，不忘初心，牢记使命，将改革开放进行到底。

（作者为中央党校文史部学者）

《人民日报海外版》（2018年12月27日第01版）

扩大开放　无问冬夏

刘　英

2017年冬季，在瑞士达沃斯举行的世界经济论坛年会上，中国国家主席习近平在主题演讲中，深刻阐述了中国坚定不移推进经济全球化、维护自由贸易、促进创新驱动等主张。

他说，我们要坚定不移发展开放型世界经济，在开放中分享机会和利益、实现互利共赢。

在刚刚结束的2018年夏季达沃斯论坛上，中国总理李克强在论坛开幕式上的致辞、回答问题以及同国际工商企业界代表对话交流中，多次提到一个词：开放。

在国际上贸易保护主义抬头的背景下，中国向世界传达了“会继续扩大开放”的积极信号。李克强说，回看40年来中国的开放，我们自己和自己比，可以说力度之大、程度之深超出当年的预期，也超过一些国际朋友的预期。

在达沃斯的平台上，从冬天到夏天，从瑞士达沃斯到中国天津，中国释放了坚持对外开放基本国策，不断扩大对外开放的信号。不只如此，在博鳌亚洲论坛、上海合作组织青岛峰会、中非合作论坛北京峰会等多边场合和众多双边场合，中国同样释放和强化这一信号。

这个信号其来有自。对外开放是中国基本国策，中国把扩大开放写入了纲领性文件。中共十九大报告提出“推动形成全面开放新格局”，明确写道：中国开放的大门不会关闭，只会越开越大。要以“一带一路”建设为重点，坚持引进来和走出去并重，遵循共商共建共享原则，加强创新能力开放合作，形成陆海内外联动、东西双向互济的开放格局。

中国历经探索，从中受益。打开国门搞建设，中国成功实现从封闭半封闭到全方位开放的伟大转折。中国GDP由1978年的3679亿元提高到2017年的82.7万亿元，年均增长9.5%，对外贸易年均增长14.5%。当今中国已经发展成为世界第二大经济体、第一大工业国、第一大货物贸易国、第一大外汇储备国，连续多年对世界经济增长贡献超过30%，当之无愧是世界经济增长的稳定器和发动机。其中秘诀之一，正是开放。

中国主动开放，说到做到。当今世界，开放融通的潮流滚滚向前。今年正值改革开放40周年，在扩大开放方面，中国采取大幅度放宽市场准入、创造更有吸引力的投资环境、加强知识产权保护、主动扩大进口等重大举措。其中，为扩大进口，上半年中国大幅度降低了包括汽车在内的近2000种消费品的进口关税，满足了人民日益增长的美好生活需要，优化了贸易结构。今年11月，中国将在上海举办首届中国国际进口博览会，这是中国主动开放市场的重大政策宣示和行动。

世界有理由相信：经过努力，中国市场环境将大大改善，知识产权将得到更有力保护，中国对外开放一定会打开一个全新的局面。

（作者为中国人民大学重阳金融研究院研究员）

《人民日报海外版》（2018年09月22日第01版）

扩大开放，中国说到做到

王俊岭

11月5日至10日，首届中国国际进口博览会将在上海举行。届时，中国国家主席习近平将出席开幕式并举行相关活动，大约150个国家和地区的政要、工商界人士及有关国际组织负责人将应邀与会，来自130多个国家的3000多家企业将参展。

从取消抗癌药等药品进口关税，到放宽汽车等行业外资股比限制；从允许外资控股合资券商，再到自由贸易试验区不断扩围升级……如今，中国对外开放的步伐越来越快、越来越实、越来越稳。在中国改革开放40周年之际，海内外政要、客商云集上海，参加中国国际进口博览会这场世界贸易盛宴，无疑是新时代中国扩大对外开放的又一个最新注脚。

扩大开放，中国说到做到。

改革开放40年来，中国人民用自己的勤劳汗水生产了大量优质商品，世界各地的消费者则为中国商品提供了庞大的市场需求。如今，中国拥有近14亿人口的广阔市场和世界上最庞大的中等收入群体，全世界的朋友们也都在关注着中国对外开放的新变化，并对中国扩大开放的红利充满期待。同时，中国自身的消费升级需求也呼唤着更多高质量商品。谁都明白，只有相互帮衬、合作共赢，朋友圈才会越处越大，发展之路才会越走越宽。

开着门，世界能够进入中国，中国也才能走向世界。中国清楚，只有主动开放、拥抱世界，发展质量才能越来越高，合作之路才能越行越顺。当今世界，生产力不断发展，科技快速进步，社会分工日益精细，各经济体之间早已形成了“你中有我，我中有你”的共生格局。对中国而言，追求高质量发展意味着能源、装备、建造、电信、金融、航空、医疗、教育等领域一系列高端产品和服务供给的崛起；对世界来说，这意味着国际生产和销售格局的升级与更新，同中国进行经贸合作必将会获得新一轮巨大商机。

经济全球化不可逆转。经济全球化为世界经济增长提供了强劲动力，也因为全球增长动能不足、全球经济治理滞后、全球发展失衡等问题遇到挫折。但是，人为切断各经济体之间资金流、技术流、产品流、产业流、人员流的保护主义做法绝对是不可取的。只有勇敢面对问题，想办法让不同国家、不同阶层、不同人群共享经济全球化的好处，才是突出重围之策、解决问题之道。

开放带来进步，封闭导致落后。过去40年中国经济发展是在开放条件下取得的，未来中国经济实现高质量发展也必须在更加开放的条件下进行。即将举行的中国国际进口博览会，将为推动经济全球化贡献力量，为各国深化经贸合作创造条件，为满足人民对美好生活的需要拓宽渠道，为中国改革开放注入活力。

中国开放的大门不会关闭，只会越开越大！

（作者为本报评论员）

《人民日报海外版》（2018年10月30日第01版）

历史与世界维度中的改革开放

王　文　贾晋京

2018年，注定是不平凡的一年。这一年是改革开放40周年，是《共产党宣言》发表170周年，也是马克思诞辰200周年。站在这一年，回顾改革开放历程、展望“两个一百年”伟大目标，需要把中国改革开放放在历史维度与世界维度中看。

从历史维度看，正如习近平总书记所说，“改革开放这一关键抉择堪称第二次革命”。改革开放是决定当代中国命运的关键一招，也是决定实现“两个一百年”奋斗目标、实现中华民族伟大复兴的关键一招。可以说，没有改革开放，就没有中国的今天；离开改革开放，也就没有中国的明天。

20世纪70年代末，中国经济濒于崩溃，人民温饱都成问题。面对这样的严峻形势，邓小平同志一针见血地指出：“如果现在再不实行改革，我们的现代化事业和社会主义事业就会被葬送。”改革开放以来，中国大踏步赶上了时代，实现了中华民族从站起来到富起来的伟大飞跃。在新时代，党和国家事业取得全方位、开创性历史成就，发生深层次、根本性历史变革，中华民族迎来了从富起来到强起来的伟大飞跃。

从党的十一届三中全会到现在，中国走过了极不平凡的历程。其中，党的十八届三中全会吹响了全面深化改革的新号角。40年来，中国发展取得巨大成就，人民生活得到极大改善，从短缺走向充裕、从贫困走向小康。中国的改革开放谱写了辉煌的历史篇章，下一个40年也必将有让世界刮目相看的新成就。

再稍拉远距离看，近70年前我们党领导人民经过长期艰苦卓绝的斗争成立了新中国，40年前我们党领导人民开始了改革开放，这两件大事大大加快了实现中华民族伟大复兴的历史进程。而改革开放是一项长期、艰巨、繁重的事业，必须一代又一代人接力干下去。

从世界维度看，改革开放40年来，中国实现了从面临被开除“球籍”的危险，到大踏步赶上时代，再到引领世界发展和改革潮流的历史性跨越。在改革开放40周年之际，在新的历史方位放眼未来，到21世纪中叶建成社会主义现代化强国的路线图已然展开。对世界来说，中国的改革开放，不仅成为“二战”以来经济全球化、国家现代化潮流中最为重要的历史奇迹，更成为世界社会主义运动最为厚重的历史篇章。

进入新时代的中国，将为处在艰难之中的世界指明什么方向？共建人类命运共同体是中国给出的答案。

当今世界，人类社会相互关联程度前所未有，全球化面临的困难与挑战也是前所未有。难民危机、恐怖主义等非传统安全问题呈现复杂化趋势，“逆全球化”浪潮深刻改变着西方政治生态。究其根源，是西方中心主义的世界体系扩张之路已经走到尽头。世界各国唯有在彼此理解、互学互鉴、求同存异中，构建共同发展、共享繁荣的人类命运共同体，才能走出困局。

人类发展进步大潮滚滚向前，世界经济时有波折起伏，但各国走向开放、走向融合的大趋势没有改变。各国只有同心协力、携手前行，才能把世界人民对美好生活的向往变为现实，人类才能拥有更加美好的未来。

（作者分别为中国人民大学重阳金融研究院执行院长、院长助理）

《人民日报海外版》（2018年12月15日第01版）

民族复兴的关键一招

梅新育

庆祝改革开放40周年大会12月18日上午10时在人民大会堂举行。中共中央总书记、国家主席、中央军委主席习近平出席大会并发表重要讲话。

40年前，1978年12月18日至22日，中共十一届三中全会举行，开启了我国改革开放和社会主义现代化建设历史新时期。40年后，中国特色社会主义已经进入新时代，庆祝改革开放40周年是全党全国各族人民的盛事。

庆祝改革开放40周年，利于全党全国人民在中国梦的感召下回望初心，牢记复兴大任。实现中华民族伟大复兴，是中华民族近代以来最伟大的梦想。认知中国梦的价值，不仅要放在1840年鸦片战争以来中国近现代史的百年尺度上，还要放在千年历史中。中华民族伟大复兴，绝不是轻轻松松、敲锣打鼓就能实现的。而改革开放是决定当代中国命运的关键一招，也是决定实现“两个一百年”奋斗目标、实现中华民族伟大复兴的关键一招。它是一项长期的、艰巨的、繁重的事业，必须一代又一代人接力干下去。

庆祝改革开放40周年，利于激发全体人民的创造精神和创造活力，推动中国迈向新高度。改革开放40年，中国经济发展成就巨大，覆盖全球市场的“中国制造”有力展现了中国改革开放成就。回顾成就，绝不是就此止步，而是要激励我们继续奋斗。今天的中国是一个人民充满活力和奋发向上精神的大国，改革开放让中国经济的活力之泉尽情喷涌，也让世界经济的海洋澎湃激荡。

庆祝改革开放40周年，利于向全世界宣示坚持和平发展道路的决心。十九大报告强调，中国将高举和平、发展、合作、共赢的旗帜，恪守维护世界和平、促进共同发展的外交政策宗旨，坚定不移在和平共处五项原则基础上发展同各国的友好合作，推动建设相互尊重、公平正义、合作共赢的新型国际关系。将改革开放进行到底，就要继续立己达人、共谋发展，始终不渝走和平发展道路，始终做世界和平建设者、全球发展贡献者、国际秩序维护者。

庆祝改革开放40周年，利于弘扬解放思想、实事求是、与时俱进、求真务实等精神。我们的先人早就提出了“天行健，君子以自强不息”的思想，强调要“苟日新，日日新，又日新”。综观世界，变革是大势所趋、人心所向，是浩浩荡荡的历史潮流，顺之则昌、逆之则亡。改革开放正是顺应了这样的历史潮流，书写了一个国家繁荣发展的壮丽史诗。

改革开放40年，中国巨轮航行的并不是风平浪静的水域，而是一再经历了狂风巨浪。从20世纪80年代初席卷几乎整个发展中国家的债务危机，到80年代末90年代初苏联东欧剧变；从1997—1998年亚洲金融危机，到2008年国际金融危机——改革开放以来中国已经遭遇了4次外部重大经济、政治冲击，但每一次冲击都推动中国在国际经济政治体系中的地位上了一个台阶。

改革开放40年，中国不容易。当前，国际国内形势都在发生极为广泛而深刻的变化，我国发展面临一系列新形势新任务新挑战，前进道路上还有不少困难和问题。但中国有信心，有底气。

（作者为商务部研究院研究员）

《人民日报海外版》（2018年12月18日第01版）

改革开放创造中国奇迹

王亚华

习近平总书记在庆祝改革开放40周年大会上发表重要讲话，深刻指出了改革开放的伟大历史意义——是中国共产党的一次伟大觉醒，是中国人民和中华民族发展史上一次伟大革命，是近代以来实现中华民族伟大复兴的一大里程碑。

习近平总书记在讲话中运用了大量数字和实例，直观展示了当代中国发展奇迹："我国国内生产总值由3679亿元增长到2017年的82.7万亿元，年均实际增长9.5%，远高于同期世界经济2.9%左右的年均增速。我国国内生产总值占世界生产总值的比重由改革开放之初的1.8%上升到15.2%，多年来对世界经济增长贡献率超过30%。"中国创造了世界经济增长的纪录。在人类的经济发展史上，还没有哪个国家和地区以如此人口规模，实现速度如此之快、持续时间如此之长、贡献幅度如此之大的经济增长。

围绕当代中国发展奇迹特别是经济发展奇迹，理论界已有大量讨论，从不同侧面给出了各种各样的解释。例如，世界银行对"二战"以来维持了7%以上增长速度超过25年的经济体进行了研究，总结了五条经验：充分利用了世界经济；维护了宏观经济稳定；保持了高储蓄和高投资率；通过市场来配置资源；拥有负责、可信和有能力的政府。但这并不足以解释当代中国发展的奇迹。

习近平总书记重要讲话中以"九个必须坚持"，对改革开放40年来宝贵经验进行了系统总结，给出了对当代中国发展奇迹全景式和综合性的解释：

必须坚持党对一切工作的领导，必须坚持以人民为中心，必须坚持马克思主义指导地位，必须坚持走中国特色社会主义道路，必须坚持完善和发展中国特色社会主义制度，必须坚持以发展为第一要务，必须坚持扩大开放，必须坚持全面从严治党，必须坚持辩证唯物主义和历史唯物主义世界观和方法论。“九个必须坚持”是党和人民弥足珍贵的精神财富，是理解当代中国发展奇迹背后原因的基本线索，对新时代坚持和发展中国特色社会主义有着极为重要的指导意义。

习近平总书记在重要讲话中谈到方法论，为理解当代中国发展奇迹提供了新视野。如正确处理改革发展稳定关系，要坚持加强党的领导和尊重人民首创精神相结合，坚持“摸着石头过河”和顶层设计相结合，坚持问题导向和目标导向相统一，坚持试点先行和全面推进相促进。中国通过改革开放探索形成了“发展辩证法”：既鼓励大胆试、大胆闯，又坚持实事求是、善作善成，确保了改革开放行稳致远。

“行之力则知愈进，知之深则行愈达。”当代中国发展奇迹由改革开放创造，改革开放的经验弥足珍贵。总书记重要讲话对改革开放40年宝贵经验的全面总结，具有重大的理论价值和启发意义，为新时代的改革开放指引了方向。

从改革开放40年铸就的中国奇迹中汲取经验，坚持中国特色社会主义道路、理论、制度、文化，坚定信仰、信念和信心，在新时代中华民族一定能创造新的更大奇迹！

（作者为清华大学公共管理学院副院长、教授）

《人民日报海外版》（2018年12月21日第01版）

在新时代创造新的更大奇迹

彭训文

40年前的1978年12月18日，在中华民族历史上，在中国共产党历史上，在中华人民共和国历史上，都是载入史册的日子。这一天，我们党召开了十一届三中全会。

40年后的2018年12月18日，同样是一个载入史册的日子，更是一个开启历史的时间节点。在当天举行的庆祝改革开放40周年大会上，习近平总书记发表重要讲话，回顾改革开放40年的光辉历程，总结改革开放的伟大成就和宝贵经验，动员全党全国各族人民在新时代继续把改革开放推向前进，为实现“两个一百年”奋斗目标、实现中华民族伟大复兴的中国梦不懈奋斗。

中国有着伟大梦想。改革开放之初，虽然中国国家大、人口多、底子薄，面对着重重困难和挑战，但中国对未来充满信心，设计了分三步走基本实现社会主义现代化的宏伟蓝图。

中国善于实现目标。40年来，中国咬定青山不放松，风雨无阻朝着这个伟大目标前进。

中国不断更新目标。党的十九大对中国发展提出了更高的奋斗目标，形成了从全面建成小康社会到基本实现现代化，再到全面建成社会主义现代化强国的战略安排，发出了实现中华民族伟大复兴的中国梦的最强音。将改革开放进行到底，不断实现人民对美好生活的向往，在新时代创造中华民族新的更大奇迹！创造让世界刮目相看的新的更大奇迹！——这是中国新的雄心壮志。

创造新的更大奇迹，需要珍惜经验。改革开放40年积累的宝贵经验是党和人民弥足珍贵的精神财富，对新时代坚持和发展中国特色社会主义有着极为重要的指导意义，必须倍加珍惜、长期坚持，在实践中不断丰富和发展。这些宝贵经验，就是习近平总书记提出的“九个必须坚持”。

创造新的更大奇迹，需要汇聚力量。中国人民和中华民族在历史进程中积累的强大能量已经充分爆发出来了。40年来，在中国共产党领导下，以100名改革先锋为代表的亿万改革者风雨同舟、披荆斩棘、砥砺奋进，闯过了许多“雪山”“草地”，取得了令世界瞩目的成就。在新时代，有更多的奇迹等待着中国人民去创造，也有更多的“娄山关”“腊子口”需要改革先锋们去征服，这就必须汇聚起亿万中国人继续不懈奋斗的磅礴力量。

创造新的更大奇迹，需要真抓实干。伟大梦想不是等得来、喊得来的，而是拼出来、干出来的。40年来取得的成就不是天上掉下来的，更不是别人恩赐施舍的，而是全党全国各族人民用勤劳、智慧、勇气干出来的。而要实现更高的目标，建成社会主义现代化强国，实现中华民族伟大复兴，更需要牢记“空谈误国、实干兴邦”的真谛。

创造新的更大奇迹，需要每一代人跑出好成绩。建成社会主义现代化强国，实现中华民族伟大复兴，是一场接力跑。我们要一棒接着一棒跑下去，每一代人都要为下一代人跑出一个好成绩。只要如此，我们就一定能够在新时代创造让世界刮目相看的新的更大奇迹。

（作者为本报评论员）

《人民日报海外版》（2018年12月24日第01版）

方向决定前途，道路决定命运

潘旭涛

12 月 18 日，习近平总书记在庆祝改革开放 40 周年大会上发表重要讲话指出，“方向决定前途，道路决定命运”。这是基于改革开放 40 年的实践作出的深刻概括。办好中国的事情，关键在党。在新征程上，必须坚持党的基本路线，始终坚持把以经济建设为中心同坚持四项基本原则、坚持改革开放这两个基本点统一于新时代中国特色社会主义伟大实践，既不走封闭僵化的老路，也不走改旗易帜的邪路。

将“方向决定前途，道路决定命运”放在更长的时间坐标中去理解，我们更能领悟到这句话的深刻所在。1840 年鸦片战争以后，中国一步步沦为半殖民地半封建社会。无数仁人志士前仆后继、不懈探索，寻找救国救民道路。最终，中国共产党带领中国人民完成了新民主主义革命和社会主义革命，走出了一条适合本国国情的中国特色社会主义道路，彻底改变了中国的前途命运。

中国特色社会主义道路是一条怎样的道路？

这是一条从本国国情出发确立的道路。中国立足自身国情和实践，从中华文明中汲取智慧，博采东西方各家之长，坚守但不僵化，借鉴但不照搬，在不断探索中形成了自己的发展道路。

这是一条把人民利益放在首位的道路。中国秉持以人民为中心的发展思想，把改善人民生活、增进人民福祉作为出发点和落脚点，在人民中寻找发展动力、依靠人民推动发展、使发展造福人民。改革开放 40 年来，中国贫困人口累计减少 7.4 亿人，贫困发生率下降 94.4 个百分点，谱写了人类减贫史上的辉煌篇章。

这是一条改革创新的道路。中国坚持通过改革破解前进中遇到的困难和挑战，敢于啃硬骨头、涉险滩，勇于破除妨碍发展的体制机制障碍，不断解放和发展社会生产力，不断解放和增强社会活力。中共十八大以来，中国推出 1600 多项改革方案，改革呈现全面发力、多点突破、蹄疾步稳、纵深推进的局面。

这是一条在开放中谋求共同发展的道路。中国坚持对外开放基本国策，奉行互利共赢的开放战略，不断提升发展的内外联动性，在实现自身发展的同时更多惠及其他国家和人民。40 年来，从兴办深圳等经济特区、沿海沿边沿江沿线和内陆中心城市对外开放到加入世界贸易组织、共建“一带一路”、设立自由贸易试验区、谋划中国特色自由贸易港、成功举办首届中国国际进口博览会，中国开放的大门越开越大。

中国特色社会主义道路的成功开创和不断完善，充分证明实现现代化的道路是多样的。中国人民对中国特色社会主义有着强烈的道路自信、理论自信、制度自信和文化自信。在庆祝改革开放 40 周年大会上，习近平总书记强调：“在中国这样一个有着 5000 多年文明史、13 亿多人口的大国推进改革发展，没有可以奉为金科玉律的教科书，也没有可以对中国人民颐指气使的教师爷。”这正如英国哲学家罗素所说：“只有中国人最了解自己”，“只有他们自己慢慢摸索出的解决办法才是长久之计”。这，是历史的选择，人民的选择。

（作者为本报评论员）

《人民日报海外版》（2018 年 12 月 26 日第 01 版）

国家统一是大势所趋、人心所向

一个中国原则是国际社会普遍共识

任成琦

当地时间5月15日，加拿大航空网站上的一个变动引起外界注意——飞往台北的航班目的地显示为“台湾，中国”，岛内桃园机场和松山机场均列为“中国机场”。在这之前，该公司网站上“台湾”被列为与“中国”并列的目的地。

事情的背景并不复杂。中国民航局日前致函36家外国航空公司，根据一个中国原则，明确要求它们改变对港澳台的界定，不得在网站和宣传材料中将之列为“国家”。这之后，越来越多国际航空公司遵循中方要求作出了修改，加拿大航空是新近的一家。

众所周知，台湾是中国领土神圣不可分割的一部分，一个中国原则是国际社会处理涉台事务的基本遵循。在中国大陆投资经营的外国企业，都应当遵守中国的法律。中方近期匡谬正俗无可厚非。正是明白了这一点，之前的万豪国际集团和最近的盖璞等企业也都道歉并迅速整改，从行动上尊重中国主权和领土完整。

台湾当局坐不住了。台外事部门发言人称，已立即指示台“驻加拿大代表处”向加航抗议。台外事部门还在社交媒体上指责加航和盖璞在压力下屈服，“向世界发出错误信息”云云。在逆行者的眼中，所有遵守交通规则的人都是逆行者。台当局不反省自己在两岸关系上开历史倒车，反而硬扯“国际社会普遍承认台湾”。这种睁眼说瞎话的本领，遭到岛内外抨击和嘲讽。

民进党当局不承认体现一中原则的“九二共识”，却幻想维持所谓的“国际空间”。在较硬的政治、军事和外事领域，无法跟大陆抗衡，于是在较软的比如国际商业、经济领域，利用历史遗留的“现状”打打擦边球，为自己的政治主张残留点呼吸空间。随着大陆步步匡谬正俗，这部分空间越来越窄、逐渐合拢。对此，民进党当局看在眼里、急在心上，却无可奈何，这也是对加航跳脚的内在原因。

民进党当局避开“九二共识”的必答题，结果落了个自欺欺人、处处碰壁的下场。要知道，国际社会普遍承认一中原则才是铁的事实。日本最新的表态是，仅与台湾保持民间往来。前些日子多米尼加与台湾“断交”，让台当局灰头土脸徒呼奈何。民进党当局无法参与即将召开的世卫大会，急得如同热锅上的蚂蚁一般。年年蹭会闹场的苦情戏，次次拉人游说的小把戏，都一一踢在了联合国2758号决议的铁板上。

2009年至2016年，台湾方面参加了世卫大会。但民进党当局上台以后，台湾地区不能再参加。为什么？原因众所周知。民进党当局总是避重就轻，耍一些小聪明。高兴时就称呼大陆为“中国大陆”，不开心时就称对岸为“中国”“中共”，暴冲时还跳出来一个“台独工作者”。这些，不但大陆方面洞若观火，国际社会也看在眼里。所谓“得道多助，失道寡助”，从加航到盖璞的表态，就是最新明确投出来的票，支持什么，反对什么，一目了然。

有美国参议员透露说，巴拉圭可能是与台湾“断交”的下一个国家。这一下子让岛内风声鹤唳，民进党当局赶紧出面安抚。对此国台办发言人说得很明白，我们多次讲过，一个中国原则是国际社会的普遍共识，也是大势所趋。这话，可是度人的金针。只是，刻意装睡的民进党当局听得进去吗？

（作者为本报主任编辑）

《人民日报海外版》（2018年05月18日第01版）

融入中华民族伟大复兴的壮阔征程

张庆波

明天“七一”，香港回归祖国21年。

此时此地，一年辗转奔波的人们开始驻足回望，把记忆放飞，将收获打包，又念起那些狮子山下一路同行的温馨场景，享受着只有奋斗者才有的充实和满足。

这一年，香港不负韶华。

这一年，阳光透射美丽香江。

一排排喜庆的花牌标语遍布香江，百余艘精心装扮的渔船在维港游弋，金紫荆广场上五星红旗与区旗辉映招展，会展中心内新一届特区政府管治团队踌躇满志地宣誓就职……“回到祖国怀抱的香港已经融入中华民族伟大复兴的壮阔征程”，习近平主席站在讲台上，宣告“一国两制”的成功，又深情勾勒出香港更美好的明天。

49个小时、20场活动与新的365天从此交响。“三百六十五里路哟岂能让它虚度”。一年过去了，人们看到，特区经济增长刷新了过去10年的纪录；行政立法关系实现改善，立法会修改议事规则后重回正轨，议事堂里多有建设性声音；非法“占中”分子、旺角暴乱分子被陆续定罪判刑，法律尊严和法治精神得到有力彰显。人们发现，这一年香港社会噪音杂音少了，多少人已埋头于粤港澳大湾区建设、奔波在“一带一路”上；人们望着港珠澳大桥、第三跑道等一个个新的大型基建项目，习主席去年来过的这些地方已换了新颜。人们在感叹，这一年改变如此之快，欣喜如此之多。

“心中有阳光，脚下有力量。”这一年，人们“相信自己、相信香港、相信国家”，短短的岁月给出了实实的回报。心有国家，对“一国”和“两制”的关系有了共识，就能自觉按宪法和基本法办事，善用祖国内地的坚强后盾，把握形势并发挥优势；心系香港，对“发展是解决香港各种问题的金钥匙”有了认知，就能主动融入国家发展大局，珍惜来之不易的时代机遇，服务国家亦成就自己；心爱自己，就会懂得“每一个不曾起舞的日子都是对生命的辜负”，明白前程需要建设、人生需要奋斗，不再被裹挟、不愿再踯躅。

社会瞄准了正确的方向，人们做出了正确的选择，局面陡然开阔，前景一片光亮。于是，人们说，香港这一年真的变了。

人们欣喜于这变化，又在回望中整装待发。政府积极有为，可以托付；法治稳固牢靠，终可安心；社会和气凝聚，恰是最好时代。“一地两检”法例确立，接上2万多公里的国家高铁网络后，香港新生长出的“花株手臂”又将“栖满云鸟”；粤港澳大湾区规划出台、港珠澳大桥开通后，“一小时生活圈”已是可望可即；习主席重要指示支持香港成为国际创新科技中心，南海明珠递给世界的名片“含金量”将更足了……或许不久，当国歌法在香港本地立法通过，人们再听着那激昂奋进的旋律，会觉着它奏出了香港和国家一样不懈前进的气质，更有信心憧憬未来、阔步未来。

“香港发展一直牵动着我的心。”香港这方美丽的土地，国重之；香港这个温馨的家园，人爱之。13亿祖国人民和730万同胞期待着她每一年都能交出漂亮的答卷。过去一年里，习主席数次对香港事务作出指示，各中央驻港机构落实习主席指示为香港发展倾情尽力，在中共十九大为国家描绘的美丽蓝图中更有香港浓墨重彩的一卷。为了同一个目标——中华民族的伟大复兴和包含其中的香港持续繁荣稳定，现在的人们已经团结了起来，用各自的方式递上祝福、提供支持、贡献力量，奔赴她的“诗与远方”。

一年不虚，来年有梦。当下的香港，需要鼓励；美丽的香港，值得鼓励。“一国两制”实践的伟大事业，正在这里日益新创，又开花，再结果。

（作者为本报编辑）

《人民日报海外版》（2018年06月30日第01版）

四个“坚定不移”引领两岸关系

吴亚明

7月13日，中共中央总书记习近平会见中国国民党前主席连战率领的台湾各界人士参访团时，就两岸关系重大问题发表重要讲话，为两岸关系发展前行指路引航，受到海内外舆论的高度关注和积极评价。

习近平总书记讲话深刻揭示两岸关系发展的主流和大势，明确指出推动两岸关系和平发展、推进祖国和平统一进程的方向、路径、任务和目标，必将鼓舞两岸同胞坚定信心、团结前行，勠力维护和推进两岸关系和平发展，共同致力于中华民族复兴伟业。

习近平强调“坚定不移坚持‘九二共识’、反对‘台独’”。总书记讲话旗帜鲜明、针对性强。两岸关系和平发展要行稳致远，最重要的一点，就是要坚持“九二共识”、反对“台独”的共同政治基础。“台独”分裂活动是对台海和平稳定的最大现实威胁，是实现两岸关系和平发展美好前景的最大障碍。当前，台海形势更加复杂严峻，民进党当局拒不承认体现一个中国原则的“九二共识”，推行“去中国化”“渐进台独”活动，挟洋自重，一意孤行，在危险的道路上越走越远。我们高度警惕形形色色的“台独”活动，绝不容忍“法理台独”分裂行径，绝不坐视“渐进台独”侵蚀和平统一的基础，也绝不容许外部势力在台海兴风作浪。搞“台独”分裂，注定死路一条。

习近平强调“坚定不移扩大深化两岸交流合作”。总书记讲话语重心长、切中肯綮。加强交流、深化合作，是两岸同胞的共同心声，也是促进两岸关系和平发展的重要途径。长远以来，无论两岸关系如何风云变幻，大陆方面始终坚持既定方针，积极促进两岸交流合作。两岸交流合作，凝聚了两岸民意，形成了不竭动力。如今，民进党当局不断编织出各种理由，阻挠和限制两岸交流和人员往来，恶化两岸交流的气氛，最终损害的是台湾同胞的利益福祉。有道是，抽刀断水水更流。民进党当局的倒行逆施，遭到两岸同胞共同谴责，必将以失败告终。

习近平强调“坚定不移为两岸同胞谋福祉”。总书记讲话情真意切、温暖人心。海峡两岸是利益相关、命运相通的共同体，两岸同胞是血脉相连、骨肉相亲的一家人，理应携手发展、融合发展。正是秉持“两岸一家亲”理念，一直以来，我们率先并将继续同台湾同胞分享大陆发展机遇。就拿“31条措施”来说，自发布4个多月以来，许多台胞拿到就业证、准考证、资格证、市民证、老年证、奖学金、荣誉称号等，许多台企获得营业许可、税收减免、资金补贴等，他们收获了更多的同胞亲情，得到了更多的发展空间。台湾同胞也再一次认识到，两岸关系好，自己才会好，台湾才会有前途。

习近平强调“坚定不移团结两岸同胞共同致力民族复兴”。总书记讲话高屋建瓴、意蕴深长。今天，我们比历史上任何时期都更接近、更有信心和能力实现中华民族伟大复兴的目标。民族复兴是两岸同胞实现个人理想、交汇个人梦想的广阔舞台。两岸同胞都是民族复兴的参与者、推动者、受益者。两岸同胞应该携起手来，顺应历史大势、共担民族大义，共同为开创中华民族伟大复兴更光明的前景而奋斗。

“不畏浮云遮望眼，自缘身在最高层。”只要大家登高望远，就能看清主流、把握大势，共同推动两岸关系克难前行。

（作者为本报高级编辑）

《人民日报海外版》（2018年07月14日第01版）

操弄历史终将被历史操弄

吴亚明

一如所料，民进党当局一手操控的“教育部课审大会”8月13日通过了岛内12年义务教育高中历史课纲。依据这个课纲，以后台湾高中历史课将只教单独成册的“台湾史”“东亚史”及“世界史”。之前的“中国史”不再存在，被“纳入东亚史的架构下讨论”，“以主题方式分单元呈现”。这份升级版的“台独”历史课纲一出炉，就遭到岛内外有识之士的口诛笔伐。毋庸置疑，民进党当局为了一己之私，将岛内学生当成“政治祭品”，将两岸关系进一步推向险境，最终难逃历史的惩罚。

台湾的教科书之乱，始于李登辉主政时期。比如1997年抛出的教科书《认识台湾》，“我国”变成了“中国”，“李白是我国诗人”则变成了“李白是中国诗人”。陈水扁在台上时承续了李的衣钵，为了遂行其“台独”分裂图谋，更是在教育文化领域上下其手。就拿高中历史教科书来说，“台湾史”被从“中国史”中抽离出来，“中国史”俨然成了“外国史”。而所谓的“台湾史”，则说台湾原是无主之岛，葡萄牙人首先发现了它，所以从那时到现在，台湾只有400年的历史。“台湾史”中还竭尽吹捧日本殖民统治台湾之能事，抹杀抗日先贤英勇事迹。更为可笑的是，由于实行所谓的“一纲多本”，即台教育主管部门订定统一的课程纲要，符合资质的出版社都可以编写教科书，结果，不同的历史教科书对同一历史事件的评价竟然可以南辕北辙。

民进党再次上台之后，打着“维持现状”的旗帜，干着“去中国化”“渐进台独”的勾当，阻挠、限制两岸各个领域的交流合作，打压主张发展两岸关系人士，在危险道路上越走越远。就拿教科书来说，民进党当局“独”性发作、动作不断。先是撤销之前马英九主政时期的排“独”课纲，接着又大幅删减语文教科书的文言文比例，如今又强渡关山、推出升级版的“台独”历史课纲。凡此种种，不一而足，都意在“编织”他们的“台独”迷梦。

岛内教科书刻意扭曲历史、颠倒黑白，偷渡“大陆台湾，一边一国”“独”素。与此同时，“台独”分子还无所不用其极地妖魔化中国大陆，仇视大陆，诋毁大陆，挑动岛内民众的对抗情绪，离间两岸同胞的手足深情。“台独”作祟的直接后果，就是导致岛内青少年对国家、民族、文化认同错乱，以至于自己是不是中国人成了台湾社会一个争议性很大的问题。少数“台独”分子更攫取了“爱台湾”的话语权，在肃杀的政治气氛之下，有的人根本就不敢理直气壮地说：“我是台湾人，也是中国人。”

树无根则枯，水无源则涸。那些试图切断台湾根脉和源流的“台独”分裂势力，实际上正在荼毒台湾学生、断送台湾未来。民进党当局的卑劣伎俩能蒙蔽人于一时，不能蒙蔽人于一世。历经两年多来民进党的执政“梦魇”，越来越多的台湾同胞已经看破台湾当局居心，他们以实际行动来参与两岸交流合作，以实际行动来维护两岸关系大局，并从中体认到两岸同胞是骨肉天亲、两岸同胞是命运共同体；两岸关系好，台湾民众才会好，台湾才会有前途。

两岸关系发展和国家统一是大势所趋、人心所向，是不可阻挡的历史潮流。民进党当局操弄历史、逆流而动，难逃舆论“诛杀”、难逃历史惩罚。

（作者为本报高级编辑）

《人民日报海外版》（2018 年 08 月 15 日第 01 版）

世界上只有一个中国

吴亚明

8月21日，中国国务委员兼外交部长王毅同萨尔瓦多共和国外长卡斯塔内达在北京举行会谈并签署《中华人民共和国和萨尔瓦多共和国关于建立外交关系的联合公报》。这是一件大事。

自公报签署之日起，中华人民共和国和萨尔瓦多共和国相互承认并建立大使级外交关系。消息传来，海峡两岸和国际社会高度关注。中萨建交是两国人民的共同愿望，符合两国和两国人民的根本利益。诚如萨尔瓦多总统萨尔瓦多·桑切斯·塞伦所指出的，坚信与中国建交是“正确的一步”，符合国际法、国际关系的原则，顺应当今时代不可逆转的趋势。

1971年10月，第26届联大通过2758号决议，明确中华人民共和国政府是代表全中国的唯一合法政府。从那时开始，决议确认的“一个中国”原则成为国际社会的广泛共识和公认的国际关系准则。两年多来，圣多美和普林西比、巴拿马、多米尼加、布基纳法索等国，与支持联合国大会2758号决议的其他170多个国家站到了一起，纷纷与中国恢复、建立外交关系，这是对中国始终做世界和平的建设者、全球发展的贡献者、国际秩序的维护者理念的高度尊重和认可。中萨建交再次证明，世界各国同中国建立和发展正常友好的国家关系是大势所趋、人心所向；坚持一个中国原则，是国际社会普遍共识。

中萨建交，让民进党当局遭到再次上台以来的第五次“断交”重击，也使得台湾所谓的“邦交国”骤减为17个。在惊慌失措的同时，民进党当局再次玩起“诿过于人、制造悲情、煽动对抗”的“甩锅”把戏。民进党当局污蔑萨尔瓦多选择大陆是北京的“金钱外交攻势”；谰言大陆此举“威胁台海两岸和平”“造成全球局势不稳定”；企图绑架岛内民众“放下成见，一致对外”，企图在国际上离间生事，声称“要诉诸理念相同的国家，对抗中国逐渐失控的国际行为”。不过，岛内民众早就不吃民进党当局的这一套。萨尔瓦多与台“断交”消息传出，岛内舆论就一针见血指出：都是“台独”惹的祸！这个责任必须由民进党当局承担，因为是他们没有把两岸关系处理好。

岛内舆论所言非虚。民进党当局再次上台以来，他们破坏两岸关系和平发展政治基础，放任纵容“去中国化”的“台独”分裂活动，干扰和阻挠两岸交流合作，制造两岸对立，破坏两岸关系。近日，蔡英文还企图利用过境，破坏中美两国合作的大局、破坏中华民族整体利益、为“台独”分裂势力张目。民进党当局逆潮流而动，遭到了各方面的迎头痛击。

世界上只有一个中国，台湾是中国神圣领土的一部分。“台独”违背历史发展的潮流，违逆中华儿女的意志，严重损害两岸同胞的利益，不自量力，死路一条。大陆方面有坚定的意志、充分的信心和足够的能力，挫败任何形式的“台独”分裂图谋和行径，捍卫国家主权和领土完整。

从萨尔瓦多与台“断交”事件中，民进党当局应该明白一个道理，那就是要尽早回到以“九二共识”为基础的两岸关系和平发展道路上来，尽快把两岸关系处理好，否则类似的事情还会一再发生。

（作者为本报高级编辑）

《人民日报海外版》（2018 年 08 月 22 日第 01 版）

民调背后的主流民意，台当局懂吗?

任成琦

2018年台湾民众国族认同下半年调查结果（详见本报10月19日第四版）显示，87.3%的台湾民众认为自己是中华民族的一分子；有超过60%的台湾民众认为未来两岸统一的机会远大于“台湾独立”；近62%的民众认为两岸和平统一对台湾最为有利。

和岛内某些政客信口雌黄相比，数据无疑更有说服力。曾几何时，在绿营的操作下，“中国人”和“台湾人”成了一个二选一的选择题。似乎“中国人”和统一都是大陆“鸭霸”、强加给岛内民众的选项。何者是岛内民意主流?嘈杂的谎言说多了，颇有黄钟毁弃瓦釜雷鸣之态。但乌云终难遮日，上述调查结果就是一次正本清源。

民进党当局2016年上台后，以代表台湾“主流民意”自居。只披着所谓“维持现状”的遮羞布，绝口不提“九二共识”。每当大陆善意提醒要筑牢两岸交流的政治基础时，台当局就顾左右而言他，拿出“主流民意”来做挡箭牌。且不说沙上筑塔是否可行，单单这个挡箭牌，就有纸糊之嫌。

还是用数据说话。偏绿的“台湾民意基金会”9月份出台的民调显示，54.5%的民众不赞同台当局领导人的施政方式，创其2016年5月上任来的新高。在其施政议题中，两岸关系本应是重中之重，却连连亮红灯，得分自然惨不忍睹。

今夕何夕。4年前岛内“太阳花学运”时，民进党作为其背后的“影舞者”，肆意操弄民粹、收割政治红利，并于2016年上台“完全执政”。可惜时光如繁管急弦，曲调转眼就变。短短两年多，当局的各种支持度都是倒栽葱式的跌落。究其原因，岛内民众识破了他们龌龊的手段。“完全执政”就是一直代表台湾“主流民意”？岛内民众不同意！多组数据，已揭穿了民进党这件“皇帝的新衣”。一旦第一个貌似坚挺的谎言被戳破，第二个谎言的破产自然也就接踵而至了。

民进党上台后，大搞“柔性台独”，积极“去中国化”，每当有声音质疑民进党的所作所为时，总有人出面搬出“民意”来说事，为一己之私去背书。如今外界眼睛雪亮，所谓民意支持乃是“去中”“台独”的正当性基础云云，就是一个不折不扣的弥天大谎。让民进党傻眼的是，上台后大肆“去中”，台湾民众的中国人认同反而升高，倾向两岸统一者反而增加，主张“台独”者也在减少。

民进党在两岸关系上的第三个大谎，颇有“与时俱进”的架势。今年以来，大陆先后出台“31条惠台措施”，取消台湾居民来大陆就业许可证，开放台胞申领大陆居住证，这本是回应台胞关切、为台胞办实事，无奈民进党当局以己度人，非要往歪处想。一会儿提醒民众对岸“有政治考量”，暗示这是大陆的“统战”；一会儿又表示申领必须在岛内报备，就差“禁止申领”四个字说出口了。

大陆的惠台举措是“裹着蜜糖的毒药”吗？依旧用数据来说话。文首的调查结果同样显示，目前有61.1%的台湾民众了解可在大陆申办台湾居民居住证的信息，63.4%的台湾民众反对民进党当局针对申领大陆居住证制定处罚规则。看，若讲民意，这就是民意！还是用脚投票的民意。别忘了，这当中，就有2014年“太阳花学运”中在民进党鼓动下摇旗呐喊的年轻人，如今他们终于想明白了要西进大陆谋求生存和发展。

随着大陆综合实力增强，惠台措施陆续出台，可以预见，将有越来越多的台湾民众到大陆就学、就业、创业、定居，台湾的最新民意正发生微妙的变化。这种变化，跟两岸一家亲、共铸中华魂的历史与现实形成和弦共鸣。面对民意变化，有些人不反躬自省，反而刻舟求剑；不顺流而行，反而心虚围堵。安徒生《皇帝的新衣》中那个孩子早就揭橥一个真理，谎言重复千遍，最终也还是谎言。事实证明，两岸关系和平发展的民意基础雄厚，和平统一是民心所向、大势所趋，是任何螳臂都无法阻挡的历史车轮。

（作者为本报评论员）

《人民日报海外版》（2018年10月22日第01版）

共享祖国繁荣富强伟大荣光

任成琦

国家主席习近平12日在京会见香港澳门各界庆祝国家改革开放40周年代表团。习主席充分肯定，在新时代国家改革开放进程中，香港、澳门仍然具有特殊地位和独特优势，仍然可以发挥不可替代的作用。希望港澳同胞继续以真挚的爱国热忱、敢为人先的精神投身国家改革开放事业，在融入国家发展大局中实现香港、澳门更好发展，共同谱写中华民族伟大复兴的时代篇章。

国家改革开放的历程，也是香港、澳门日益融入国家发展大局、共享祖国繁荣富强伟大荣光的历程。中国改革开放40周年，取得举世公认的伟大成就，港澳功不可没。在这一伟大进程中，港澳不但在经贸发展上与国家建立了前所未有的紧密联系，港澳同胞对祖国在感情上也产生了愈加深切的联结。

香港、澳门是国家改革开放的“见证者”“参与者”和“贡献者”，更是改革开放的“受益者”。新时代改革开放迈向了新征程，在香港特首林郑月娥看来，习近平主席的话，一个重点就是鼓励港澳继续融入国家发展大局，因为国家的进一步改革开放为香港带来更多机遇，包括建设“一带一路”和粤港澳大湾区。当港澳人士真挚的爱国热情和敢为人先的闯劲，遇上新时代国家改革开放的东风，只会绽放出更加璀璨绚烂的火花。

国家改革不停顿、开放不止步，发展日新月异，是香港、澳门发展动力的根本源泉。习主席会见港澳代表团的讲话，让港澳各界对未来的信心更足。有一种观点认为，港澳在国家改革开放进程中大放异彩，缘于不可复制的历史机遇，现在内地已经取得长足发展，港澳的地位和作用将有所削弱。对此习近平主席明确指出：“在国家扩大对外开放的过程中，香港、澳门的地位和作用只会加强，不会减弱。”

讲话对香港、澳门进一步融入国家发展大局吹响集结号。置身于新时代国家改革开放进程中，是躺在过去的“功劳簿”上扬扬自得或“退出江湖”，还是一代又一代薪火相传、继续参与和拼搏下去？答案不言自明。相信港澳同胞特别是年青一代，一定会趁势而上，只争朝夕，发挥所长，为再创奇迹贡献蓬勃力量。

作为中国国际化程度最高的城市代表和改革开放进程中的“模范生”，香港、澳门在国家深化改革、扩大开放中，大有可为。未来相当长一段时间内，港澳要继续带头并带动资本、技术、人才等参与国家经济高质量发展和新一轮高水平开放，努力打造成国家双向开放的重要桥头堡，向世界展示中国坚定不移对外开放的决心和诚意。港澳回归祖国后，已纳入国家治理体系。港澳同胞要按照同“一国两制”相适应的要求，完善特别行政区同宪法和基本法实施相关的制度和机制，提高管制能力和水平。

中国特色社会主义建设进入新时代，国家改革开放和“一国两制”事业也迈入了新征程。对香港澳门来说，“一国两制”是最大的优势，国家改革开放是最大的舞台。弄潮儿向涛头立，手把红旗旗不湿。把握当下，展望未来，发挥自己所长，贡献国家所需，港澳定能百尺竿头，再展宏图！

（作者为本报评论员）

《人民日报海外版》（2018年11月14日第02版）

《告台湾同胞书》发表40年啦!

吴亚明

一湾浅浅的海峡，曾是两岸同胞难以逾越的天堑。

1979年1月1日，全国人民代表大会常务委员会发表《告台湾同胞书》，郑重宣示在新的历史条件下争取祖国和平统一的大政方针及一系列政策主张，开启了两岸关系发展的新阶段。坚冰从此渐渐消融，涓涓细流最终汇成大江大河。

“万山不许一溪奔，拦得溪声日夜喧。到得前头山脚尽，堂堂溪水出前村。”在两岸同胞共同努力下，40年来，两岸关系虽然经历风雨波折，但终究冲破各种阻碍，不断开辟前进的道路，书写了波澜壮阔的历史篇章。

《告台湾同胞书》发表40年来的实践证明，中央对台工作的大政方针体现了民族根本利益和国家核心利益，把握了时代潮流、历史趋势，反映了对两岸关系发展规律的深刻认识，主导了两岸关系发展方向，推进了祖国和平统一进程。

《告台湾同胞书》发表以来，根据对台工作实践，针对台湾局势和两岸关系形势变化，我们党和政府相继提出了和平统一、“一国两制”方针，发展两岸关系、推进祖国和平统一进程的八项主张，两岸关系和平发展重要思想。党的十八大以来，习近平总书记站在党和国家事业发展全局和实现中华民族伟大复兴中国梦的战略高度，敏锐洞察国内外形势和台海形势的发展变化，提出了一系列内涵丰富、思想深邃的对台工作论述和政策主张，丰富和发展了中央对台大政方针，为新形势下对台工作提供了根本指引和基本遵循。

《告台湾同胞书》发表以来，中央对台方针政策既一脉相承又与时俱进，推动两岸关系不断向前迈进，两岸关系总体面貌发生了历史性变化。

“已恨碧山相阻隔，碧山还被暮云遮。”曾几何时，两岸“咫尺天涯，重重阻碍”，一湾海峡，演绎人间多少悲欢离合。如今两岸“天涯咫尺，处处机缘”，特别是全面、双向、直接“三通”完全实现的十多年来，两岸命运共同体日益成为生动的现实。浅浅的海峡，不再是走不出的乡愁，而是施展人生抱负的美丽风景。台湾作家余光中生前在大陆的一个演讲会上表示，很多人都跟他谈起诗作《乡愁》，但是自两岸恢复往来，他已经没有乡愁，他写的更多的是还乡的感受。

“青山一道同云雨，明月何曾是两乡。”自从海峡两岸封闭的大门被打开，大陆日益成为台湾同胞探亲访友、就业创业、安居生活的热土。大陆率先同台湾同胞分享大陆发展机遇，不断出台相关政策措施，为台胞在大陆学习、就业、创业、生活提供更多便利。2018年，两岸经贸合作又上层楼、人员往来更加频密。1月至11月两岸贸易额达2090.8亿美元，同比增长16%，首度突破2000亿美元，全年预估可达约2300亿美元。两岸人员往来创历史新高。1月至11月，台湾同胞来大陆562.9万人次，同比增长4%；预计全年将首次突破600万人次，其中“首来族”约40万人。

40年披荆斩棘，40年风雨同舟。实现祖国完全统一，是全体中华儿女共同心愿，是中华民族根本利益所在。在《告台湾同胞书》40周年之际，回首前尘、展望未来，两岸同胞将继续勠力同心，共担民族大义，携手砥砺前行，共享发展机遇，坚定维护国家主权和领土完整，坚决反对和遏制“台独”分裂图谋和行径，推动两岸关系和平发展，共同开创中华民族伟大复兴的美好前景。

（作者为本报评论员）

《人民日报海外版》（2019年01月01日第01版）

祖国必须统一，也必然统一

任成琦

“祖国必须统一，也必然统一。这是70载两岸关系发展历程的历史定论，也是新时代中华民族伟大复兴的必然要求。”在纪念《告台湾同胞书》发表40周年纪念会上，中共中央总书记、国家主席、中央军委主席习近平的讲话高屋建瓴、掷地有声。讲话4000余字，有善意、暖意，有告诫、决心，从历史谈到未来，全面阐述了我们立足新时代、在民族复兴伟大征程中推进祖国和平统一的重大政策主张。

两岸关系70载，一封“家书”40年。从“我们一定要解放台湾”到和平统一、“一国两制”方针的提出，从推进和平统一进程的八项主张到两岸关系和平发展重要思想，纵观时代潮起潮落，不变的是追求祖国完全统一的初心和决心。党的十八大以来，以习近平同志为核心的党中央妥善应对岛内政局和台海形势变化，成功实现两岸领导人历史性会晤，两岸交流合作达到历史新高。新时代是中华民族和两岸同胞大发展大作为的时代。这篇指引对台工作的纲领性讲话立足新时代，既有一以贯之的坚定性，又有与时俱进的开创性，是新形势下反“独”促统不可或缺的指引和遵循。

“四百万人同一哭，去年今日割台湾。”一部近代史，也是一部台湾与祖国母亲苦苦守望的血泪史。从历史的长镜头看，台湾问题的产生和演变同近代以来中华民族命运休戚相关。随着国家的发展进步，我们可以自豪地断言，爱国诗人丘逢甲痛心疾首的时代一去不返，台湾问题因民族弱乱而产生，必将随着民族复兴而终结！台湾的前途命运与民族伟大复兴紧密相连。有强大祖国做依靠，台湾同胞的民生福祉会更好，发展空间会更大，在国际上腰杆子会更硬、底气会更足，更加安全、更有尊严。

“求木之长者，必固其根本；欲流之远者，必浚其泉源。”和平统一、“一国两制”是解决台湾问题的基本方针，也是实现国家统一的最佳方式。现在岛内有些人出于政治私利，质疑和平统一，诬蔑“一国两制”。纪念会上的讲话说得很清楚，大陆不承诺放弃使用武力，针对的是外部势力干涉和极少数“台独”分裂分子，绝非针对台湾同胞。而探索“两制”台湾方案，丰富和平统一实践，更能体现大陆与时俱进、为台胞着想的诚意和善意。这些都起到了正本清源的效果。说到底，制度不同，不是统一的障碍，更不是分裂的借口。

骨肉至亲，血浓于水。从“惠台31条措施”到纪念会讲话中提到的“应通尽通”，从向台青招手来大陆追梦到增进两岸间的文化联结与认同，大陆为台胞谋福祉办实事、分享大陆发展机遇的诚意不变，冲破干扰阻碍打造两岸命运共同体的决心不变。人之相交，贵在知心。两岸的统一，终究离不开心灵的契合。

青山遮不住，毕竟东流去。统一才是历史大势，是正道。从根本上说，决定两岸关系走向的关键因素是祖国大陆发展进步，“台独”终将走进历史的死胡同。大陆已经牢牢把握两岸关系的主导权和主动权，国家综合实力的不断增强，两岸经济社会融合发展的持续推进，既为两岸关系和平发展注入了强大动力，也为祖国和平统一奠定了坚实基础。毕竟，历史不能选择，现在可以把握，未来可以开创！

（作者为本报评论员）

《人民日报海外版》（2019年01月03日第01版）

家里事，家里人商量着办

柴逸扉

“两岸同胞是一家人，两岸的事是两岸同胞的家里事，当然也应该由家里人商量着办”“亲望亲好，中国人要帮中国人”……当听到习近平总书记的这些话时，许多台胞表示，自己的心头涌上暖流，化解了冬天的寒意：这就叫骨肉同胞，这就是“两岸一家亲”。

在《告台湾同胞书》发表40周年纪念会上，习近平总书记4000余字的讲话有高度，有温度。一句句暖心话，体现了他对台湾情况和社情民意的深入了解，对台湾同胞的关心关怀，其情也真，其意也切。

习近平提出探索“两制”台湾方案，指出“一国两制”在台湾的具体实现形式会充分考虑台湾现实情况，会充分吸取两岸各界意见和建议，会充分照顾到台湾同胞利益和感情。台湾同胞因自己的历史遭遇和社会环境，有特定的心态，我们完全理解台湾同胞的心情。抚平心灵创伤需要真情，解决现实问题需要智慧。习近平的讲话充满了真情与智慧：“我们郑重倡议，在坚持‘九二共识’、反对‘台独’的共同政治基础上，两岸各政党、各界别推举代表性人士，就两岸关系和民族未来开展广泛深入的民主协商，就推动两岸关系和平发展达成制度性安排。”

习近平说，我们对台湾同胞一视同仁，将继续率先同台湾同胞分享大陆发展机遇，为台湾同胞台湾企业提供同等待遇，让大家有更多获得感。长期以来，大陆方面通过全心全意为台湾同胞办实事、做好事、解难事，让台胞台企感受到家人的关心与温暖。“31条惠及台胞措施”出台了，台湾居民就业许可证取消了，台湾居民居住证开放申领了，众多台企享受着税收优惠、资金补助并参与研发计划和政府采购等项目，越来越多的台湾青年正来祖国大陆追梦、筑梦、圆梦，就连在海外遭遇社会动荡、自然灾害的台胞也在我国驻外使领馆的帮助下平安回家。刚刚过去的2018年，800多名台胞考取了大陆诸多热门行业职业资格，与大陆同胞站在同一起跑线上。100多名台湾同胞获得“三八红旗手”“五一劳动奖章”“青年五四奖章”等荣誉称号，他们为这块土地洒下汗水，也收获了鲜花和掌声。

谈到深化两岸融合发展，习近平总书记指出，两岸要应通尽通，提升经贸合作畅通、基础设施联通、能源资源互通、行业标准共通，可以率先实现金门、马祖同福建沿海地区通水、通电、通气、通桥。去年8月，当福建的一泓清泉通过海底管道到达金门喷涌而出时，金门的父老乡亲热泪盈眶，激动不已。这项工程解决了长期困扰他们的吃水用水难题，给台胞带去了实实在在的好处，为两岸关系增添了共饮一江水、亲情比海深的佳话。

“兄弟同心，其利断金。”今天，我们比历史上任何时期都更接近中华民族伟大复兴的目标，比历史上任何时期都更有信心、有能力实现这个目标。两岸同胞更应携手同心，共同追求实现中华民族伟大复兴的中国梦，一起过上更加富足美好的生活。

（作者为本报评论员）

《人民日报海外版》（2019年01月04日第01版）

台湾前途福祉系于祖国统一

王　平

“祖国必须统一，也必然统一。”在《告台湾同胞书》发表40周年纪念会上，习近平总书记发出这句铿锵有力的宣言。也是在纪念会上，习近平开创性地提出五项重大主张，系统阐释了实现国家统一的目标内涵、基本方针、路径模式，一张和平统一路线图由此诞生。

台湾曾有民调显示，超过七成民众认为两岸终将统一。凡稍有常识和逻辑者，哪怕立场偏颇，都无法对历史大势视而不见。不过，在习近平总书记擘画出两岸和平统一路线图之前，有些台湾同胞可能并未认真思考过两岸统一是近在下个转角还是远在天边，也有一些人不谈统一久矣。

岛内一些人不谈统一，是因为两岸已分隔太久，70年悄然溜走，青蛙习惯了温水，以拖待变成了常态。有人不谈统一，是觉得两岸问题太复杂太难解，却不知天下的路本都是人走出来的。有人怕谈统一，是因为在岛内和境外一些政治势力的长期污名化下，统一竟俨然成了“禁忌”和“票房毒药”，却忘了守正方能安身。有人拒谈统一，是困于人造的冷漠和敌意，却不悟一念地狱一念天堂。还有一小撮人反对统一，是因为数典忘祖，拿“台独”当饭碗，铁了心挑唆分裂、贩卖仇恨，却不顾天理昭彰报应不爽。

在两岸关系趋于严峻复杂的当下，在和平统一这个词被岛内一些人高高挂起的时候，习近平总书记提出在坚持“九二共识”、反对“台独”的共同政治基础上，两岸各政党、各界别推举代表性人士，就两岸关系和民族未来开展广泛深入的民主协商，就推动两岸关系和平发展达成制度性安排的郑重倡议，实有振聋发聩、催人猛醒之效。

一万年太久，只争朝夕。两岸同胞尤其是台湾同胞不能永远消极等待，不能一叶蔽目不见泰山。如习近平总书记所说，两岸的事“总不能一代一代传下去”，两岸双方应该本着对民族、对后世负责的态度，凝聚智慧，发挥创意，聚同化异，争取早日解决政治对立。

我们必须谈统一，因为统一是历史大势，是正道。台湾是中国一部分、两岸同属一个中国的历史和法理事实，无法改变，国家强大、民族复兴、两岸统一的历史大势，无法阻挡。两岸同胞要做顺天应人的智者，而非逆势而动的愚者。

我们必须谈统一，是因为台湾前途在于国家统一，台湾同胞福祉系于民族复兴。中国梦是两岸同胞共同的梦，民族复兴、国家强盛，两岸中国人才能过上富足美好的生活。在中华民族走向伟大复兴的进程中，台湾同胞定然不会缺席。台湾问题因民族弱乱而产生，必将随着民族复兴而终结。

我们大可畅谈和平统一，是因为和平统一线路图已经出炉，最优的办法已经出现。如习近平总书记所说，“和平统一、一国两制”是实现国家统一的最佳方式，体现了海纳百川、有容乃大的中华智慧，既充分考虑台湾现实情况，又有利于统一后台湾长治久安。

我们大可畅谈和平统一，是因为大陆有足够的善意和诚意，愿意和台湾同胞平等协商、共议统一。“一国两制”在台湾的具体实现形式会充分考虑台湾现实情况，会充分吸取两岸各界意见和建议，会充分照顾到台湾同胞利益和感情。在确保国家主权、安全、发展利益的前提下，和平统一后，台湾同胞的社会制度和生活方式等将得到充分尊重，台湾同胞的私人财产、宗教信仰、合法权益将得到充分保障。

我们要努力推动祖国统一进程，因为和平统一之后，台湾将永保太平，民众将安居乐业。有强大祖国做依靠，台湾同胞的民生福祉会更好，发展空间会更大，在国际上腰杆子会更硬、底气会更足，更加安全、更有尊严！

（作者为本报评论员）

《人民日报海外版》（2019 年 01 月 05 日第 01 版）

用心为两岸融合发展探新路

任成琦

习近平总书记3月10日在参加福建代表团审议时表示，对台工作既要着眼大局大势，又要注重落实落细。习近平强调，要探索海峡两岸融合发展新路。这是在深刻把握两岸关系发展大局、深入了解台湾岛内社情民意基础上提出的最新要求。

今天，两岸交流越来越频密，两岸合作越来越广泛，同胞亲情越来越深厚，同胞心灵越来越契合。在既有融合成就的基础上，要“百尺竿头，更进一步”，还有很多潜力可挖，还有许多工作要做。

习近平强调，两岸要“应通尽通”。从“小三通”到全面“三通”，十几年来两岸在“应通尽通”方面取得了长足的进展。下一步要实现经贸合作畅通、基础设施联通、能源资源互通、行业标准共通的新“四通”，既需要两岸释放善意，也要开动脑筋、集思广益，拿出切实可行的办法。

“应通尽通”可以看作探索两岸融合发展新路径的试金石。在深化“应通尽通”方面，大陆已经有很多具体的设想，也期待两岸同胞能够一道努力，克服道路上的困难，尽早实现这些目标。目标一旦实现，必将给台湾同胞带来实惠和巨大发展空间。

去年大陆推出惠及台湾同胞的31条措施，叫好又叫座。不少省区市在此基础上加码细化，出实招，落实锤。例如，去年共有2000多家台企获得税收方面的优惠，100多家台企获得专项政策支持，800多位台胞考取热门专业执照，100多位台胞获得“五一劳动奖章”等荣誉称号。

习近平表示，要听取台湾同胞呼声，研究还可以推出哪些惠台利民的政策措施，只要能做到的都要尽力去做。因为继续深耕惠台措施，率先同台湾同胞分享大陆发展的机遇，是“两岸一家亲”的内在要求。一家人不说两家话，在逐步为台胞台企提供同等待遇方面，大陆有关部门不断迈出新步伐。

针对当前台湾同胞特别关心的经济发展、民生福祉、青年就业等问题，大陆也展现出自己的用心和特色。比如地域特色——两岸交流，闽台五缘相通，福建一直走在前面。用习近平在福建代表团参加审议时的话说，努力把福建建成台胞台企登陆的第一家园。在此基础上，可以率先实现金门、马祖同福建沿海地区通水、通电、通气、通桥。比如文化特色——有关方面发挥利用各地区文化优势与特色，以共同的中华文化为纽带，不断与台湾民众分享大陆各具特色的文化精品，持续推动两岸文化艺术界人士和团体共同弘扬中华文化，继续推动两岸文化产业合作，促进两岸文创界携手共赢。比如青年特色——在相应惠台措施吸引下，愿意来大陆就读深造的台生越来越多，愿意来大陆就业创业的台青越来越多。他们到祖国大陆来追梦、筑梦、圆梦，正是两岸深度融合的最生动体现。

不断推出的新政策、新方法、新举措，增强着台胞的获得感、荣誉感和幸福感。所有两岸交流都有一个评价标准，即贯彻好以人民为中心的发展思想，把工作做到广大台湾同胞的心里，增进台湾同胞对民族、对国家的认知和感情。

从习近平总书记在《告台湾同胞书》发表40周年纪念会上重要讲话，到在福建代表团参加审议时提出的新要求，一以贯之的是总书记对台湾同胞利益福祉的浓浓关心和亲切关怀。两岸同胞同根相系、同命相连，是休戚与共的命运共同体，没有理由不融合发展、携手发展、共享发展。在探索两岸融合发展的新征途上，大陆正团结广大台胞克服困难、排除障碍，争取尽早实现两岸“应通尽通”，构建两岸共同市场，让台湾同胞的发展天地更广阔、内生动力更充沛，不负这个大有作为的新时代！

（作者为本报主任编辑）

《人民日报海外版》（2019年03月11日第01版）